CONHECER UMA MULHER

AMÓS OZ

Conhecer uma mulher

Tradução
Nancy Rozenchan

2ª *edição*

Copyright © 1989 by o Autor e Keter Publishing House, Jerusalem Ltd.

Grafia atualizada segundo o Acordo Ortográfico da Língua Portuguesa de 1990, que entrou em vigor no Brasil em 2009.

Título original
Ladaat ishá

Capa
Raul Loureiro

Imagem de capa
Mea Shearim, Jerusalém (Israel), outubro de 1967. © Micha Bar-Am / Magnum Photos / Fotoarena

Preparação
Marcia Copola

Revisão
Marcos Luiz Fernandes
Eliana Antonioli

Atualização ortográfica
Página Viva

Dados Internacionais de Catalogação na Publicação (CIP)
(Câmara Brasileira do Livro, SP, Brasil)

Oz, Amós, 1939-2018.
Conhecer uma mulher / Amós Oz ; tradução Nancy Rozenchan. — 2ª ed. — São Paulo : Companhia das Letras, 2019.

ISBN 978-85-7164-270-6

1. Romance israelense I. Título.

92-2057 CDD-892.436

Índices para catálogo sistemático:
1. Romances: Século 20: Literatura israelense 892.436
2. Século 20: Romances: Literatura israelense 892.436

[2019]
Todos os direitos desta edição reservados à
EDITORA SCHWARCZ S.A.
Rua Bandeira Paulista, 702, cj. 32
04532-002 — São Paulo — SP
Telefone: (11) 3707-3500
www.companhiadasletras.com.br
www.blogdacompanhia.com.br
facebook.com/companhiadasletras
instagram.com/companhiadasletras
twitter.com/cialetras

CONHECER UMA MULHER

1

Yoel ergueu o objeto da prateleira e observou-o de perto. Seus olhos doíam. O corretor pensou que Yoel não tivesse ouvido a pergunta, por isso a repetiu: "Vamos dar uma espiada atrás da casa?". Apesar de já haver decidido, Yoel não se apressou em responder. Estava acostumado a retardar as respostas até mesmo a perguntas simples, como: Como vai?, ou O que disseram no noticiário? Como se as palavras fossem objetos pessoais dos quais não devia se separar.

O corretor esperou. Enquanto isso, havia silêncio no aposento, que era ricamente mobiliado: um tapete azul-marinho amplo e grosso, poltronas, um sofá, uma mesinha de café de mogno em estilo inglês, um aparelho de TV importado, um enorme filodendro no canto certo, uma lareira de tijolos vermelhos com seis achas de lenha arranjadas uma sobre a outra em cruz, para enfeite e não para uso. Junto ao balcão de servir, entre a sala e a cozinha, havia uma mesa de jantar preta rodeada por seis cadeiras pretas de espaldar alto. Somente os quadros haviam sido retirados das paredes: na pintura percebiam-se retângulos claros.

A cozinha, vista pela porta aberta, era escandinava e repleta dos mais modernos aparelhos elétricos. Também os quatro dormitórios que ele vira antes estavam a contento. Yoel explorou com os olhos e com os dedos o objeto que havia pegado na prateleira. Era um enfeite, uma estatueta, trabalho de amador: um felino predador, entalhado em oliveira marrom e revestido com diversas camadas de verniz. As mandíbulas estavam escancaradas e os dentes eram pontiagudos. As duas patas dianteiras estavam estendidas no ar num salto espetacular, a pata traseira direita também estava no ar, ainda contraída e com os músculos protuberantes pelo esforço do pulo, e só a pata esquerda posterior prevenia o rompimento e fixava o animal a um pedestal feito de aço inoxidável. O corpo erguia-se num ângulo de quarenta e cinco graus e havia uma tensão tão grande que Yoel quase sentia em sua carne a dor do pé preso e o desespero do pulo interrompido. A estátua não lhe parecia natural nem possível, apesar de o artista ter conseguido conferir ao material uma extraordinária flexibilidade felina. No final das contas, não era um trabalho amador. Detalhes das mandíbulas e das presas, a curvatura da espinha saltadora, a tensão dos músculos, o arqueamento do ventre, a plenitude do diafragma dentro da forte caixa torácica, e até o ângulo das orelhas do animal, estendidas, quase planas, para trás do crânio, tudo se destacava com um detalhamento aguçado e no segredo do desafio ousado das limitações do material. Aparentemente, era uma peça entalhada num só bloco, liberada de sua característica material com uma vitalidade cruel, feroz, quase sexual.

Mas, apesar disso, alguma coisa não estava certa. Alguma coisa era enganosa, intrusa, talvez muito acabada ou não acabada até o fim. O que era, Yoel não conseguiu descobrir. Seus olhos doíam. Novamente teve a suspeita de que era um trabalho amador. Mas onde estava o defeito? Uma pequena zanga, física, despertou nele, com uma necessidade momentânea de se esticar na ponta dos pés.

Talvez também porque a estatuazinha com o erro oculto parecia desafiar as leis da gravidade: o peso do predador em sua mão parecia ser maior do que o peso da base de aço fino da qual a criatura desejava se soltar e à qual se prendia por um ponto minúsculo de contato, entre a planta da pata traseira e o pedestal. Yoel concentrou então o seu olhar nesse ponto. Descobriu que a pata estava fincada numa reentrância milimétrica que fora feita na superfície do aço. Mas como?

Sua raiva indefinida aumentou quando ele virou o objeto e, para sua surpresa, não achou na parte inferior nenhum sinal de parafuso que imaginou dever existir obrigatoriamente para prender a pata à base. Ele virou de volta a estatueta; também na carne viva entre as garras da pata posterior não havia sinal de parafuso. O que restringia então o voo e freava o salto do predador? Certamente não era cola. O peso da estátua não permitiria a nenhum material conhecido de Yoel prender por um longo tempo a criatura à sua base num ponto de ligação tão reduzido enquanto o corpo do animal estivesse projetado para a frente da base, inclinado nesse ângulo. Talvez fosse o momento de admitir que havia chegado a hora de usar óculos de leitura. Viúvo, com quarenta e sete anos, já aposentado por antecipação, livre em quase todos os sentidos, qual o sentido de negar uma verdade simples, a de que estava cansado? Tinha direito ao descanso e precisava dele. Seus olhos às vezes ardiam, e em certas ocasiões as letras se embaralhavam, principalmente à luz do abajur de leitura noturna. Apesar disso, as questões principais não estavam resolvidas: se o predador é mais pesado do que a base e está quase totalmente ereto para além dela, a peça deveria tombar. Se a ligação era colada, deveria ter se soltado há muito. Se o animal era completo, qual era o defeito invisível? Qual era a origem da sua sensação de que havia um defeito? Se havia um artifício oculto, qual era ele?

Finalmente, numa raiva cega, Yoel aborreceu-se também

pela fúria que despertara nele, porque se considerava uma pessoa controlada e calma; segurou o pescoço do predador e tentou, não com força, romper o encanto e liberar o maravilhoso animal de sua austeridade misteriosa. Talvez com isso desaparecesse o defeito imperceptível.

— Ora — disse o corretor —, seria uma pena se se quebrasse. Venha, vamos ver o depósito de ferramentas no jardim. O jardim parece um pouco abandonado, mas é possível ajeitá-lo em meio dia de trabalho.

Com delicadeza, com uma carícia lenta, Yoel passou um dedo cuidadoso em torno da junção secreta entre o vivo e o silencioso. Apesar de tudo, a estatueta era obra de um artista dotado de destreza e poder, e não trabalho de um amador. A lembrança vaga de uma cena de crucificação bizantina vacilou por um momento em seus pensamentos: um desenho em que também havia algo implausível e que era ao mesmo tempo cheio de dor. Ele moveu a cabeça duas vezes de cima para baixo como se finalmente estivesse concordando consigo próprio após um debate íntimo. Soprou e tirou do objeto uma partícula invisível de pó, ou talvez a marca da sua impressão digital, e recolocou-o tristemente no lugar na prateleira de enfeites, entre um vaso azul de vidro e um incensório feito de cobre.

— Bem — disse —, eu fico.
— Perdão?
— Decidi ficar.
— Com o quê? — perguntou o corretor, confuso, e olhou algo suspeito para o seu cliente.

O homem lhe pareceu concentrado, difícil, profundamente entranhado em seus recessos interiores, insistente, mas também distraído. Continuou parado, sem se mover, o rosto voltado para a prateleira, as costas para o corredor.

— Com a casa — disse em voz baixa.

— Só isso? Não quer ver primeiro o jardim? E o depósito?
— Eu disse que fico.
— E está bem para o senhor o aluguel de novecentos dólares mensais com pagamento adiantado de seis meses? Manutenção e impostos por sua conta?
— Feito.
— Se todos os meus clientes fossem como o senhor — o corretor riu —, passaria o dia todo no mar. Acontece que o meu passatempo é velejar. O senhor não quer examinar antes a máquina de lavar e o fogão?
— Basta-me a sua palavra. Se houver problemas saberemos como encontrar um ao outro. Leve-me ao escritório para acertarmos os documentos.

2

No carro, no caminho de volta do bairro de Ramat Lotan ao escritório na rua Ibn Gavirol, só o corretor falou. Falou sobre o mercado imobiliário, sobre o colapso do mercado de ações, sobre a nova política econômica que lhe parecia totalmente perdida e sobre esse governo que merecia estar você-sabe-onde. Contou a Yoel que o dono da casa, um seu conhecido, Yossi Kramer, é um chefe de departamento da El-Al que de repente foi nomeado por três anos para Nova York com um aviso de apenas duas semanas, pegou a mulher e os filhos e correu para tomar o apartamento de um outro israelense que estava se mudando de Queens para Miami.

O homem sentado à sua direita não lhe parecia alguém capaz de mudar de opinião no último momento: um cliente que vê duas casas em uma hora e meia e fica com a terceira, vinte minutos depois de ter entrado nela, sem barganhar o preço, um desses não fugirá agora. Apesar disso, o corretor sentiu ser dever profissional continuar a convencer o homem silencioso ao seu lado de que havia feito um bom negócio. Também estava curioso para saber algo sobre o estranho de gestos lentos e pequenas rugas acumuladas nos cantos dos olhos, rugas que sugeriam um leve sorriso zombeteiro fixo mesmo se os lábios finos não expressassem nenhum sorriso. Assim o corretor relacionou os aspectos positivos da casa, as vantagens da moradia semi-isolada, num subúrbio exclusivo erguido havia apenas oito ou nove anos e que fora construído como se deve, "state of the art", como dizem. E os vizinhos da casa pegada. São dois americanos, um irmão e uma irmã, pessoas estáveis que aparentemente vieram representar aqui algum fundo beneficente de Detroit. De modo que o silêncio estava garantido. A rua toda era composta de casas bem cuidadas, o carro teria uma cobertura, o centro comercial e a escola ficam a duzentos metros da casa, o mar fica a vinte minutos e a cidade toda está ao alcance da mão.

— A casa em si, o senhor viu, está totalmente mobiliada e equipada porque os Kramer, os locadores, são gente que sabe o que é qualidade e, de todo modo, com um executivo da El-Al, pode estar certo de que tudo foi comprado no exterior e tudo é de primeiríssima, inclusive todos os detalhes e bugigangas. O senhor, logo se percebe que o senhor tem discernimento e também um sentido para decisões rápidas. Se todos os meus clientes fossem como o senhor, mas isso eu já disse. E no que é que o senhor trabalha, se me é permitido perguntar?

Yoel refletiu a respeito, como se estivesse selecionando palavras com pinças. Depois respondeu:

— Funcionário público.

E continuou no que fazia: colocava as pontas dos dedos na tampa do pequeno compartimento porta-documentos à sua frente, puxava os dedos por um momento sobre a superfície de plástico azul-marinho e os removia; uma vez abruptamente, outra vez com suavidade e outra com destreza. E repetia e tocava. Mas os movimentos do carro impediam que ele chegasse a uma conclusão, e,

na verdade, não sabia qual era a pergunta. A figura crucificada na imagem bizantina, apesar da barba, tinha feições femininas.
— E sua esposa? Ela trabalha?
— Ela morreu.
— Sinto muito — disse o corretor com polidez. E em seu embaraço tratou de acrescentar: — A minha esposa também é um problema. Dores de cabeça terríveis e os médicos não descobrem o que é. Que idade têm os filhos?

Yoel pareceu estar novamente analisando em seus pensamentos a exatidão dos fatos e escolhendo uma formulação planejada antes de responder.
— Só uma filha. Dezesseis e meio.

O corretor deu um risinho e disse num tom de intimidade, ansioso por travar um contato de camaradagem masculina mínimo com o estranho:
— Não é uma idade fácil, hein? Namorados, crises, dinheiro para comprar roupa e tudo isso. — E continuou e perguntou se lhe era permitido indagar e, sendo assim, por que a necessidade de quatro dormitórios? Yoel não respondeu. O corretor pediu desculpas, sabia naturalmente que não era da sua conta, simplesmente assim, como se diz, curiosidade. Ele próprio tinha dois filhos, de dezenove e de vinte anos, uma diferença de um ano e três meses entre ambos. Um problema, os dois no Exército, em unidades de combate, sorte que aquela desgraça de questão no Líbano tinha acabado, se é que tinha acabado, só era uma pena que tenha acabado com tal confusão, e ele diz isso apesar de ele próprio estar longe de ser de esquerda ou algo parecido. — E onde é que o senhor se situa nisso?
— Temos também duas senhoras idosas — respondeu Yoel em voz baixa à pergunta anterior —, as avós morarão conosco.
— E como se estivesse encerrando a conversa fechou os olhos, nos quais se concentrava o cansaço. Em seu íntimo, repetiu as

palavras usadas pelo corretor: namorados. Crises. O mar. E a cidade ao alcance da mão.

O corretor disse:

— Vamos ver se fazemos uma vez a sua filha se encontrar com os meus rapazes? Talvez um deles dê sorte com ela. Eu sempre vou à cidade por aqui e não pelo caminho que todos fazem. Encomprida um pouco, mas evitamos uns quatro ou cinco sinais desgraçados. Eu, aliás, também moro em Ramat Lotan. Não longe do senhor. Ou seja, da casa que o senhor gostou. Vou lhe dar também o meu telefone de casa, para que me ligue se houver algum problema. Mas não haverá. Simplesmente ligue quando quiser. Ficarei feliz em dar uma volta pelo bairro para lhes mostrar onde fica cada coisa. O principal é que se lembre sempre de que, na hora do movimento, quando for ao centro, é conveniente ir por aqui. Eu tinha um comandante de regimento no Exército, na artilharia, Jimmy Gal, aquele sem orelha, certamente o senhor ouviu falar nele, ele sempre dizia que entre dois pontos só existe uma linha reta e essa linha está cheia de imbecis. O senhor já conhecia isso?

Yoel disse:

— Obrigado.

O corretor murmurou mais alguma coisa sobre o Exército de então e o Exército de hoje, desistiu e ligou o rádio no meio do mugido de publicidade estúpida na estação de música jovem. De repente, como se finalmente um sopro de tristeza do homem sentado à sua direita o atingisse, alcançou o botão e girou para a estação de música clássica.

Viajaram sem falar. Tel Aviv, às quatro e meia da tarde num dia úmido de verão, parecia a Yoel zangada e molhada de suor. Jerusalém, em contraste, delineava-se em seus pensamentos em luz hibernal, envolvida em nuvens de chuva, apagando-se no crepúsculo cinzento.

Na estação transmitiram melodias barrocas. Yoel também desistiu, juntou os dedos e colocou as mãos entre os joelhos como se procurasse calor. Sentiu-se mais aliviado porque finalmente, assim imaginou, havia encontrado o que procurava; o predador não possuía olhos. O artista era um amador, e havia esquecido de fazer os olhos. Ou talvez houvesse olhos mas não no lugar certo. Ou talvez fossem de tamanhos desiguais. Havia necessidade de examinar novamente. De todo modo, era cedo para se desesperar.

3

Ivria morreu em 16 de fevereiro, num dia de fortes chuvas em Jerusalém. Às oito e meia da manhã, quando estava sentada com um copo de café na mão junto à pequena escrivaninha, diante da janela em seu quartinho, a energia elétrica foi repentinamente cortada. Cerca de dois anos antes, Yoel havia adquirido para ela esse aposento do vizinho e o acrescentara ao apartamento deles no bairro de Talbiye. Foi feita uma abertura na parede posterior da cozinha e adaptada uma pesada porta marrom. Era uma porta que Ivria costumava trancar quando estava trabalhando, e também quando estava dormindo. Uma porta anterior que ligava o quartinho à sala do vizinho fora fechada com tijolos, estucada e caiada duas vezes, e apesar disso ainda era possível perceber a linha de contorno na parede atrás da cama de Ivria. Ela optou por decorar o novo quarto com austeridade monástica. Ela o chamava de "estúdio". Além da cama de ferro estreita, havia lá um armário com as suas roupas e a poltrona funda e pesada que pertencera ao pai, uma pessoa que vivera e morrera no Norte, na cidade de Metula. Também Ivria havia nascido e crescido em Metula.

Entre a poltrona e a cama havia uma luminária com pé, entalhada em cobre. Na parede que a separava da cozinha, ela pendurara um mapa de Yorkshire. O piso era descoberto. Havia ali ainda uma mesa de escritório de metal, duas cadeiras de metal e prateleiras de metal para livros. Acima da mesa ela havia pendurado três fotos pequenas em preto e branco, nas quais se encontravam mosteiros de estilo românico do século ix ou x. Sobre a escrivaninha havia uma foto emoldurada do pai, Shealtiel Lublin, um homem atarracado com bigode de morsa, fardado de oficial da polícia britânica. Foi ali que ela decidiu reservar um lugar para si diante da rotina da casa e concluir finalmente o seu mestrado em literatura inglesa. O tema que ela escolhera era "A vergonha no sótão: sexo, amor e dinheiro nas obras das irmãs Brontë".

Diariamente pela manhã, quando Neta ia para a escola, Ivria colocava no toca-discos uma gravação de jazz tranquilo ou de ragtime, punha os óculos quadrados sem armação, óculos de médico de família austero da geração anterior, acendia o abajur da escrivaninha, um copo de café à sua frente, e vasculhava os livros e anotações. Estava acostumada desde a infância a escrever com uma caneta com pena, que a cada dez palavras aproximadamente ela molhava no tinteiro para renovar a tinta. Era uma mulher magra e delicada, de pele fina como papel e olhos claros com longos cílios e cabelo louro caindo sobre os ombros, metade do qual já estava embranquecida. Quase sempre vestia uma blusa branca lisa e calças brancas. Não se maquiava e não costumava portar joia alguma, exceto a aliança de casamento, que por algum motivo ela usava no dedo mínimo da mão direita. Seus dedos infantis estavam sempre frios, no verão e no inverno, e Yoel gostava do seu contato frio nas costas nuas e gostava também de juntá-los entre as suas mãos largas e feias como se aquecesse avezinhas geladas. De uma distância de três aposentos e detrás de três portas fechadas parecia-lhe às vezes que seus ouvidos captavam o farfalhar dos papéis dela. Às vezes ela se levantava e ficava por algum tempo parada diante da janela da qual se via apenas um jardim posterior desleixado e uma cerca alta de pedra de Jerusalém. Também ao anoitecer ela se sentava diante da escrivaninha, a porta trancada, apagava e reescrevia o que havia escrito de manhã, vasculhava os diversos dicionários para averiguar qual era o sentido de uma palavra inglesa cem anos antes ou mais. Yoel estava ausente de casa a maior parte do tempo. Nas noites em que não saía, ambos costumavam se encontrar na cozinha e tomar chá com cubos de gelo no verão ou uma xícara de chocolate no inverno antes de irem dormir, cada um em seu quarto. Entre ela e ele e entre ela e Neta havia um esquema tácito: não se entrava no quarto dela se não fosse estritamente necessário. Aqui, para além da cozinha, no anexo oriental do apartamento, encontra-se o território dela. Protegido sempre pela pesada porta marrom.

O dormitório com a ampla cama de casal, cômoda e dois espelhos iguais foi herdado por Neta, que pendurou nas paredes as fotos de seus poetas hebreus preferidos, Alterman, Lea Goldberg, Steinberg e Amir Guilboa. Nas mesinhas de cabeceira dos dois lados da cama onde antes dormiam os pais, Neta colocou vasos com plantas espinhosas secas, que havia colhido no fim do verão no campo vazio no declive da montanha junto ao leprosário. Na prateleira ela possuía uma coleção de partituras musicais que gostava de ler. Mesmo que não tocasse.

Quanto a Yoel, ele se estabeleceu no quarto de criança da filha com a janela pequena dando para o bairro da Colônia Alemã e para a colina do Mau Conselho. Não se preocupou em mudar quase nada no quarto. De qualquer modo, passava a maior parte do tempo viajando. Cerca de dez bonecas de tamanhos diferentes protegiam o seu sono nos dias em que pousava em casa, assim como um grande pôster colorido de um gatinho que dormia aconchegado a um cão alsaciano com a expressão responsável de um banqueiro de meia-idade. A única modificação foi que Yoel arrancou oito lajotas no canto do quarto da menina e instalou o seu cofre, cimentando-o. No cofre ele mantinha dois revólveres diferentes, uma coleção de mapas detalhados de capitais e cidades do interior, seis passaportes e cinco certificados de habilitação, uma brochura inglesa amarelada denominada *Bangcoc à noite*, uma bolsinha com alguns remédios simples, duas perucas, alguns conjuntos de artigos de toalete e barba para as suas viagens, alguns chapéus, um guarda-chuva dobrável e uma capa de chuva, dois bigodes, papéis de carta e envelopes com emblemas de hotéis e de diversas instituições, uma calculadora de bolso, um minúsculo despertador, tabelas de horários de aviões e trens, cadernetinhas com números de telefones cujos três últimos algarismos eram registrados em ordem invertida.

Depois das mudanças na casa, a cozinha passou a servir de lugar de encontro para os três. Ali realizavam suas conferências de cúpula. Principalmente aos sábados. A sala, que Ivria havia decorado com cores tranquilas, conforme o gosto jerosolimita do início dos anos 60, servia-lhes principalmente de sala de televisão. Quando Yoel ficava em casa, às vezes os três se encontravam na sala, às nove da noite, para ver o noticiário e às vezes também uma novela inglesa do *Teatro de poltrona*.

Só quando as avós vinham de visita, sempre as duas juntas, é que a sala cumpria a sua função original. Serviam chá em copos e uma bandeja com frutas da estação, e comiam do bolo que as avós traziam consigo. De algumas em algumas semanas Ivria e Yoel preparavam um jantar para as duas senhoras. A contribuição de Yoel era a salada farta e bem temperada, picada fino e de forma simétrica, em cujo preparo havia se especializado ainda no tempo da juventude no kibutz. Conversavam a respeito das notícias e de outros assuntos. Os temas prediletos das avós eram literatura e arte. Não costumavam falar dos assuntos de família.

Avigail, a mãe de Ivria, e Lisa, a mãe de Yoel, eram ambas mulheres de postura ereta, elegantes, que usavam o cabelo cortado de forma semelhante, lembrando um arranjo de flores japonês. Com o passar dos anos, foram ficando parecidas, ao menos à primeira vista. Lisa usava brincos delicados e uma correntinha fina de prata, e maquiava-se moderadamente. Avigail costumava amarrar ao pescoço lenços de seda joviais que davam vida aos seus tailleurs cinza como um canteiro de flores na beirada de uma calçada de concreto. No colo trazia um pequeno broche de marfim com o formato de um vaso invertido. Num segundo olhar era possível perceber os primeiros sinais de que Avigail tendia à gordura e a um rubor eslavo, enquanto Lisa talvez encolhesse. Havia seis anos ambas moravam juntas no apartamento de dois aposentos de Lisa na rua Radak, na descida do bairro de Rehavia. Lisa era ativa na sucursal da Organização em Prol do Soldado, e Avigail, no Conselho em Prol da Criança Deficiente Mental.

Outras visitas só apareciam esparsamente. Neta, por culpa do seu estado, não tinha amigas próximas. Quando não estava na escola, ia à biblioteca municipal. Ou se deitava no quarto e ficava lendo. Até o meio da noite ficava deitada e lia. Às vezes ia com a mãe ao cinema ou a uma peça de teatro. A concertos no Auditório Nacional ou na Associação Cristã de Moços ela ia com as duas avós. Às vezes, saía sozinha para colher plantas espinhosas no campo junto ao leprosário. Em outras ocasiões ia assistir a sessões de poesia ou de debates literários. Ivria pouco saía de casa. A dissertação final atrasada preenchia a maior parte do seu tempo. Yoel arranjou a vinda semanal de uma empregada e isso era suficiente para uma casa que estava sempre limpa e arrumada. Duas vezes por semana Ivria saía de carro para fazer as compras necessárias. Não costumavam comprar muitas roupas. Yoel não tinha o hábito de trazer compras exageradas de suas viagens. Mas jamais esquecia os aniversários, e também o aniversário de casamento, que caía em 1º de março. Ele tinha um olhar aguçado graças ao qual conseguia sempre escolher, em Paris, em Nova York ou em Estocolmo, malhas de boa qualidade a preço razoável, uma blusa de bom gosto para a filha, uma calça branca para a esposa, uma echarpe ou um cinto ou um lenço para a sogra e para a mãe.

Às vezes, à tarde, uma conhecida de Ivria vinha tomar um café com ela e conversavam em voz baixa. Havia ocasiões em que o vizinho, Itamar Vitkin, vinha "procurar sinais de vida" ou "dar uma olhada no meu antigo quarto da bagunça". E ficava para conversar com Ivria sobre como era a vida no período do Mandato Britânico. Durante muitos anos não se ouviu nessa casa um tom de voz mais elevado. O pai, a mãe e a filha estavam sempre preparados e atentos para não atrapalhar um ao outro. Se falavam, falavam com polidez. Cada um sabia qual era o seu espaço. Nas reuniões de sábado na cozinha falavam de temas distantes pelos quais os três demonstravam interesse, como as hipóteses sobre a existência de inteligências além do globo terrestre ou se há um modo de manter o equilíbrio ecológico sem desistir dos benefícios da tecnologia. Sobre questões como essas conversavam com animação, apesar de nunca interromperem um ao outro. Por vezes debatiam brevemente questões práticas, compras de calçados novos para o inverno, conserto da máquina de lavar louça, os preços dos diversos sistemas de aquecimento ou a troca do armário de remédios do banheiro por um modelo novo. Conversavam pouco sobre música, devido às diferenças de opinião. Política, o estado de Neta, a dissertação de Ivria e o trabalho de Yoel não eram citados.

Yoel estava ausente muitas vezes, mas na medida do possível procurava informar quando iria voltar. Nunca deu qualquer detalhe além da palavra *exterior*. Exceto aos sábados, faziam as refeições sozinhos, cada um em uma hora. Os vizinhos do pequeno prédio no bairro de Talbiye supunham, de acordo com algum boato, que Yoel cuidava de investidores estrangeiros e isso explicava a mala e o casaco de inverno pendurado em seu braço, às vezes também no verão, as viagens e as voltas de táxi do aeroporto de manhã cedo. A sogra e a mãe acreditavam ou concordavam em acreditar que Yoel viajava, em nome do governo, para comprar equipamento militar. Ambas quase não formulavam perguntas do tipo "onde foi que você se resfriou assim" ou "de onde você vem tão bronzeado", porque havia muito sabiam que viria uma resposta vaga do tipo "na Europa" ou "do sol". Ivria sabia. Os detalhes não a interessavam. O que Neta entendia ou adivinhava era impossível saber.

Havia três aparelhos estereofônicos em casa, no estúdio de Ivria, no quarto de bonecas de Yoel e na cabeceira da cama de casal de Neta. Por isso, as portas da casa estavam quase sempre fechadas e as melodias diferentes, por um sentido de cooperação constante, eram tocadas em volume baixo. Para não atrapalhar.

Somente na sala talvez ocorresse às vezes uma estranha mistura de sons. Mas não havia ninguém na sala. Ela ficou por muitos anos arrumada, limpa e vazia. Exceto quando vinham as avós, porque então todos se juntavam lá, cada um vindo do seu quarto.

4

Foi assim que o desastre aconteceu. Veio o outono e passou. Depois veio o inverno. Foi encontrado um passarinho meio congelado na varanda da cozinha. Neta recolheu a ave ao seu quarto e tentou aquecê-la. Pingou água de milho cozido no bico, com um conta-gotas. Ao anoitecer o pássaro se recuperou e começou a adejar pelo quarto e soltar uns piados desesperados. Neta abriu a janela e o pássaro partiu. De manhã havia outros pássaros nos galhos das árvores que estavam desnudas. Talvez aquele pássaro estivesse entre eles. Como seria possível saber? Quando a luz foi cortada às oito e meia da manhã de chuva forte, Neta estava na escola e Yoel em outro país. Parece que Ivria achou que não tinha claridade suficiente. Nuvens baixas e uma neblina escureceram Jerusalém. Ela saiu e foi ao carro que estava estacionado entre as colunas da casa. Aparentemente pretendeu trazer do porta-malas a lanterna potente que Yoel tinha comprado em Roma. Ao descer, percebeu, na cerca, uma camisola dela que o vento arrancara do varal no terraço. Aproximou-se para recolhê-la. Foi assim que ela tocou no fio de alta tensão que havia caído. Certamente o tinha tomado por engano pelo cordão do varal. Ou talvez o tivesse identificado como cabo elétrico, mas supôs com lógica que, devido à interrupção da energia, não havia corrente passando por ele. Ela esticou o braço para erguê-lo e passar por baixo. Ou talvez tivesse escorregado e tocado nele. Como seria possível saber? Mas a interrupção de luz não era um corte na corrente e sim um curto no próprio prédio. O cabo estava vivo. Devido à umidade era bastante possível que ela tivesse sido eletrocutada na hora sem sofrer. Além dela, houve outra vítima: Itamar Vitkin, o vizinho do lado, aquele vizinho de quem Yoel havia comprado cerca de dois anos antes o quarto. Era um homem de sessenta anos, tinha um caminhão refrigerado, e havia alguns anos vivia sozinho. Seus filhos tinham crescido e se afastado, e a mulher o havia deixado e a Jerusalém (por isso ele desistiu do quarto e o vendeu a Yoel). Pode-se imaginar, talvez, que Itamar Vitkin tivesse visto o desastre da janela, e tivesse corrido para baixo para ajudar. Encontraram-nos deitados numa poça, quase abraçados. O homem ainda não havia morrido. No início tentaram aplicar respiração artificial e até lhe bateram com força no rosto. Na ambulância, a caminho do Hadassa, ele expirou. Entre os moradores do edifício circulava outra versão, pela qual Yoel não se interessou.

Vitkin era considerado pelos vizinhos como uma pessoa estranha. Às vezes, no anoitecer, entrava na cabine do seu caminhão, metia a cabeça e metade do corpo desajeitadamente pela janela e tocava durante quinze minutos violão aos ouvidos dos transeuntes. Não passavam muitas pessoas, porque era uma rua lateral. As pessoas paravam para ouvi-lo e depois de uns três ou quatro minutos davam de ombros e seguiam o seu caminho. Ele sempre trabalhava à noite, transportava derivados de leite para as lojas, e voltava para casa às sete da manhã. Verão e inverno. Através da parede comum ouviam às vezes a sua voz repreendendo o violão em meio aos sons que extraía dele. Tinha uma voz suave, como se estivesse persuadindo uma mulher tímida. Era um homem gorducho e balofo; a maior parte do tempo andava de camiseta e calça cáqui muito larga, e seus modos eram os de quem vive amedrontado de ter acidentalmente feito ou dito algo horrível. Após as refeições, costumava sair à varanda e espalhar migalhas de pão para os passarinhos. Também os passarinhos ele repreendia com palavras suaves. Às vezes, nas noites de verão, ficava sentado de camiseta cinza na cadeira de vime na varanda e tocava melodias russas de partir o coração, feitas talvez para a balalaica e não para o violão. Apesar de todos esses aspectos estranhos, era considerado um bom vizinho. Embora não concordasse em ser eleito para o conselho do condomínio, ofereceu-se como responsável fixo pela escada. E até colocou por sua conta dois vasos de gerânio em ambos os lados da entrada. Se se falava com ele, ou se lhe perguntava a hora, estendia-se pelo rosto dele no mesmo instante uma espécie de expressão doce, como a de um menino a quem prometeram um presente maravilhoso. Tudo isso só despertou em Yoel uma leve impaciência.

Quando ele morreu, compareceram seus três filhos maduros com as esposas e advogados. Durante todos os anos não se preocuparam em visitá-lo. Tinham vindo agora, aparentemente para dividir entre si os pertences do apartamento, e tratar dos arranjos da venda. Ao voltarem do enterro, começou uma disputa entre eles. Duas das esposas ergueram a voz a ponto de os vizinhos as ouvirem. Depois os advogados vieram sozinhos umas duas ou três vezes ou com um assessor profissional. Quatro meses após a desgraça, quando Yoel já havia começado os preparativos para deixar Jerusalém, o apartamento do vizinho ainda estava fechado, trancado e vazio. Numa noite Neta imaginou ouvir sons baixos de música do outro lado da porta, não violão, mas, assim disse ela, talvez violoncelo. Contou pela manhã a Yoel, que decidiu deixar passar isso em silêncio. Com frequência não dizia nada sobre o que a filha lhe contava.

Na escada, acima das caixas de correspondência, o comunicado de luto em nome do condomínio amarelou. Por algumas vezes Yoel pensou em tirar o comunicado e não o fez. Havia um erro na impressão: estava escrito que os moradores consternados compartilhavam da dor das famílias pela morte trágica e prematura de seus queridos vizinhos, a sra. Ivria Raviv e o sr. Eviatar Vitkin. Raviv era o sobrenome que Yoel usava diariamente. Para alugar a casa nova no bairro de Ramat Lotan escolheu chamar-se Ravid, apesar de não ter nenhum motivo lógico para fazê-lo. Neta era sempre Neta Raviv, exceto durante um ano na infância, quando os três viviam em Londres, a serviço, sob um nome totalmente diferente. O nome da mãe era Lisa Rabinovitch. Ivria, nos quinze anos em que estudou, intermitentemente, na universidade, usou sempre o nome de solteira, Lublin. Um dia antes do trágico acontecimento, Yoel registrou-se no Hotel Europa em Helsinque, sob o nome de Lionel Hart. Entretanto, o vizinho de meia-idade, que gostava de violão, cuja morte no pátio sob a chuva nos braços da sra. Raviv deu oportunidade a muitos boatos, chamava-se Itamar e não Eviatar, como estava impresso no comunicado. Mas Neta disse que ela considerava mais bonito justamente o nome Eviatar e, de qualquer modo, que diferença isso fazia?

5

Decepcionado e cansado ele voltou em 16 de fevereiro às dez e meia da noite de táxi ao Hotel Europa. Sua intenção era deter-se alguns minutos no bar, beber um gim-tônica e analisar em seus pensamentos o encontro antes de subir para o quarto. O engenheiro tunisino por quem ele viera a Helsinque e com quem havia se encontrado no fim da tarde na lanchonete da estação de trem pareceu-lhe um peixe pequeno: pediu-lhe favores extraordinários e ofereceu-lhe mercadoria trivial. O que ele forneceu como exemplo, no final do encontro, era um material quase banal, mesmo que no decorrer da conversa o homem se empenhasse em despertar a impressão de que para o encontro seguinte, se viesse a ocorrer, traria as mil e uma noites. Justamente o tipo de coisa pela qual Yoel ansiava havia muito.

Mas os favores que o homem pediu em troca não eram de ordem monetária. Com a ajuda da palavra *bônus* Yoel tateou em vão por sinais de ganância. Nesta questão, e apenas nesta questão, o tunisino não havia sido evasivo: não tinha necessidade de dinheiro. Tratava-se de certos favores não materiais. Que Yoel, em seu íntimo, não estava certo de poder conceder. Certamente não sem autorização de um escalão superior. Nem ficou claro se o homem estava de posse de mercadoria de primeira categoria, algo de que Yoel duvidava. Por isso, ele se despediu do engenheiro tunisino com a promessa de que iria se comunicar com ele novamente no dia seguinte para acertar os arranjos de contato posterior.

Esta noite ele pretendia se deitar cedo. Seus olhos estavam cansados e quase lhe doíam. O inválido que ele viu numa cadeira de rodas imiscuiu-se algumas vezes em seus pensamentos porque lhe pareceu conhecido. Não muito conhecido, apenas não totalmente estranho. Ligado de algum modo a algo que convinha lembrar.

Mas não conseguiu se lembrar.

O funcionário da recepção alcançou-o na entrada do bar. "Perdão, senhor, nas últimas horas telefonou-lhe quatro ou cinco vezes alguém de nome senhora Schiller. Pediu para avisar com urgência ao senhor Hart, no momento em que voltasse ao hotel, que fizesse a gentileza de se comunicar com o irmão."

Yoel agradeceu. Desistiu de ir ao bar. Ainda usando o seu casaco invernal, deu meia-volta e saiu para a rua coberta de neve onde não havia nenhum transeunte e quase não passavam carros naquela hora noturna. Começou a descer a ladeira, espiou por sobre o ombro, viu apenas poças de luz amarela na neve. Decidiu caminhar para a direita, e retornou e virou para a esquerda, arrastando os pés na neve macia, ao longo de duas quadras de edifícios, até que achou finalmente o que estava procurando: uma cabine de telefone público. Novamente olhou em torno. Não havia vivalma. A neve azulou e ficou rósea como uma doença de pele em todo lugar onde a luz se refletia. Ele fez uma ligação a cobrar ao escritório em Israel. O irmão, para fins de ligações de emergência, era chamado de Le Patron. Em Israel era quase meia-noite. Um dos auxiliares de Le Patron ordenou-lhe que voltasse imediatamente. Não acrescentou mais nada e nem Yoel lhe perguntou. À uma da madrugada voou de Helsinque a Viena e aguardou ali sete horas até o voo para Israel. De manhã, o homem do escritório de Viena veio tomar café com ele no salão de embarque. Não soube contar a Yoel o que havia acontecido, ou sabia e recebeu ordem para ficar calado. Conversaram um pouco a respeito de seus assuntos. Depois conversaram sobre economia. Ao anoitecer, em Lod, o próprio Le Patron estava à sua espera; contou-lhe, sem preâmbulos, que Ivria tinha sido acidentalmente eletrocutada no dia anterior. Respondeu às duas perguntas de Yoel com exatidão e sem adjetivos. Tomou de suas mãos a maleta e o levou por uma saída lateral até o carro, e anunciou que ele próprio conduziria Yoel a Jerusalém. Excetuando algumas frases sobre o engenheiro tunisino, viajaram todo o tempo em silêncio. A chuva não parara desde o dia anterior, só se tornara mais leve e fina, penetrante. Nas luzes dos carros em direção oposta parecia que a chuva não caía, mas subia do solo. Um caminhão capotado no acostamento da estrada, nas curvas do Portão de Hagai, com as rodas ainda girando com rapidez no ar, fê-lo lembrar-se do inválido de Helsinque; ele ainda tinha a sensação de que havia uma discrepância, ou de que havia algo implausível ou alguma irregularidade. Não sabia o que era. Na subida do Castel tirou da pasta um barbeador pequeno a pilha, e barbeou-se no escuro. Como de hábito. Não queria aparecer em casa com a barba por fazer.

No dia seguinte, às dez horas da manhã, saíram os dois enterros. Ivria foi enterrada sob chuva no cemitério de San'hedria enquanto o vizinho foi levado a outro cemitério. O irmão mais velho de Ivria, um agricultor corpulento de Metula chamado Nakdimon Lublin, gaguejou a oração fúnebre, confundindo-se na pronúncia das palavras aramaicas. Depois Nakdimon e seus quatro filhos apoiaram alternadamente Avigail, que desfaleceu.

Na saída do cemitério, Nakdimon caminhou ao lado da mãe. Andavam muito próximos, mas não tocaram um no outro exceto uma vez, quando passaram pelo portão e o acúmulo de gente os comprimiu e os dois guarda-chuvas pretos se engancharam no vento. De repente, lembrou que havia deixado *Mrs. Dalloway* no quarto do hotel em Helsinque, e o cachecol de lã que a esposa havia lhe comprado, deixara no saguão de embarque de Viena. Aceitou as perdas. Mas como é que não havia percebido o quanto a sogra e a mãe iam ficando parecidas uma com a outra desde que tinham começado a morar juntas? Será que a partir de agora começaria a surgir uma semelhança entre ele e a filha também? Seus olhos ardiam. Veio-lhe a ideia de que havia prometido telefonar hoje ao engenheiro tunisino; não cumpriu a promessa e jamais poderia cumpri-la. Ainda não percebia como essa promessa se vinculava ao inválido, mesmo sentindo que havia ligação. Isso o perturbava um pouco.

6

Neta não foi ao enterro. Também Le Patron não foi. E não porque estivesse ocupado em outro lugar, mas porque, como de hábito, no último momento mudou de opinião e decidiu permanecer no apartamento aguardando com Neta a volta do cemitério. Quando os familiares e alguns conhecidos e vizinhos que se tinham juntado voltaram, encontraram o homem e Neta sentados um diante do outro, na sala, jogando damas. Nakdimon Lublin e os demais não aprovaram isso, mas levaram em conta o estado de Neta e preferiram ser indulgentes. Ou não dizer nada. Yoel não se incomodou. Durante a ausência deles, o homem ensinou Neta a preparar café muito forte misturado com conhaque e ela serviu um café assim para todos. O homem ficou na casa deles até o anoitecer. Ao anoitecer ergueu-se e partiu. Conhecidos e parentes se dispersaram. Nakdimon Lublin e os filhos foram pousar em outro local em Jerusalém e prometeram voltar pela manhã. Yoel ficou com as mulheres. Quando escureceu, Avigail começou a chorar amargamente na cozinha em voz alta e entrecortada, que soava como uma crise de soluço forte. Lisa a acalmou com gotas de valeriana, um remédio antigo que, depois de algum tempo, trouxe alívio. As duas mulheres estavam sentadas na cozinha, o braço de Lisa sobre os ombros de Avigail, e ambas estavam envolvidas juntas num xale cinza de lã que Lisa havia pelo visto encontrado em um dos armários. Às vezes o xale caía e Lisa se inclinava e o levantava e envolvia as duas, como se estivesse estendendo a asa de um morcego. Após as gotas de valeriana o choro de Avigail passou a ser silencioso e igual, como se fosse uma criança chorando enquanto dorme. Mas fora brotou de repente o lamento de gatos no cio, estranho, ruidoso, penetrante, parecendo-se com um latido. Ele e a filha estavam sentados na sala, dos dois lados da mesinha baixa que Ivria havia comprado dez anos antes em Jafa. O tabuleiro de damas estava sobre a mesinha, rodeado de peças de pé e deitadas e algumas xícaras de café vazias. Neta perguntou-lhe se devia lhe preparar omelete e salada e Yoel disse: "Não estou com fome" e ela respondeu: "Eu também não". Às oito e meia o telefone tocou e quando levantou o fone não ouviu nada. Por força do hábito profissional perguntou-se quem poderia estar interessado só em saber se ele estava em casa. Não chegou a nenhuma conclusão. Depois Neta levantou-se e fechou as persianas, as janelas e as cortinas. Às nove da noite ela disse: "Pode-se ligar a televisão para ver notícias, como queira". Yoel disse: "Está bem". Mas continuaram sentados, nenhum deles se aproximou da televisão. Novamente, por força do hábito profissional, lembrava-se de cor do número do telefone de Helsinque e por um momento pensou em telefonar naquele momento dali para o engenheiro tunisino. Decidiu não fazê-lo porque não sabia o que iria dizer. Depois das dez levantou-se e preparou para todos pão com queijo amarelo e salsicha que achou na geladeira, salsicha picante e temperada com pimenta-negra de que Ivria gostava. Depois pôs a chaleira no fogo e preparou quatro copos de chá com limão. A mãe disse: "Deixe isto para mim". Ele disse: "Não tem importância, está bem assim". Tomaram o chá, mas ninguém tocou nas fatias de pão. Quase à uma da manhã, Lisa conseguiu convencer Avigail a tomar dois comprimidos de Valium e fê-la deitar vestida na cama de casal do quarto de Neta. Ela própria deitou-se ao seu lado sem apagar a lâmpada de cabeceira. Às duas e um quarto Yoel espiou ali e viu ambas dormindo. Por três vezes Avigail acordou, chorou, parou de chorar e novamente houve silêncio. Às três, Neta sugeriu a Yoel um jogo de damas para passar o tempo. Ele concordou, mas repentinamente foi dominado pelo cansaço; os olhos ardiam, e ele foi cochilar um pouco na cama no quarto de bonecas. Neta o acompanhou até a porta, e ali, de pé, desabotoando a camisa, disse a ela que decidira usar o direito de se aposentar prematuramente. Nessa mesma semana escreveria a carta de demissão. Não esperaria até que nomeassem o substituto. E no fim do ano letivo iremos embora de Jerusalém.

Neta disse: Como queira, e não acrescentou mais nada.

Deitou-se na cama sem fechar a porta, as mãos sobre a cabeça e os olhos acesos fixos no teto. Ivria Lublin havia sido o seu único amor, mas isso fora havia bastante tempo. Com pungência, nos mínimos detalhes, lembrou-se de uma noite de amor de muitos anos antes. Uma relação depois de uma briga acirrada. Desde a primeira carícia até o último tremor choraram ambos e depois se acariciaram e por muitas horas permaneceram envolvidos um no outro não como um homem e uma mulher, mas como duas pessoas que congelaram no campo numa noite de nevasca. Deixou o membro dentro do corpo dela também quando não havia mais restado nenhum desejo e quase até o fim daquela noite. Agora, com a lembrança despertou nele um desejo pelo corpo dela. Colocou a palma da mão ampla e feia sobre o membro, como que para se tranquilizar, cuidando para não mover nem a mão nem o órgão. Como a porta do quarto estava aberta, estendeu a outra mão e apagou a luz. Ao apagar a luz deu-se conta de que o corpo pelo qual ansiava estava agora encerrado na terra e permaneceria ali para sempre. Inclusive os joelhos infantis, inclusive o seio esquerdo, que era redondo e um pouco mais bonito do que o direito, inclusive o sinal marrom de nascença que às vezes era visível e às vezes desaparecia entre os pelos púbicos. Então, viu-se preso no quartinho dela numa escuridão absoluta e viu-a pousada nua sob a cobertura de blocos de concreto, sob o montinho de terra na chuva que caía na escuridão e lembrou-se da claustrofobia dela; recordou-se que os mortos não são enterrados nus e novamente estendeu a mão e acendeu a luz assustado. Seu desejo havia passado. Fechou os olhos e ficou deitado de costas sem se mover, na expectativa do choro. O choro não veio, e também não o sono, e a mão tateou na mesinha de cabeceira em busca do livro. Que havia ficado no hotel em Helsinque.

Através da porta aberta e do ruído do vento e da chuva, viu a filha de longe; não era bonita; concisa, retraída, recolhia as xícaras vazias de café e os copos de chá e os colocava na bandeja. Ela levou tudo para a cozinha e lavou sem pressa. Embrulhou o prato com as fatias de pão e queijo amarelo e salsicha num plástico e colocou-o cuidadosamente na geladeira. Apagou a maior parte das luzes e verificou se a casa estava trancada. Depois bateu duas vezes na porta do estúdio da mãe, abriu e entrou. Sobre a escrivaninha havia a caneta de pena de Ivria e o tinteiro que ficara aberto. Neta fechou o tinteiro e colocou a tampa na pena. Ergueu da escrivaninha os óculos quadrados, sem armação, óculos de médico de família austero da geração anterior. Neta os pegou da escrivaninha como se tivesse a intenção de experimentá-los. Mas desistiu, limpou-os um pouco na barra da blusa, dobrou-os e os colocou no estojo marrom que encontrou sob os papéis. Pegou a xícara de café que Ivria tinha deixado na mesa quando descera para procurar uma lanterna, apagou o interruptor, saiu e fechou a porta do estúdio. Depois de ter lavado também essa xícara voltou à sala e sentou-se só diante do tabuleiro de damas. Do outro lado da parede Avigail chorou novamente e Lisa a consolou silenciosamente. O silêncio que reinava era tão forte que pelas persianas e janelas fechadas ouviam-se galos distantes e ladrar de cães, e em seguida, vaga e prolongada, ouviu-se a voz do almuadem chamando para as orações da manhã. E o que seria a partir de agora?, Yoel perguntou a si próprio. O barbear-se no carro de Le Patron no caminho do aeroporto para casa pareceu-lhe ridículo, irritante e supérfluo. O inválido na cadeira de rodas em Helsinque era jovem, muito branco, e Yoel pareceu lembrar que ele tinha feições femininas e delicadas. Não tinha nem braços nem pernas. De nascença? Acidente? Choveu a noite toda em Jerusalém. Mas consertaram a rede elétrica menos de uma hora após o desastre.

7

Num dia de verão, ao anoitecer, Yoel estava parado descalço no canto do gramado podando a cerca viva. Na ruazinha no bairro de Ramat Lotan havia cheiros agrícolas, relva cortada e canteiros adubados e terra leve saciada de água da chuva. Porque havia muitos irrigadores girando nos pequenos jardins diante e atrás de toda a casa. Eram cinco e quinze da tarde. De vez em quando, um vizinho retornava do serviço, estacionava o carro e saía, sem pressa, esticando-se, soltando o laço da gravata ainda antes de se voltar para o caminho cimentado do jardim.

Através das portas do jardim das casas em frente era possível ouvir a voz do locutor no programa *Noite nova*. Aqui e ali havia vizinhos sentados no gramado olhando para dentro, para a televisão na sala. Com um pequeno esforço Yoel conseguia captar as palavras do locutor. Mas seus pensamentos estavam dispersos. Por vezes interrompia a poda e observava três meninas brincando na calçada com um cão alsaciano chamado Ironside, talvez em homenagem ao nome do detetive paralítico da série de programas de televisão de alguns anos antes, uma série americana a que

Yoel assistiu algumas vezes sozinho nos quartos de hotel numa ou outra capital. Uma vez assistiu a um de seus capítulos dublado em português, e mesmo assim compreendeu o enredo. Que era simples.

Ao redor, os passarinhos cantavam nas copas das árvores, pulavam as cercas, iam de um jardim a outro, numa espécie de alegria crescente que ultrapassava as barreiras. Mesmo que Yoel soubesse que os pássaros não voam por alegria, mas por outros motivos. De longe, como o rugido do mar, ouvia-se o rumor do trânsito pesado na avenida principal abaixo do bairro. Atrás dele, a mãe, metida num vestido caseiro, lia um jornal vespertino na rede. Uma vez, muitos anos antes, a mãe lhe contara que, quando ele estava com três anos, colocara-o num carrinho que rangia, totalmente coberto e enterrado sob pacotes e volumes amarrados com pressa; andara centenas de quilômetros de Bucareste até o porto de Varna. Ela percorrera quase todo o trajeto da fuga em caminhos laterais afastados. Nada restara em sua memória, mas tinha uma imagem confusa de um salão obscuro no porão do navio, um salão repleto de andares de camas de ferro cheios de homens e mulheres que gemiam e cuspiam, talvez vomitassem um sobre o outro, talvez também sobre ele. O quadro vago de uma briga, arranhões e mordidas até sangrar, entre a mãe que berrava e um homem calvo e não barbeado, naquela partida difícil. Não se lembrava em absoluto do pai, apesar de conhecer a sua fisionomia por duas fotos em sépia no velho álbum da mãe, e sabia ou inferia que o homem não era judeu mas um romeno cristão que havia saído de sua vida e da vida da mãe ainda antes da chegada dos alemães. Mas em seus pensamentos delineou-se um pai com a imagem calva coberta de tufos que batera na mãe no navio.

Do outro lado da cerca, que ele estava podando lentamente e com precisão, os vizinhos, o irmão e a irmã americanos que compartilhavam a casa geminada, estavam sentados em espreguiçadeiras brancas tomando sorvete batido com café. Desde que tinham chegado, os Vermont o haviam convidado algumas vezes, assim como às senhoras, para se juntar a eles no café com sorvete do fim da tarde ou também para assistir a alguma comédia no vídeo deles após o noticiário. Yoel disse: Tudo bem. Por enquanto ainda não havia feito isso. Vermont era um homem bem-disposto, rosado, grande, com modos rudes de fazendeiro. Tinha a aparência de um holandês saudável e rico, de propaganda de charutos caros. Era jovial e falava alto. Talvez falasse alto devido a dificuldades de audição. A irmã era pelo menos dez anos mais jovem, Annemarie ou Rosemarie, Yoel não se lembrava. Uma mulher pequena, atraente. Tinha olhos azuis infantis e sorridentes e seios pontudos insolentes. "Hi", ela disse alegremente, quando viu o olhar de Yoel em seu corpo, do outro lado da cerca. O irmão repetiu a mesma sílaba com um ligeiro atraso e com menos jovialidade. Yoel disse-lhes boa-noite. A mulher se avizinhou da cerca, os mamilos visíveis sob a camiseta. Quando se aproximou dele, interceptando deliciada o olhar dele fixado nela, acrescentou em inglês, rápida e em voz baixa: "Vida dura, hein?". Em voz alta, em hebraico, perguntou se poderia emprestar mais tarde a podadeira dele para acertar a cerca de ligústica também do lado deles. Yoel respondeu: "Por que não?". E após uma leve hesitação ofereceu-se para fazê-lo ele mesmo. "Cuidado", disse ela rindo, "sou capaz de dizer sim."

A luz do entardecer era suave, de tom de mel; tingia de um estranho dourado duas ou três nuvens meio transparentes que passavam pelo subúrbio no trajeto do mar para as montanhas. Porque havia começado a soprar um vento leve do mar e trazia um cheiro de sal junto com uma sombra lânguida de melancolia. Que Yoel não rejeitou. O vento farfalhou nas folhagens das árvores ornamentais e frutíferas, acariciou relvas bem cuidadas, trouxe ao seu tronco desnudado gotículas de água de um irrigador num outro jardim.

Ao invés de concluir a poda e passar, como havia prometido, a endireitar do outro lado, Yoel deixou a tesoura na borda da relva e saiu para um pequeno passeio até um ponto em que a aleia era bloqueada por um laranjal cercado. Ficou parado ali por alguns momentos, olhando a folhagem densa, esforçando-se inutilmente em decifrar um movimento surdo que pareceu perceber no meio da plantação. Até que seus olhos começaram novamente a doer. Depois voltou-se e retornou. Era uma noite lenta. Da janela de uma das casas ouviu a voz de uma mulher dizer: "O que é que tem?, amanhã é outro dia". Yoel analisou a frase em seus pensamentos e não encontrou erro algum. Nas entradas dos jardins, caixas de correspondência de estilo, aqui e ali até ostentadoras. De alguns carros estacionados, ainda emanava um resto de calor do motor com um leve vapor de gasolina queimada. Também da calçada feita de quadrados de cimento compactado irradiava um suave reflexo de calor que era agradável às plantas dos pés descalços. Cada um dos quadrados de cimento estava marcado com a forma de duas flechas entre as quais havia a inscrição SCHARFSTEIN LTDA., RAMAT GAN.

Depois das seis, Avigail e Neta voltaram do cabeleireiro no carro dele. Avigail, apesar do luto, parecia-lhe saudável, lembrando uma maçã, o rosto cheio e o porte robusto sugeriam uma camponesa eslava próspera. Era tão diferente de Ivria que por um momento teve dificuldade em lembrar o que tinha a ver com esta mulher. E, quanto à filha, estava com o cabelo tosado como um rapaz; um corte ouriçado, como se para desafiá-lo. Ela não perguntou qual era a opinião dele e Yoel escolheu também dessa vez não dizer nada. Quando as duas entraram em casa, Yoel se aproximou do carro que Avigail havia estacionado de qualquer jeito, deu a partida, saiu de ré da vaga, deu a volta na descida da ruazinha, voltou e entrou de ré, de modo que o carro ficou exatamente no centro, sob a cobertura de frente para a rua, pronto para sair. Depois ficou parado durante algum tempo junto ao portão da casa, como se estivesse aguardando a chegada de mais alguém. Assobiou para si uma velha melodia, baixinho. Não se lembrava de onde era exatamente, mas recordava vagamente que era de uma famosa peça musical; voltou-se para a casa, a fim de perguntar, e lembrou-se que Ivria não estava e que, por isso, nós estamos aqui. Porque por um momento não lhe era claro o que é que ele tinha realmente a ver com este lugar estranho.

Eram sete da noite. Já era possível tomar um brandy. E amanhã, ele lembrou, seria outro dia. Basta.

Entrou e ficou por longo tempo no chuveiro. Enquanto isso, a sogra e a mãe prepararam o jantar. Neta lia no quarto e não se juntou a eles. Pela porta fechada ela lhe respondeu que comeria sozinha mais tarde.

Às sete e meia o crepúsculo começou a se estender. Um pouco antes das oito saiu para deitar na rede; trouxe o rádio, um livro e óculos novos de leitura, que começara a usar algumas semanas antes. Havia escolhido óculos redondos, absurdos, de armação preta que lhe conferiam um ar de padre francês envelhecido. No céu ainda bruxuleavam alguns reflexos estranhos de luz, o último vestígio do dia passado, e, enquanto isso, uma lua vermelha cruel se erguia repentinamente além das árvores do laranjal. Do outro lado, detrás de ciprestes e de telhados de telhas, o céu refletia o clarão das luzes de Tel Aviv. E por um momento Yoel sentiu que devia se levantar e ir para lá imediatamente e trazer a filha de volta. Mas ela estava no quarto. A luz do abajur da mesinha de cabeceira brilhando no jardim através da janela desenhava na grama uma forma a qual Yoel, ao contemplá-la por alguns momentos, tentou em vão definir. Talvez porque não fosse uma forma geométrica.

Os mosquitos começaram a incomodá-lo. Entrou em casa e lembrou-se de carregar o rádio, o livro, os óculos redondos de armação preta, sabendo bem que havia esquecido algo, mas não sabia o quê.

Na sala, ainda descalço, serviu-se de brandy, sentou-se com a mãe e a sogra para assistir ao noticiário das nove. Seria possível destacar o predador da base metálica com um movimento médio e, com isso, se não decifrá-lo, finalmente calá-lo. Mas, sabia, depois teria de consertá-lo. E isso só seria possível se furasse a planta da pata e passasse um parafuso por ali. No fim das contas, talvez fosse melhor não tocar nele.

Levantou-se e saiu para a varanda. Fora os grilos já cricrilavam. O vento parou. Coros de sapos enchiam o laranjal na descida da ruazinha, um menino chorava, uma mulher ria, uma gaita de boca espalhava tristeza, a água rugia em alguma descarga, porque as casas haviam sido construídas muito perto umas das outras e os jardins que as separavam eram pequenos. Ivria tinha um sonho: quando completasse a tese e Neta acabasse a escola e Yoel se livrasse do serviço, poderiam vender o apartamento de Talbiye e o apartamento das avós em Rehavia e todos passariam a viver numa casa que comprariam no final de uma aldeia nas montanhas da Judeia, não muito longe de Jerusalém. Era importante para ela que fosse uma última casa. Por cujas janelas, ao menos de um lado, aparecessem apenas as montanhas com florestas, sem sinal de vida. E, agora, já tinha conseguido concretizar ao menos alguns componentes desse projeto. Mesmo que os dois apartamentos em Jerusalém tivessem sido alugados e não vendidos. A renda era suficiente para este aluguel em Ramat Lotan e até restava algum dinheiro. Havia também a sua aposentadoria mensal, as economias das mulheres idosas e o dinheiro do seguro social delas. Havia a herança de Ivria, um grande terreno na cidadezinha de Metula, onde Nakdimon Lublin e seus filhos plantavam árvores frutíferas, e onde havia não muito tempo construíram uma pequena hospedaria. Mensalmente transferiam para a sua conta um terço dos rendimentos. Entre aquelas árvores frutíferas deitara-se pela primeira vez com Ivria em 1960, ele um soldado que errara o caminho durante um exercício de orientação do curso do comando de companhia, e ela, que era filha de um agricultor, dois anos mais velha do que ele, que saíra para fechar torneiras de irrigação na escuridão. Ambos se espantaram, estranhos, talvez tivessem trocado dez palavras na obscuridade antes que seus corpos repentinamente se agarrassem, tateando, rolando na lama, vestidos, ofegando, vasculhando um ao outro como dois cachorrinhos cegos, machucando um ao outro, concluindo quase quando começaram e depois fugindo quase sem falar, para os respectivos caminhos. E ali, entre as árvores frutíferas, deitou com ela também na segunda vez, quando como que enfeitiçado retornou a Metula após alguns meses e aguardou por ela duas noites junto às torneiras de irrigação até que se encontraram e mais uma vez atiraram-se um ao outro; depois pediu a mão dela e ela disse: Você ficou doido. Desde então passaram a se encontrar no restaurante da rodoviária em Kiryat Shmona e deitavam-se num latão abandonado que encontrou em suas andanças no local, onde tinha existido um campo de imigrantes em trânsito. Depois de meio ano ela se rendeu e casou-se com ele sem demonstrar reciprocidade no amor, mas com dedicação, honestidade, com a determinação que possuía para dar toda a sua parte e empenhar-se em dar ainda mais. Ambos eram capazes de compaixão e gentileza. Em suas relações não mais machucavam um ao outro, mas empenhavam-se em melhorá-las. Ensinar e aprender. Aproximar-se. Não fingindo. Mesmo quando, às vezes, e até após dez anos, voltavam a ter relações completamente vestidos em algum campo em Jerusalém, na terra dura, em lugares onde só se viam estrelas e sombras de árvores. De onde, então, a sensação que o acompanhava desde o início da noite, de que havia esquecido algo?

Depois do noticiário, mais uma vez bateu delicadamente à porta do quarto de Neta. Não veio resposta, ele aguardou e tentou de novo. Também aqui, como em Jerusalém, Neta recebeu o dormitório grande com a cama de casal dos donos da casa. Aqui ela pendurou as fotos dos seus poetas e para cá transferiu a coleção de partituras e os vasos de plantas espinhosas. Foi ele quem estabeleceu a distribuição porque tinha dificuldade em adormecer em camas de casal e porque, para Neta, em seu estado, era melhor dormir numa cama ampla.

As duas avós se instalaram nos quartos de crianças, que eram unidos por uma porta. Ele pegou para si o quarto na parte posterior da casa, que para o sr. Kramer servia de quarto de trabalho. Havia ali um sofá espartano, uma mesa e uma foto da parada de formatura da Escola de Blindados, turma de 1971, com tanques portando bandeiras coloridas em suas antenas, em formação de semicírculo. Havia também uma foto do dono da casa, fardado, no grau de capitão, apertando a mão do chefe do Comando Geral, David Elazar. Na estante encontrou livros em hebraico e em inglês de administração de empresas, álbuns comemorativos às vitórias, a Bíblia com o comentário de Cassuto, uma coleção Mundo do Conhecimento, memórias de Ben Gurion e de Dayan, livros de turismo de muitos países e uma prateleira repleta de livros de suspense em inglês. No armário embutido que encontrou, pendurou as próprias roupas e um pouco das roupas de Ivria, o que não tinha doado após a morte dela ao leprosário próximo à casa deles em Jerusalém. Transferiu para cá o cofre sem se preocupar em fixá-lo ao piso porque agora quase nada restara nele; com a demissão, tratou de devolver ao escritório os revólveres e tudo o mais. Inclusive o seu próprio revólver. Destruiu a agenda com os números de telefone. Só conservou, por algum motivo, mapas de capitais e de outras cidades, assim como o passaporte verdadeiro, trancados no cofre.

Pela terceira vez bateu à porta do quarto e, não tendo ouvido resposta, abriu e entrou. A filha, angulosa, magra, o cabelo tosado maldosamente até quase o crânio, uma das pernas pendente ao soalho, como se pretendesse se levantar, expondo o joelho ossudo, dormia com o livro aberto e virado cobrindo o rosto. Tomou-lhe o livro com cuidado. Conseguiu tirar os óculos sem acordá-la, dobrou-os e os colocou à cabeceira. Eram óculos de armação transparente de plástico. Com suavidade, muita paciência, ergueu a perna livre e endireitou-a na cama. Cobriu o corpo anguloso e frágil com o lençol. Demorou-se mais um instante para olhar as fotos dos poetas na parede. Amir Guilboa lhe sugeria uma ponta de sorriso. Yoel voltou as costas, apagou a luz e saiu. Ao sair ouviu repentinamente a voz dela, adormecida, na escuridão. Ela disse: "Apague, pelo amor de Deus". E, apesar de não restar no quarto nenhuma luz a ser apagada, Yoel passou em silêncio e fechou a porta sem ruído. Só então se lembrou do que o havia incomodado vagamente toda a noite: quando parara de podar e saíra para dar uma volta pela rua, havia deixado a podadeira fora, junto à grama. E não era bom que ela ficasse a noite toda na umidade do orvalho. Afivelou as sandálias e saiu para o jardim; viu um círculo pálido brilhando em torno da lua cheia cuja cor não era mais vermelho púrpura, mas branco prateado. Ouviu os coros de grilos e de sapos da direção do laranjal. E o grito de terror que irrompeu de uma só vez de muitos aparelhos de televisão nas casas da rua toda. Depois captou o ruído dos irrigadores, o zumbido do tráfego distante vindo da avenida principal e a batida de uma porta em alguma casa. Silenciosamente disse a si próprio, em inglês, as palavras que tinha ouvido da vizinha: "Vida dura, hein?". Em vez de voltar para casa, meteu a mão no bolso. Tendo achado as chaves, entrou no carro e deu a partida. Ao voltar à uma da manhã, a rua já estava silenciosa e também a sua casa estava escura e silenciosa. Despiu-se e deitou, pôs os fones estereofônicos; até as duas ou duas e meia ouviu uma série de obras curtas barrocas, leu algumas páginas do trabalho não completado. As três irmãs Brontë, assim verificou, tinham mais duas irmãs mais velhas, falecidas ambas em 1825. Havia também um irmão beberrão e tuberculoso chamado Patrick Branwell. Ele leu até que seus olhos se fecharam e adormeceu. De manhã a mãe saiu para apanhar o jornal na trilha do jardim e colocou a podadeira de volta no depósito de ferramentas.

8

E porque os dias e as noites estavam desocupados e vazios, Yoel acostumou-se a assistir quase toda noite aos programas de televisão até o final, à meia-noite. Na maioria das vezes a mãe ficava sentada diante dele, na poltrona, bordando ou tricotando; os olhos cinza estreitos e os lábios encolhidos na boca conferiam-lhe um ar duro, ofendido. Ele ficava de short, os pés descalços levantados sobre o sofá da sala cujas almofadas ele juntara numa pilha à cabeceira. Às vezes, também Avigail, apesar do luto, se juntava a eles para assistir à segunda edição do noticiário, o rosto de camponesa eslava forte de uma bondade enérgica e descomprometida. As velhas preocupavam-se em colocar na mesa da sala algo de frio e algo de quente para beber, um prato cheio de uvas, peras, ameixas e maçãs. Era o final do verão. Durante a noite, Yoel tomava dois ou três cálices de brandy, de procedência estrangeira, que Le Patron havia lhe trazido. Às vezes Neta saía do quarto, ficava parada por um minuto ou dois à porta da sala e ia embora. Mas, se era um programa a respeito de natureza, ou algum drama inglês, às vezes resolvia ficar. Sentava-se num canto, magra, a cabeça erguida como se numa tensão não natural, não na poltrona, mas sempre numa das cadeiras pretas de espaldar alto que ficavam junto à mesa de jantar. Sentava-se ereta nessa cadeira até o final do programa, longe dos outros. Por momentos parecia-lhe que o seu olhar estava fixo no teto e não na tela da televisão. Era apenas a projeção de pescoço característica dela. Geralmente usava um vestido liso com grandes botões na frente, que destacava a magreza, o peito chato e os ombros delicados. Às vezes ela parecia a Yoel tão velha quanto as avós e até mais velha. Falava pouco: "Já exibiram isso no ano passado". "Dá para abaixar um pouco?, está gritando." Ou: "Há sorvete na geladeira". Quando o enredo se tornava complexo, Neta dizia: "O bilheteiro não é o assassino". Ou: "No fim ele vai voltar para ela". Ou: "Que coisa idiota; como é que ela pode saber que ele já sabe?". Nas noites de verão projetaram com frequência filmes sobre grupos terroristas, espionagem, serviço secreto. Na maioria das vezes Yoel adormecia no meio e acordava só quando davam o noticiário da meia-noite, depois que as duas velhas tinham se recolhido em silêncio. Nunca em sua vida se interessara por filmes desse tipo, nem tinha tempo para tanto. Tampouco se interessou pela leitura de romances de espionagem e suspense. Quando todo o escritório falava de um romance novo de Le Carré e os seus colegas faziam-no prometer que leria, atendia e tentava ler um deles. As intrigas pareciam-lhe implausíveis e ridículas ou, ao contrário, simplórias e óbvias. Depois de algumas dezenas de páginas, deixava o livro e não o retomava. Num conto curto de Tchekhov ou num romance de Balzac encontrou mistérios que, em sua opinião, não existiam nos romances de espionagem ou suspense. Uma vez, há muitos anos, refletiu durante algum tempo sobre a possibilidade de escrever ele próprio uma pequena história de espionagem quando se aposentasse, para descrever nela as coisas conforme as conheceu durante todos os anos em que esteve a serviço. Mas desistiu da ideia porque não achou em suas ocupações nada marcante ou excitante. Dois pássaros na cerca num dia de chuva, um velho falando sozinho no ponto de ônibus da rua Gaza, estes e outros acontecimentos lhe pareciam mais fascinantes do que tudo o que lhe ocorrera no serviço. Na verdade, ele se via como uma espécie de avaliador e comprador de mercadoria abstrata. Viajava para o exterior para encontrar uma pessoa estranha num café em Paris, por exemplo, ou em Montreal, ou em Glasgow, mantinha uma conversa ou conversas e chegava a uma conclusão. A parte principal eram as impressões, a sensibilidade, o julgamento intuitivo, assim como o barganhar pacientemente. Nunca lhe havia ocorrido, nem sequer imaginara, pular sobre muros ou de um telhado ao outro. Ele se via como um negociante antigo e experiente que havia muito se especializara em barganhar, em arranjar negócios, em tecer confiança mútua, em delinear garantias e seguranças, mas, acima de tudo, em formar impressões exatas sobre o caráter do interlocutor. É verdade que suas negociações sempre haviam transcorrido na discrição. Mas Yoel imaginava que as coisas eram assim também no mundo dos negócios, e, se havia alguma diferença, era principalmente uma diferença de cenário e pano de fundo.

Nunca lhe aconteceu mergulhar em lugares secretos, seguir pessoas no emaranhado das vielas, lutar com bravura ou esconder aparelhos de escuta. Isso era feito pelos outros. Seu negócio era desenvolver relações, planejar e acertar encontros, abrandar temores e dispersar suspeitas sem desistir de sua própria suspeita, irradiar sobre o interlocutor uma intimidade relaxada, bem-humorada, como um conselheiro matrimonial otimista, e utilizando-se disso penetrar de forma perspicaz, friamente e com sagacidade sob a pele do estranho: será que ele é uma fraude? Uma fraude amadora? Ou um mentiroso experiente e mordaz? Talvez apenas um pequeno louco? Um alemão assoberbado pelo arrependimento histórico? Um idealista reformador do universo? Um perturbado tomado pela ambição? Uma mulher que se enredou e escolheu atos desesperados? Um judeu da Diáspora excessivamente entusiasmado? Um intelectual francês aborrecido sedento de emoções? Uma tentação atirada a ele por um inimigo oculto que fica rindo maldosamente na escuridão? Um árabe cuja ânsia de vingança de algum inimigo particular trouxe-o a nós? Ou um inventor frustrado que não achou quem reconhecesse o seu gênio? Tanto uns como os outros eram as primeiras categorias, as ordinárias. Além deles encontrava-se o trabalho delicado de classificação.

Sempre, sem exceção, Yoel insistia em decifrar o interlocutor antes de concordar em dar o menor passo que fosse. Mais do que tudo era-lhe importante saber quem é que se sentava à sua frente e por quê. Qual é o ponto fraco que o estranho tenta ocultar dele? Qual é o tipo de satisfação ou recompensa pelo qual o estranho anseia? Que impressão o homem ou a mulher querem lhe causar? E por que é seu desejo causar esta impressão e não outra? Do que o homem se envergonhava e do que, exatamente, se orgulhava? Ao longo dos anos Yoel se convenceu de que os instintos da vergonha e do orgulho eram na maioria das vezes mais fortes do que outros instintos famosos dos quais os romances costumam tratar. As pessoas estão ansiosas por fascinar ou encantar o próximo a fim de preencher uma falha em si próprias. A essa falha frequente Yoel denominava em seu íntimo amor, mas nunca disse isso para ninguém, exceto uma vez para Ivria. Que respondia sem espanto: "Mas isto é um clichê bem conhecido". Yoel logo concordou com ela. Talvez por isso tivesse desistido da ideia do livro. A sabedoria que acumulou nos anos de trabalho parecia-lhe detestável: é assim que as pessoas querem. Querem o que não têm e o que não lhes será dado. E o que é possível obter não lhes interessa.

E quanto a mim, ele pensou uma vez durante uma viagem noturna no vagão quase vazio entre Frankfurt e Munique, o que é que eu quero? O que é que me leva de um hotel a outro através destes campos escuros? É o dever, respondeu para si próprio em hebraico e quase em voz alta; mas por que eu? E se de repente eu cair e morrer neste vagão vazio saberei então um pouco mais, ou, ao contrário, tudo se apagará. Conclui-se que estive aqui por quarenta e tantos anos e não comecei sequer a captar o que ocorre por aqui. Se é que ocorre algo aqui. Talvez ocorra. Às vezes quase se sentem aqui e ali alguns sinais de ordem. O duro é que eu não consigo perceber e aparentemente já não saberei. Como na noite no hotel em Frankfurt, quando o papel de parede em frente à cama quase indicava alguma forma ou estrutura que se juntava como se aqui e ali existissem arranjos de pétalas geométricas impressas aparentemente de forma dispersa, e em todo leve movimento de cabeça, como em todo piscar de pálpebras, como em toda distração e piscar de olhos, desapareciam as indicações do arranjo, e apenas com um esforço grande e tremendo seria possível descobrir novamente no papel uma espécie de ilha de estrutura organizada mas não totalmente semelhante à que fora sugerida antes. Talvez haja algo, mas que não é para ser decifrado; talvez haja apenas uma ilusão. Mesmo isso você nunca saberá, porque os olhos ardem tanto que, se você fizer todo o esforço para olhar pela janela do vagão, talvez seja possível, no máximo, adivinhar que se viaja em uma floresta, mas o que é possível ver é quase só o reflexo do perfil conhecido que parece pálido e cansado e é na verdade também bem idiota. É preciso fechar os olhos e tentar dormir um pouco, o que tiver que ser, será.

Todos os seus interlocutores mentiram para ele. Exceto no caso de Bangcoc. Yoel se viu fascinado pelo caráter da mentira: como é que cada pessoa constrói as suas mentiras? Por um voo e por força da imaginação? Negligentemente, incidentalmente?

Pela lógica sistemática e calculada ou, ao inverso, casual e intencionalmente de forma assistemática? O modo como a mentira é tecida lhe parecia um olho mágico mal vigiado pelo qual às vezes era possível espiar o interior do mentiroso.

No escritório tinha a fama de ser uma máquina da verdade andante. Seus companheiros o apelidaram de Laser, como o raio. Às vezes tentavam propositadamente mentir para ele em alguma questão trivial, como o recibo do salário ou a nova telefonista. Toda vez admiravam-se de testemunhar a ação do mecanismo interior que fazia com que Yoel se calasse ao ouvir a mentira, baixasse a cabeça para o peito, como que pesaroso, e por fim observasse tristemente: "Mas, Rami, isso não é verdade!". Ou: "Deixe disso, Cockney, é bobagem". Eles queriam se divertir e ele nunca conseguia ver nenhum lado engraçado na mentira. Nem em uma piada inocente. Nem nas molecagens comuns do escritório no dia 1º de abril. Mentiras pareciam-lhe vírus de uma doença incurável que, mesmo entre as paredes do laboratório seguro, devem ser tratadas com muita seriedade e cuidado. Tocar só com luvas.

Ele próprio mentia quando não tinha alternativa. E só quando via na mentira a única e última saída, ou salvação de um perigo. Nesses casos, escolhia sempre uma mentira muito simples, isenta de qualquer enfeite, diga-se, numa distância não superior a dois passos dos fatos.

Uma vez viajava com passaporte canadense para arranjar um negócio em Budapeste. No aeroporto, uma funcionária fardada lhe perguntou na cabine de controle de passaportes qual o propósito da viagem e ele respondeu em francês, num sorriso maroto: "Espionnage, madame". Ela rompeu numa gargalhada e após o carimbo de entrada ao visto.

Em alguns casos havia necessidade de ir a encontros com estranhos com alguém o cobrindo. Seu guardião ou guardiã sempre mantinha distância, via, mas não era visto. Só uma única vez foi obrigado, numa noite de inverno úmida em Atenas, a sacar um revólver. Sem apertar o gatilho. Só para assustar um bobo que tentou lhe apontar uma faca no apinhado terminal rodoviário.

Não que Yoel conservasse princípios de não violência. Sua opinião firme era de que há no mundo uma única coisa pior do que o uso da violência, que é a submissão à violência. Tinha ouvido essa ideia uma vez na juventude, do chefe do governo Eshkol, e a adotou para sempre. Cuidou-se durante todos os anos para não ser jamais arrastado a situações violentas porque havia chegado à conclusão de que se um agente usa revólver, é sinal de que fracassou em sua atuação. Perseguições, tiros, dirigir loucamente, toda espécie de corridas e pulos, a seu ver, combinavam com bandidos e assemelhados, mas, absolutamente, não com o seu trabalho.

O principal do seu trabalho era obter a informação necessária por um preço razoável. Preço financeiro ou outro. Nessa questão havia desacertos e às vezes até confrontos entre ele e os seus superiores, quando algum deles tentava se esquivar do pagamento do preço que Yoel se comprometera a pagar. Nesses casos chegava a ameaçar pedir demissão. Esta sua teimosia criou-lhe no escritório a fama de homem excêntrico: "Você ficou louco? Nós nunca vamos precisar dessa porcaria, e ele só pode prejudicar no máximo a si próprio, então, por que esbanjar um bom dinheiro com ele?". "Porque eu prometi a ele", Yoel respondia, sombrio e rijo, "e eu tinha licença para fazê-lo."

De acordo com um cálculo mental que fez, ele havia passado cerca de noventa e cinco por cento de todas as horas de sua vida profissional, as horas que compuseram os vinte e três anos, em aeroportos, aviões, trens, estações de estradas de ferro, táxis, em salas de espera, em quartos de hotéis, em saguões de hotéis, cassinos, esquinas, restaurantes, em cinemas escuros, cafés, clubes de carteado, bibliotecas públicas, correios. Além do hebraico falava francês e inglês e um pouco de romeno e iídiche. Nas horas de necessidade era capaz de se arranjar também em alemão e em árabe. Quase sempre usava um terno cinza convencional. Acostumou-se a viajar de cidade em cidade e de país em país com uma maleta e uma pasta que nunca continham nem dentifrício, nem cordão de sapato, nem uma folha de papel fabricada em Israel. Acostumou-se a matar dias inteiros sozinho com seus pensamentos. Sabia manter o físico com a ajuda de exercícios matinais leves, com hábitos alimentares adequados e ingestão constante de doses de minerais e vitaminas. Costumava destruir recibos, mas em sua mente privilegiada registrava cada centavo que gastava do dinheiro do escritório. Muito raramente, não mais do que vinte vezes durante todos os anos de serviço, aconteceu-lhe nas viagens de o desejo pelo corpo de uma mulher chegar a ameaçar o seu poder de concentração, e ele decidiu friamente levar para a cama uma mulher estranha ou quase estranha. Como se estivesse consultando de emergência um dentista. Mas evitou qualquer ligação emocional. E mesmo quando as circunstâncias estabeleciam que viajasse por alguns dias junto com uma jovem companheira de operações, dentre as funcionárias do escritório. Nem quando ele e a companheira precisavam se registrar como um casal casado. Ivria Lublin era seu único amor. Também quando o amor passou e em seu lugar, no decorrer dos anos, vieram, sucessivamente ou em turnos, compaixão mútua, companheirismo, dor, irrupções de florescimento sensual, amargura, inveja e raiva, e novamente uma calmaria tórrida com faíscas de selvageria sexual, mais uma vez vingança, ódio e pena, abandono, uma rede de emoções entretecidas, alternadas, em transformação, engolidas em combinações estranhas e em composições inesperadas, como coquetéis de um garçom lunático. Nunca se misturou a qualquer uma destas nenhuma gota de indiferença. Ao contrário:

com a passagem dos anos, Ivria e ele estavam cada vez mais dependentes um do outro. Também nas brigas. Também nos dias de aversão mútua, humilhação e fúria. Alguns anos antes, num voo noturno à Cidade do Cabo, Yoel havia lido no avião um artigo popular na Newsweek sobre ligações genético-telepáticas entre gêmeos idênticos. Um gêmeo telefona ao outro às três da manhã, sabe que ambos não conseguem adormecer. Um gêmeo se contorce de dor quando o irmão se queima, mesmo num outro país.

As coisas entre ele e Ivria eram quase assim. E assim ele interpretou para si próprio as palavras do Gênese, "e o homem conheceu a sua mulher". Havia conhecimento entre eles. Exceto quando Neta atrapalhava com o seu estado, com seu comportamento estranho, e talvez — Yoel rejeitava com toda a força a suspeita —, talvez atrapalhasse com os seus estratagemas. Mesmo a decisão de dormir em quartos separados e ficar cada um sozinho nas noites em que dormia em casa foi aceita pelos dois. Com compreensão e consideração. Com concessão. Com compaixão secreta. Às vezes os dois se encontravam às três ou às quatro da madrugada junto à cama de Neta, depois de terem saído de seus quartos quase no mesmo momento, um de encontro ao outro, e entrado para controlar o sono da menina. Aos sussurros, e sempre em inglês, perguntavam um ao outro: no meu quarto ou no seu?

Uma vez, em Bangcoc, ele tinha que se encontrar com uma filipina formada pela Universidade Americana de Beirute. Era divorciada de um terrorista famoso que assassinara diversas pessoas. Ela tomara a iniciativa do primeiro contato com o escritório, num artifício único. Yoel, que havia sido enviado para conversar com ela, refletiu ainda antes do encontro sobre os detalhes do estratagema de contato dela, que tinha sido ousado e perspicaz mas bem calculado e nada impulsivo. Ele se preparou para conhecer uma pessoa inteligente. Sempre preferiu fazer negócios com parceiros lógicos e bem preparados, mesmo sabendo que a maior parte dos seus companheiros preferem que o lado oposto esteja assustado e confuso.

Encontraram-se de acordo com sinais de reconhecimento combinados de antemão num famoso templo budista repleto de turistas. Sentaram-se um ao lado do outro num banco esculpido na pedra, com monstros de pedra acima deles. Ela colocou a graciosa bolsa de palha no banco como uma divisória entre eles. Ela começou perguntando a respeito dos filhos dele, se ele os possuía, e sobre o seu relacionamento com eles. Yoel, surpreso, refletiu um pouco e decidiu fornecer respostas verdadeiras. Ainda que não entrasse em detalhes. Perguntou também onde ele havia nascido, e ele hesitou um momento antes de dizer: na Romênia. Depois, e sem qualquer outro preâmbulo, começou a falar sobre coisas que ele queria muito ouvir. Falou com clareza, como se desenhasse quadros com palavras, delineou lugares e pessoas, usando a língua como um lápis fino de desenho. Porém, evitou julgamentos de caráter, palavras de condenação ou elogio, no máximo disse que certa pessoa é especialmente sensível quanto ao próprio orgulho, que um outro fica irado com rapidez mas também é de decisões rápidas. Depois presenteou-o com algumas boas fotos pelas quais Yoel estava disposto a pagar uma soma considerável, caso fosse necessário.

Essa jovem, que quase poderia ser sua filha, tinha deixado Yoel muito perplexo. Quase o fez perder o rumo. Pela primeira e única vez em sua vida profissional. Os seus delicados sentidos de percepção, os sensores sensíveis que sempre o haviam servido impecavelmente, foram totalmente desativados por ela. Como um instrumento num campo magnético cujos ponteiros tivessem enlouquecido.

Não era uma confusão dos sentidos; mesmo a mulher jovem sendo bela e atraente, seu desejo quase não foi despertado. Ocorreu porque, de acordo com o melhor de seu julgamento, de sua boca não havia saído nenhuma mentira. Nem uma mentirinha do tipo daquelas destinadas a evitar um mal-estar numa conversa entre estranhos. Nem quando Yoel metia intencionalmente uma pergunta sutil que pedia uma resposta mentirosa: A senhora foi fiel ao seu marido durante os dois anos de casamento? Yoel sabia a resposta pela documentação que havia estudado em casa e também sabia com certeza que a mulher não tinha qualquer condição de imaginar que ele sabia o que havia sucedido a ela em Chipre. Apesar disso ela disse a verdade na resposta. Mesmo que, na sequência, quando ele formulou uma pergunta semelhante, ela tivesse respondido: "Isso não tem a ver com a questão". E ela estava com a razão.

Quando ele teve que reconhecer para si próprio que a mulher havia passado, com sucesso, pela prova que tinha preparado para ela, por algum motivo no mesmo momento ele percebeu, com pungência e dor, que ele próprio havia sido testado. E fracassara na prova. Durante cerca de quarenta minutos tentou e não conseguiu apanhá-la em qualquer distorção, exagero ou enfeite. Quando acabou de apresentar a ela todas as questões que lhe haviam ocorrido, ela continuou e voluntariamente lhe forneceu mais dois ou três pedaços de informação como se respondesse a perguntas que tivesse esquecido de fazer. Mais ainda: ela recusou inflexivelmente receber qualquer retribuição, financeira ou de outra natureza, pela informação prestada. Quando ele se espantou com isso, recusou-se a explicar os seus motivos. De acordo com o julgamento de Yoel, ela havia contado tudo o que sabia. As coisas tinham muito valor. Por fim, ela disse simplesmente que tinha informado tudo, e que jamais iria ter alguma informação adicional porque havia rompido o contato com aquelas pessoas e nunca e por preço algum o renovaria. E agora, neste exato momento, ela desejava romper para sempre o contato com Yoel e com os que o tinham enviado. Este era seu único pedido: que não continuassem a se dirigir a ela. Assim disse, e, sem lhe dar a oportunidade de agradecer, levantou-se e despediu-se dele. Voltou-lhe as costas e caminhou em seus saltos altos em direção ao bosque do santuário repleto de densa vegetação tropical. Uma mulher asiática madura, num vestido branco de verão e com um lenço azul-celeste em torno do pescoço delicado. Yoel observou as costas dela. Disse, de repente:

Minha mulher.

Não que houvesse alguma semelhança entre ambas. Não havia nenhuma semelhança. Mas de um modo que Yoel não conseguiu decifrar, mesmo passadas algumas semanas e meses, aquele breve encontro conseguira explicar, com uma clareza transparente de sonho, o quanto Ivria, sua esposa, era fundamental para a sua vida. Apesar dos sofrimentos ou por causa deles.

Depois disso ele se recompôs, ergueu-se e foi dali para o hotel; ficou sentado no quarto registrando tudo o que tinha ouvido da mulher jovem no templo, enquanto as palavras dela continuavam frescas em sua memória. Mas o frescor não se desfez. Às vezes lembrava-se dela em momentos inesperados e seu coração doía: por que é que ele não tinha sugerido a ela de imediato que fosse ao quarto dele fazer amor? Por que não se apaixonou por ela e não deixou tudo para ir embora com ela para sempre? Mas a hora já tinha passado e agora era muito tarde.

9

Enquanto isso, adiou a visita prometida aos vizinhos americanos. Embora tivesse falado com eles algumas vezes, com ambos ou só com o irmão pela cerca viva que ele não acabara de podar. Eram estranhos para ele os abraços do irmão e da irmã na relva, agarrando-se ruidosamente, como crianças, quando um tentava tirar da mão do outro uma bola que jogavam com fervor. Às vezes os seios de Annemarie ou Rosemarie e o sussurro em seu ouvido, "Vida dura, hein?", lhe passavam pela cabeça.

Pensou: amanhã é outro dia.

Durante as manhãs ficava deitado quase nu na rede do jardim, bronzeando-se, lendo livros, devorando cachos de uva. Até comprou de novo *Mrs. Dalloway*, que tinha perdido em Helsinque, mas teve dificuldade em concluí-lo. Neta começou a ir sozinha quase diariamente de ônibus para a cidade, para o cinema, retirar livros da biblioteca municipal, talvez andar pelas ruas e olhar as vitrines. Gostava, principalmente, de assistir a filmes antigos na cinemateca. Às vezes via dois filmes numa noite. Entre um filme e outro sentava-se num canto de um pequeno café; escolhia sempre lugares baratos e ruidosos. Bebia sidra ou suco de uva. Se acontecia de algum estranho tentar conversar com ela, dava de ombros e lançava alguma frase azeda que lhe devolvia a solidão.

Em agosto, Lisa e Avigail começaram a trabalhar como voluntárias durante três horas por dia, cinco manhãs por semana, numa instituição de surdos-mudos que ficava no limite divisório do bairro, à distância de uma caminhada. Às vezes passavam também a noite sentadas junto à mesa do jardim, quando se comunicavam uma com a outra por meio de sinais de surdos-mudos, a fim de treinarem. Yoel olhava para elas com curiosidade. Logo captou os principais sinais. Às vezes, de manhã cedo, no banheiro, em frente ao espelho, dizia algo para si naquela linguagem. Yoel arranjou uma empregada que viria às sextas-feiras, uma georgiana sorridente, calada e quase bonita. Junto com a empregada, a sogra e a mãe preparavam o shabat. As duas pegavam o automóvel, Avigail dirigindo e Lisa dando avisos a cada carro que vinha em direção contrária, e iam fazer compras grandes para a semana toda. Cozinhavam antecipadamente para alguns dias e congelavam os pratos. Yoel comprou para elas um forno de micro-ondas, e às vezes ele próprio gostava de se divertir um pouco com ele. Por hábito profissional leu quatro vezes seguidas as instruções da fábrica, antes que lembrasse que na verdade não havia necessidade de destruir a brochura depois de decorá-la. Junto com a empregada, a mãe e a sogra cuidavam da arrumação e da limpeza. A casa estava um brilho. Às vezes as duas iam juntas passar o shabat em Metula. Ou em Jerusalém. Yoel e a filha cozinhavam um para o outro. Às vezes ambos se sentavam e jogavam damas no sábado à noite, ou assistiam à televisão. Neta aprendeu a preparar para ele chá de ervas à noite, antes de ir dormir.

Por duas vezes, no meio de julho e novamente no início de agosto, Le Patron veio para uma visita. Apareceu à tarde, sem avisar de antemão, teve dificuldade em decidir se tinha mesmo trancado as portas do seu Renault, deu duas ou três voltas em torno do carro, voltou e experimentou todas as portas antes de se aproximar e tocar a campainha.

Ele e Yoel sentaram-se no jardim e conversaram sobre as novidades do escritório, antes que Avigail se juntasse a eles, e então passaram a conversar sobre o problema da coerção religiosa. O homem trouxe de presente para Neta um novo livro de poesias de Dalia Ravikovitch, *Amor verdadeiro*, e sugeriu a Yoel que lesse oportunamente ao menos a poesia que começava na página sete e acabava na oito. Além disso, trouxe para Yoel uma garrafa de excelente conhaque francês. E na segunda visita, sozinhos no jardim, contou a Yoel em linhas gerais sobre certo fracasso ocorrido em Marselha. Sem uma ligação clara lembrou uma outra questão da qual Yoel havia tratado um ano e meio antes: parecia que tentava insinuar que a tal questão não fora devidamente encerrada, ou, digamos, encerrou-se e foi novamente reaberta em certo sentido. É possível que devesse se realizar um pequeno esclarecimento e talvez tivessem que roubar qualquer dia meia hora ou uma hora do tempo de Yoel. Naturalmente, só com a sua anuência e quando lhe fosse conveniente.

Yoel imaginou perceber entre as palavras ou por trás delas um leve sopro de ironia, quase um aviso velado, e, como sempre, teve dificuldade em decifrar o tom assumido por Le Patron. Às vezes tocava numa questão vital e muito delicada como se estivesse brincando a respeito do clima. E, quando brincava, suas feições adquiriam por vezes uma expressão quase trágica. Às vezes ele misturava os tons e seu rosto ficava tão sem expressão como se estivesse somando colunas de números. Yoel pediu uma explicação, mas o homem já havia passado para outro assunto: sorriu com a languidez adormecida de gato e mencionou o problema de Neta. Alguns dias antes tinha visto por acaso, e este era o motivo de sua visita hoje, um artigo numa revista que trouxera consigo, falando de um novo método de tratamento que estava sendo desenvolvido agora na Suíça. Na verdade, um artigo para leigos. Trouxe a revista de presente para Yoel. Os seus dedos delicados e musicais estavam ocupados ininterruptamente em tecer uma corrente complicada de elos feitos de agulhas de pinheiro que tinham caído nos móveis do jardim. Yoel se perguntou se Le Patron ainda sentia os efeitos da suspensão, apesar de já se terem passado dois anos desde que repentinamente parara de fumar cigarros Gitanes um atrás do outro. Aliás, será que Yoel não estava enjoado de cuidar do jardim? E, além de tudo, ele é apenas um inquilino. Será que não queria voltar novamente para o serviço? Mesmo em meio expediente? Trata-se, naturalmente, de um serviço que não exige viagens. No setor de planejamento, por exemplo?, ou no departamento de análise de operações?

Yoel disse: "Não tanto assim". E o homem logo passou a tratar de outro assunto, uma questão atual que estava agitando a imprensa. Ele pôs Yoel em dia com os detalhes, mas não com todos. Como era de seu hábito, descreveu a questão tal como se apresentava em todos os lados envolvidos e sob o ponto de vista de diversos observadores de fora. Cada uma das versões opostas foi descrita por ele com compreensão e até com certa medida de empatia. Evitou expressar opinião própria. Mesmo quando Yoel perguntou. No escritório chamavam-no de Mestre, sem artigo. Como se fosse seu nome próprio. Talvez porque tivesse lecionado história geral durante muitos anos num colégio em Tel Aviv. Mesmo quando atingiu níveis de executivo em sua função, continuou a lecionar um ou dois dias por semana. Era meio obeso, bem cuidado, ágil, com cabelo rareando e expressão que inspirava confiança: aparência de conselheiro de aplicações financeiras com passatempos artísticos. Yoel imaginou que o homem ensinava bem história. Como em seu trabalho no escritório, em que extraordinariamente reduzia as situações mais complexas a um simples dilema: sim ou não. E, ao contrário, era capaz de perceber de antemão desenvolvimentos complexos nas situações que aparentemente eram simples. Na verdade, Yoel não gostava desse viúvo modesto, de maneiras agradáveis, de unhas manicuradas com cuidado feminino e com seus ternos de lã e gravatas sérias e conservadoras. Duas ou três vezes atingira Yoel com golpes profissionais mordazes. Nem se preocupou em torná-los mais suaves, nem que fosse só aparentemente. Yoel pareceu encontrar nele uma espécie de maldade adormecida, suave, uma crueldade de gato bem alimentado. Não lhe era claro para que, na verdade, o homem se incomodava em vir fazer estas visitas. E o que havia por trás de sua observação obscura quanto ao caso que fora encerrado e reaberto. Um relacionamento amistoso com Le Patron lhe parecia tão absurdo quanto fazer uma declaração de amor a uma oculista quando ela está em serviço. Mas tinha pelo homem um respeito intelectual e também uma espécie de gratidão cujos motivos não eram compreensíveis para Yoel. E agora também já não eram importantes.

Depois o visitante se desculpou, ergueu-se da rede, roliço e civilizado, com a loção pós-barba cheirando a perfume feminino, e foi para o quarto de Neta. A porta se fechou atrás dele. Yoel, que o seguia, ouviu pela porta a sua voz baixa. E também a voz de Neta, quase um sussurro. Não conseguiu captar palavras. Sobre o que conversaram? Uma raiva cega agitou-se nele. E logo se zangou consigo por causa dessa raiva. E murmurou com as mãos nas orelhas: "Idiota".

Seria possível que atrás da porta fechada o Mestre e Neta estavam debatendo a sua situação? Sussurram sobre ele nas suas costas? Aconselhavam-se sobre o que fazer com ele? Despertou nele a suspeita de que Neta estava sorrindo baixinho. Logo ele reconsiderou e lembrou que isso era impossível e novamente se zangou consigo mesmo por causa da raiva momentânea, por causa da falta de lógica em sua inveja, por causa da tentação que sentiu de entrar à força no quarto sem bater à porta. Por fim, foi para a cozinha e após três minutos voltou e bateu à porta, esperou um pouco antes de entrar e servir para eles uma garrafa de sidra gelada e dois copos altos com cubos de gelo. Encontrou-os sentados na ampla cama de casal, entretidos em um jogo de damas. Nenhum deles riu quando ele entrou no quarto. Por um instante pareceu-lhe que Neta tinha dado sorrateiramente para ele uma leve e rápida piscadela. Depois, decidiu que era apenas um piscar comum.

10

Ele estava livre o dia todo. Os dias se tornaram semelhantes. Aqui e ali ele fez algumas melhoras na casa: instalou uma saboneteira no banheiro. Um novo cabide para casacos. Uma tampa com mola para a lixeira. Com a enxada ele preparou o terreno de irrigação em torno das quatro árvores frutíferas no jardim de trás. Serrou galhos supérfluos e pintou os tocos com pasta preta. Andava daqui para lá nos quartos, cozinha, cobertura do estacionamento, varanda, com a furadeira elétrica e o fio de extensão na mão, como um mergulhador ligado ao cilindro de oxigênio, sempre enfiado na tomada, o dedo no botão de ligar, procurando onde meteria a broca. Às vezes ficava sentado de manhã diante da televisão assistindo a programas infantis. Acabou, por fim, de podar a cerca viva, do lado dele e do lado dos vizinhos. Às vezes deslocava um móvel de um lugar para o outro e no dia seguinte colocava-o de volta no lugar anterior. Trocou a borracha nas torneiras da casa. Pintou novamente a cobertura do estacionamento porque descobriu em uma das colunas de sustentação uns minúsculos pontos de ferrugem. Consertou a fechadura do portão e pôs um bilhete na caixa do correio com um pedido em letras grandes ao entregador de jornais: "Favor colocar o jornal dentro da caixa e não jogá-lo no caminho". Passou graxa nos gonzos das portas para eliminar o rangido. Levou a caneta de Ivria para limpeza e troca de pena. Trocou também a lâmpada de cabeceira junto à cama de casal de Neta por uma de maior potência. Instalou um fio de extensão do telefone no banquinho no corredor de entrada até o quarto de Avigail, para que ela e a mãe tivessem um telefone próprio.

A mãe disse:

— Daqui a pouco você vai começar a caçar moscas. Em vez disso, vá assistir a algumas conferências na universidade. Vá à piscina. Vá ver gente.

Avigail disse:

— Se é que ele sabe nadar.

E Neta:

— Lá fora, no depósito de ferramentas, uma gata pariu quatro filhotes.

Yoel disse:

— Chega. O que é isso? Daqui a pouco vamos ter que eleger aqui um conselho.

— E, além disso, você não dorme o suficiente — disse a mãe.

À noite, depois que a televisão parava de transmitir, ele ainda continuava relaxado por algum tempo no sofá da sala, ouvindo o zumbido monótono e olhando os flocos de neve tremeluzindo na tela. Depois saía para fechar o irrigador no jardim, examinar a luz da varanda, levar um pires de leite ou restos de frango para a gata no depósito de ferramentas. Ficava parado no canto do gramado olhando a rua escura e observando o conjunto de estrelas, farejando, imaginando-se sem pés numa cadeira de rodas, e às vezes seus pés o levavam à descida da ruazinha, à cerca do pomar para ouvir os sapos. Uma vez imaginou um único chacal de longe, mesmo tendo levado em conta que deveria ser só um cão vadio uivando para a lua. Voltava e entrava no carro, dava a partida e dirigia como se estivesse num sonho pelas estradas noturnas vazias até o mosteiro em Latrun, até a borda das colinas de Kafr Kassem, até o início da cadeia de colinas do Carmelo. Cuidava para não ultrapassar a velocidade permitida por lei. Entrava por vezes num posto para encher o tanque e dava dois dedos de prosa com o árabe do turno noturno. Passava lentamente pelas prostitutas de estrada e as observava de longe; em seu rosto contraíam-se as pequenas rugas que se aglomeravam nos cantos dos olhos, as quais lhe conferiam um ar de leve sorriso zombeteiro e fixo apesar de os lábios não sorrirem. Amanhã é outro dia, pensou quando finalmente despencava na cama e decidia adormecer, e de repente dava um pulo para ir à geladeira pegar um copo de leite frio. Se acontecia de encontrar a filha sentada na cozinha lendo às quatro da madrugada, dizia: Bom dia, young lady, o que é que a senhora está lendo agora? E ela, depois de acabar o parágrafo, erguia a cabeça tosada e dizia tranquilamente: Um livro. Yoel perguntava: Posso me juntar a você? Quer que eu faça algo para a gente beber? E Neta respondia baixinho, quase com suavidade: Como queira... E voltava a ler. Até que se ouvia uma leve batida fora, e então Yoel dava um pulo e tentava em vão alcançar o entregador de jornais. Que mais uma vez tinha atirado o jornal na trilha em vez de enfiá-lo na caixa.

 Não voltou a tocar na estatueta da sala. Nem se aproximou dos objetos decorativos junto à lareira. Como se para evitar a tentação. No máximo lançava-lhe um rápido olhar enviesado, como faz um homem sentado com uma mulher no restaurante para lançar um olhar oblíquo em direção a uma mulher sentada junto a outra mesa. Apesar de ter imaginado que os novos óculos de leitura agora talvez lhe permitissem decifrar algo. Em vez de fazer isso, começou a examinar através dos óculos de armação preta e também através dos óculos de médico de Ivria, sistematicamente, com precisão, de uma distância muito pequena, as fotos das ruínas românicas. Neta havia trazido esses mosteiros do estúdio da mãe em Jerusalém e pediu a ele para pendurá-los na sala, acima do sofá. Ele começou a suspeitar que havia um objeto estranho, talvez uma bolsa abandonada, talvez a sacola com os equipamentos do próprio fotógrafo, junto à porta de um dos mosteiros. Mas a coisa era muito pequena para que fosse possível chegar a uma conclusão nítida. Seus olhos doeram devido ao esforço excessivo. Yoel decidiu examinar a foto com uma lente de aumento possante, e talvez até mandar ampliá-la. Poderiam fazer isso para ele nos laboratórios do escritório, e o fariam com boa vontade e absoluto profissionalismo. Mas rejeitou a ideia porque não se via explicando do que é que se tratava. Ele próprio não sabia.

11

Em meados de agosto, duas semanas antes de Neta começar as aulas do último ano do colegial da escola de Ramat Lotan, houve uma pequena surpresa: Arik Krantz, o corretor de imóveis, deu um pulo para uma visita no sábado pela manhã. Só veio espiar se tudo estava em ordem, já que morava a cinco minutos dali. E, na verdade, os seus conhecidos, os Kramer, donos da casa, haviam lhe pedido que passasse para dar uma olhada.

Ele olhou em redor, riu e disse: "Vi que vocês aterrissaram com facilidade. Dá a impressão de que tudo já está em ordem". Yoel, econômico como sempre, só disse: "Sim, está em ordem". O corretor se interessou em saber se todos os sistemas da casa estavam funcionando adequadamente. "Pois você, pode-se dizer, se apaixonou por esta casa já à primeira vista, e amores como este muitas vezes esfriam na manhã seguinte."

"Tudo está em ordem", disse Yoel, que estava usando camiseta, calção e sandálias. Com essa aparência ele fascinou o corretor ainda mais do que no encontro anterior, em junho, quando alugou a casa. Yoel lhe parecia misterioso e forte. O rosto fazia lembrar sal, ventos, mulheres estranhas, solidão e sol. O cabelo que embranquecia precocemente estava tosado à moda militar, bem quadrado, sem costeletas, com um topete cinza metálico ondulado levantado acima da testa sem cair, como uma esponja de aço. As rugas dos olhos com as dobras encolhidas sugeriam um sorriso zombeteiro do qual os lábios não participavam. Os próprios olhos eram afundados, avermelhados, um pouco fechados, por causa da luz forte ou por causa do pó e do vento. Nos ossos da mandíbula concentrava-se uma força interior como se o homem mantivesse os dentes cerrados. Excetuando as rugas irônicas nos cantos dos olhos, o rosto era jovem e liso, em oposição ao cabelo que embranquecia. Sua expressão quase não se modificava quando falava ou quando ficava calado.

O corretor perguntou:

— Não estou atrapalhando? Posso me sentar por um momento?

E Yoel, que estava segurando na mão a furadeira elétrica com o fio de extensão enfiado na tomada da cozinha, no outro lado da parede, disse:

— Por favor. Sente-se.

— Hoje não vim a serviço — acentuou o corretor. — Só vim dar um pulo seguindo o padrão do bom vizinho, para perguntar se posso ser útil em alguma coisa. Como se diz, contribuir para estabelecer a colônia. Aliás, chame-me de Arik. A questão é a seguinte: o proprietário da casa me pediu que lhe informasse oportunamente que é possível juntar os dois aparelhos de ar condicionado a fim de utilizá-los para todos os dormitórios. Fique à vontade para fazer isso por conta dele. Ele pretendia mesmo tomar uma providência neste verão, mas não deu tempo. Também pediu que dissesse a você que o gramado aprecia bastante água, a terra é fina aqui, mas os arbustos da frente devem ser regados com frugalidade.

O empenho do corretor em agradar e estabelecer relações com ele e talvez a palavra *frugalidade* fizeram perpassar um leve sorriso pelos lábios de Yoel. Um sorriso que ele nem sequer sentiu, mas que Krantz recebeu com entusiasmo, revelando as gengivas, e reassegurou enfaticamente:

— Não vim mesmo para atrapalhar, senhor Ravid. Só passei a caminho do mar. Ou melhor, não exatamente passei, a verdade é que em sua homenagem fiz uma pequena volta. Hoje está um dia fantástico para velejar e estou indo mesmo para o mar. Veja, já estou indo.

— Quer um café — disse Yoel sem tom interrogativo. Colocou a furadeira que estava em sua mão, como se fosse uma bandeja, na mesa diante da visita, que se sentou cuidadosamente na ponta do sofá.

O corretor estava usando uma camiseta azul com o emblema da seleção brasileira de futebol sobre a roupa de banho e tênis brancos impecáveis. Apertou as pernas peludas uma contra a outra como uma moça envergonhada. Riu de novo e disse:

— Como vai a família? Estão se sentindo bem aqui? Aclimataram-se sem problemas?

— As avós viajaram para Metula. Com açúcar e leite?

— Não se incomode — disse o corretor. E depois de um instante acrescentou com coragem: — Então está bem. Que seja com uma colherzinha e com meia gota de leite. Só para mudar um pouco a cor. Pode me chamar de Arik.

Yoel foi para a cozinha. O corretor, do seu lugar, examinou rapidamente a sala como se procurasse um testemunho vital. Parecia-lhe que nada havia mudado, exceto por três caixas de papelão fechadas e empilhadas no canto sobre o gigantesco filodendro. E pelas três fotos de ruínas sobre o sofá, que Krantz imaginou serem lembranças da África ou algo semelhante. Interessante saber do que é que ele vive, este funcionário público do qual a vizinhança diz que nem sequer trabalha. Dá a impressão de ter um alto cargo executivo. Talvez ele tenha sido suspenso do trabalho devido a algum inquérito a que esteja sendo submetido e enquanto isso o deixaram "no gelo". Parece chefe de setor no Ministério da Agricultura ou do Desenvolvimento, certamente com um grande passado na ativa do Exército. Algo como brigadeiro dos blindados.

— Qual foi o seu cargo no Exército, pode-se perguntar? Você me parece conhecido, já apareceu alguma vez no jornal? Ou por acaso na televisão? — Voltou-se para Yoel, que naquele momento retornou à sala, trazendo uma bandeja com duas xícaras de café, bule de leite e açucareiro, um prato de bolachas.

Pôs as xícaras na mesa. Todo o resto ficou na bandeja que ele colocou entre os dois. Sentou-se em uma das poltronas.

— Tenente na Promotoria Militar — disse.

— E depois?

— Dei baixa em sessenta e três.

Quase no último instante Krantz engoliu mais uma pergunta que estava na ponta da língua. Mas disse, enquanto adoçava o café e colocava leite:

— Perguntei à toa. Espero que não se importe. Eu, pessoalmente, detesto gente metida. O forno não está lhe causando problemas?

Yoel deu de ombros. Uma sombra passou pela porta e desapareceu.

— Sua esposa? — perguntou Krantz, e logo se recordou e pediu muitas desculpas. Expressou com cuidado a assertiva de que, com certeza, era a filha. — Simpática mas tímida, hein? — Mais uma vez considerou adequado lembrar os dois filhos, ambos soldados em unidades de combate; ambos estavam no Líbano, tinham menos de um ano e meio de diferença na idade. Um problema. — E se organizássemos alguma vez um encontro deles com sua filha, quem sabe não sairia alguma coisa? — De repente sentiu que a pessoa sentada em frente a ele o observava com uma curiosidade fria, divertida; abandonou logo o assunto e preferiu contar a Yoel que na juventude tinha trabalhado dois anos como técnico de televisão qualificado — de modo que se a televisão apresentar qualquer problema, você deve logo me telefonar e até as três da madrugada eu venho aqui e a conserto de graça, tudo bem. E, se alguma vez você quiser se juntar a nós para velejar por umas duas ou três horas em meu barco que fica ancorado no porto dos pescadores de Jafa, é só dizer. Você tem o meu telefone. Dê uma ligada quando estiver com vontade. Tá, já vou indo.

— Obrigado — disse Yoel. — Se você me esperar, em menos de cinco minutos.

Depois de alguns segundos o corretor percebeu que Yoel estava aceitando o convite. Foi logo tomado de entusiasmo e começou a falar sobre os prazeres de velejar num dia maravilhoso como este. — Talvez você esteja com vontade de dar uma volta para valer no mar, a gente poderia dar uma espiada na sucata de Abie Nathan...

Yoel o atraía e despertou nele uma forte vontade de se aproximar, fazer amizade, servi-lo fielmente, demonstrar o quanto ele poderia ser útil, comprovar fidelidade e até tocar nele. Mas se conteve, interrompeu a batida de ombro que desejava dar e disse:

— Demore o quanto for necessário. Não é preciso ter pressa. O mar não vai fugir. — Pulou, ágil e alegre, para anteceder Yoel e levar ele mesmo a bandeja com as coisas do café para a cozinha. Se Yoel não o interrompesse ele acabaria lavando a louça.

A partir daí aos sábados Yoel começou a sair com Arik Krantz para o mar. Desde a infância sabia remar e agora aprendeu a estender e a direcionar uma vela. Mas só raramente rompia o silêncio. Com isso causou no corretor não decepção ou ofensa mas, ao contrário, um sentimento semelhante à paixão louca que às vezes toma conta de um adolescente que se enfeitiçou de um rapaz mais velho e se sente atraído em servi-lo. Sem saber, começou a imitar o hábito de Yoel de passar de vez em quando um dedo entre o pescoço e o colarinho, e o hábito de inspirar o ar marinho, prendê-lo nos pulmões antes de expirá-lo lentamente através de uma fresta estreita entre os lábios. Quando estavam na água, Arik Krantz contava tudo a Yoel. Até sobre suas pequenas traições em relação à esposa e os artifícios nos pagamentos do imposto de renda e para adiar o serviço militar de reservista. Se sentia que estava cansando Yoel, calava-se por algum tempo e tocava para ele música clássica; começou a trazer consigo, nos sábados em que o novo companheiro de vela se juntava a ele, um toca-fitas sofisticado a pilhas. Depois de cerca de um quarto de hora, tinha dificuldade de continuar calado e de aguentar Mozart; começava a explicar a Yoel como ele poderia fazer para manter o valor do dinheiro em tempos como estes, ou quais são os métodos secretos de que a Marinha se serve hoje em dia para fechar hermeticamente as praias do país a barcos terroristas. A companhia inesperada entusiasmou o corretor a ponto de às vezes não se conter e telefonar a Yoel no meio da semana para falar a respeito do sábado.

Yoel, por seu lado, pensou um pouco nas palavras: "O mar não vai fugir"; não achou nenhum erro nelas; à sua moda manteve a sua parte no arranjo: era-lhe agradável proporcionar ao corretor o que ele queria, justamente porque não lhe concedia nada. Exceto a presença e o silêncio. Uma vez, de surpresa, ensinou Krantz como se diz para uma moça "Eu quero você" em birmanês. Voltavam ao porto de Jafa às três ou quatro da tarde, mesmo que Krantz tivesse esperança de que o tempo parasse ou o continente desaparecesse. Voltavam para casa no carro do corretor, para tomar café. Yoel dizia: "Muito obrigado, até a vista".

Mas uma vez, quando se despediram, ele disse: "Cuidado com o caminho, Arik". Krantz adotou estas palavras com alegria, porque viu nelas um pequeno avanço. Nesse meio-tempo, dentre as mil perguntas que despertaram a sua curiosidade, não conseguiu formular mais do que duas ou três. E receber respostas simples. Temia estragar as coisas, exagerar, incomodar, quebrar o encanto. Assim passaram-se algumas semanas. Neta começou o último ano do colegial, e até o tapinha no ombro que todas as vezes Krantz jurava a si próprio finalmente dar no ombro do companheiro na despedida não ocorreu. Foi adiado para o encontro seguinte.

12

Alguns dias antes do início do ano letivo surgiu de novo o problema de Neta. Desde o acidente em Jerusalém, em fevereiro, ele não tinha ocorrido nenhuma vez, e Yoel quase começou a acreditar que Ivria talvez tivesse razão no final das contas. Aconteceu numa quarta-feira às três da tarde. Lisa tinha viajado naquele dia para averiguar o estado do apartamento dela de Rehavia, que estava alugado, e também Avigail estava ausente da casa; tinha saído para assistir a uma conferência de um convidado na universidade em Ramat Aviv.

Ele estava descalço no jardim inundado de luz ardente do final do verão, regando os arbustos no canto. O vizinho da casa em frente, um romeno de ancas largas que lembrava a Yoel um abacate por demais maduro, subiu pela escada ao telhado da casa com dois rapazes árabes que pareciam estudantes em férias. Os rapazes desmontaram a antena de televisão no telhado e a trocaram por uma nova, aparentemente mais sofisticada. O dono da casa lançou-lhes reprimendas, censuras e sugestões ininterruptas, num árabe estropiado. Apesar de Yoel imaginar que ambos soubessem falar hebraico melhor do que o dono da casa. Este vizinho, um importador de bebidas alcoólicas, às vezes conversava em romeno com a mãe de Yoel. Uma vez ofereceu a ela uma flor com uma reverência exagerada, como se fosse de brincadeira. Embaixo, ao pé da escada, estava o cão alsaciano cujo nome Yoel sabia, Ironside, esticando o pescoço para cima, soltando latidos suspeitos entrecortados e quase enjoados. Cumprindo o seu dever. Um caminhão pesado entrou na ruazinha, chegou até a cerca do laranjal que fechava a passagem e começou a estremecer para trás com um arfar e ranger de freios. A fumaça do escapamento ficou no ar atrás dele e Yoel perguntou a si próprio onde estaria agora o caminhão refrigerado do sr. Vitkin, Eviatar, Itamar. E onde estava agora o violão no qual ele tocava melodias russas.

Depois voltou o silêncio da tarde de verão e envolveu a rua. Na grama, espantosamente perto dele, Yoel percebeu de repente um passarinho que escondera o bico entre as asas e ficou parado assim, congelado e silencioso. Ele passou o fluxo de água de um arbusto ao outro e a estátua de pássaro ergueu-se e voou. Um menino passou correndo na subida da calçada, gritando ligeiramente ofendido: "Nós combinamos que eu sou polícia!". Do lugar em que se encontrava, Yoel não conseguia ver para quem ele havia gritado. Logo também o menino desapareceu e Yoel, segurando a mangueira numa das mãos, inclinou-se e arrumou com a outra um buraco na terra que se esfacelara. Lembrou como o pai da esposa, o veterano oficial de polícia Shealtiel Lublin, costumava dar uma grande piscada e dizer: "No fim das contas, todos nós temos os mesmos segredos". Essa frase sempre despertava a ira dele, quase raiva, não contra Lublin, mas contra Ivria.

Foi Lublin quem lhe ensinou como escorar buracos de irrigação e como mover a mangueira com leves movimentos circulares a fim de não destruir as paredes da terra. Estava sempre envolvido em fumaça cinzenta de charutos. Tudo o que tinha a ver com digestão, sexo, doenças e necessidades do corpo fazia-o contar uma piada. Lublin era um contador de piadas compulsivo. Era como se o próprio corpo o excitasse em uma alegria maliciosa. No final de suas piadas ele irrompia numa gargalhada sufocada de fumante, que parecia um gargarejo.

Uma vez ele arrastou Yoel ao dormitório em Metula e lhe pregou em voz baixa e estragada pela fumaça: "Ouça, três quartos da vida o homem passa correndo para onde a ponta do seu membro indica. Como se você fosse o recruta e ele, o sargento. Levantar! Cair! Correr! Pular! Atacar! Se o pinto nos liberasse do serviço compulsório depois de dois, três ou cinco anos, então sobraria tempo suficiente para todos para escrever as poesias de Puchkin ou inventar a eletricidade. Quanto quer que você se empenhe por ele, ele nunca se dá por satisfeito. Não dá sossego a você. Se você der um bife, ele vai querer outra carne. Se você der outra carne, vai querer caviar. Ainda é sorte que Deus teve pena de nós e só nos deu um. Imagine o que aconteceria se você precisasse durante cinquenta anos alimentar, vestir, aquecer e divertir cinco destes", disse e começou a rir sufocado, e logo se envolveu todo na fumaça de mais um charuto. Até que morreu num dia de verão às quatro e meia da madrugada sentado na privada, as calças arriadas e um charuto aceso na mão. Yoel quase sabia de que piada Lublin teria se lembrado e mugido se isso tivesse acontecido com outra pessoa e não com ele, suponhamos, com o próprio Yoel. E talvez na morte ainda tivesse conseguido ver o lado divertido e partido rindo-se. O filho Nakdimon era um rapaz rude e silencioso que desde a infância se especializara em capturar cobras venenosas. Ele extraía o veneno delas e o vendia para a preparação de vacinas. Apesar de aparentemente manter opiniões políticas extremas, a maior parte dos conhecidos de Nakdimon eram árabes. Quando ficava sentado entre os árabes, repentinamente era tomado por uma ânsia febril de falar, que desaparecia quando passava para o hebraico. Nakdimon tratava a irmã Ivria e Yoel com uma espécie de suspeita camponesa mesquinha. Nas raras ocasiões em que vinha a Jerusalém trazia-lhes de presente uma lata de óleo de oliva, produzido por ele, ou uma planta espinhosa seca da Galileia para a coleção de Neta. Era quase impossível fazê-lo falar além das respostas dadas em duas ou três palavras fixas como: "Sim, aproximadamente". Ou: "Não tem importância", ou: "Com a graça de Deus". Que também saíam de sua boca numa espécie de nasalização truculenta, como se no mesmo instante se arrependesse por ter sido tentado a responder. Para a mãe, para a irmã e para a sobrinha dirigia-se, se é que o fazia, com uma palavra: "Meninas". Yoel, por seu lado, costumava dirigir-se a Nakdimon como ao seu falecido pai: chamava a ambos de Lublin porque os prenomes lhe pareciam ridículos. Desde o enterro de Ivria, Nakdimon não veio visitá-los nenhuma vez. Apesar de Avigail e Neta viajarem às vezes para visitá-lo e aos filhos em Metula e voltarem de lá como em leve paixão. Na véspera da Páscoa, Lisa se juntava a elas, e na volta dizia: é preciso saber como viver. Yoel se alegrou em seu íntimo por não se ter deixado seduzir e ter escolhido permanecer aquela noite sozinho em casa. Assistiu à televisão e adormeceu às oito e meia da noite num sono profundo até as nove da manhã do dia seguinte, como havia muito não dormia.

 Ainda não tinha aceitado integralmente a ideia de que todos nós temos os mesmos segredos. Mas a ideia já não despertava mais a sua ira. Agora, quando estava parado no jardim na senda estreita banhada pela luz branca do verão, perpassou-o, como uma ponta de saudade, este pensamento: Talvez sim, talvez não, de qualquer modo jamais se saberá. Quando ela lhe dizia à noite num sussurro de compaixão: "Eu compreendo você", o que é que ela pretendia dizer com isso? O que foi que ela compreendeu? Jamais perguntou a ela. E, agora, era tarde. Talvez realmente tivesse chegado a hora de escrever as poesias de Puchkin ou de inventar a eletricidade? Sozinho, sem perceber, quando passava com movimentos circulares suaves a mangueira de um sulco para o outro, saiu de seu peito de repente um som baixo e estranho, não muito diferente do ruído de Lublin-pai. Ele se lembrou das formas enganosas que surgiram, desapareceram, e foram substituídas como se brincassem com ele em cada piscar de olhos, pelo papel de parede na noite no quarto de hotel de Frankfurt.

Na calçada em frente a ele passou uma moça carregando uma pesada cesta de compras e na outra mão ela levava dois sacos grandes que comprimia contra o peito. Uma moça do Extremo Oriente, uma empregada que moradores ricos tinham trazido para morar com eles no cubículo com banheiro separado e para cuidar da casa. Era delgada e pequena, mas carregava a sacola e os sacos cheios sem esforço. Passou por ele como que dançando, como se as leis da gravidade lhe tivessem dado um desconto. E por que não fechar a torneira, alcançá-la, sugerir ajuda para carregar as compras? Ou não sugerir, mas comportar-se como um pai para a filha, barrar-lhe o caminho, pegar os sacos de suas mãos e acompanhá-la até em casa e no caminho dar início a uma conversa ligeira? Por um momento Yoel sentiu em seu peito a dor dos sacos apertados com força no colo. Mas ela se assustaria, não compreenderia, talvez o tomasse por um assaltante, um pervertido; os vizinhos ficariam sabendo e começariam a sussurrar a seu respeito. Não que lhe importasse, de qualquer modo com certeza já tinha despertado nos moradores da rua certa medida de espanto e mexericos, mas, em seus sentidos aguçados, bem treinados, pela força do hábito profissional, avaliou bem a distância e o tempo e compreendeu que até que conseguisse alcançá-la já teria passado e entrado em casa. Só se corresse. E de correr não gostava.

Era muito jovem, bem-feita, de cintura fina como uma vespa, o cabelo preto profuso quase lhe escondia o rosto, as costas estavam comprimidas num vestido florido de algodão com um zíper comprido atrás. Até conseguir perceber o arco dos pés e coxas dela através do vestido, ela já havia desaparecido. Seus olhos arderam de repente. Yoel os fechou e imaginou um bairro pobre no Extremo Oriente, em Rangum, Seul ou Manila, massas de pequenos prédios feitos de lata, madeira compensada e papelão, amontoados, colados um junto do outro, afundados na lama tropical densa. Uma ruazinha suja, ardente, com esgoto ao ar livre. E cães e gatos sarnentos, criancinhas que os perseguiam, doentias, descalças, de tez escura, vestidas de trapos, chapinhando na água de esgoto estagnada. Um velho touro, amplo e submisso, estava arreado com cordas grosseiras a uma carroça miserável, com rodas de madeira afundando na lama. E tudo misturado com cheiros fortes, sufocantes e uma espécie de chuva tropical morna que caía sobre tudo. E que, ao bater sobre a carcaça de um jipe destruído e carcomido pela ferrugem, provocava um ruído como se fosse de tiros vagos. E bem nesse jipe, no assento cortado do motorista, estava colocado o inválido sem membros de Helsinque, branco como um anjo e sorrindo como se entendesse.

13

E então da janela de Neta lhe chegaram uma batida vaga e ruídos parecidos a tosse. Yoel abriu os olhos. Voltou o jato de água da mangueira para os pés descalços, lavou a lama, fechou a torneira e andou a passos largos. Até que entrasse, os roncos e os espasmos cessaram e ele soube que o problema desta vez era pequeno. A garota estava deitada encolhida em posição fetal no tapete. O desmaio suavizou o rosto dela a ponto de, por um momento, ela lhe parecer quase bonita. Ele colocou duas almofadas sob a cabeça e os ombros dela a fim de assegurar que ela pudesse respirar livremente. Saiu e voltou e colocou sobre a mesa um copo de água e duas pílulas para ela tomar quando acordasse. Depois, sem nenhuma necessidade, estendeu sobre o corpo dela um lençol branco e sentou-se à cabeceira, no chão, abraçando os joelhos. Não tocou nela.

Os olhos da jovem estavam fechados, mas não comprimidos, os lábios entreabertos, o corpo delicado e tranquilo sob o lençol. Percebeu agora que ela havia crescido nestes meses. Observou os longos cílios herdados da mãe e a testa lisa e alta que tinha herdado da mãe dele. Por um momento quis aproveitar o sono e a solidão, e beijar os lóbulos da orelha dela como costumava fazer quando ela era pequena. Como fazia com a mãe. Porque agora ela lhe parecia o bebê de olhar inteligente que se espreguiçava silenciosamente na esteira no canto do aposento e que olhava os adultos com olhos quase irônicos, como se tudo lhe fosse claro, inclusive o que é impossível expressar em palavras, e como que só devido a muito tato e delicadeza é que ela preferia calar. Este era o bebê que ele sempre levava a todas as viagens no pequeno álbum de fotografias no bolso interno do paletó.

Há seis meses Yoel esperava que o problema tivesse desaparecido. Que o desastre houvesse trazido uma mudança. Que Ivria tivesse razão e não ele. Lembrou confusamente que uma possibilidade dessas era mesmo por vezes mencionada na literatura médica que tinha lido. Um dos médicos falou com ele uma vez, não na presença de Ivria, e com muitas reservas, sobre uma possibilidade de que a adolescência traria a recuperação. Ao menos uma melhora considerável. E, realmente, desde a morte de Ivria não havia acontecido nenhum caso.

Caso? No mesmo instante encheu-se de amargura: ela já não estava ali. Basta. De agora em diante não se fala mais de problema e de caso. De agora em diante diremos "ataque". Quase falou alto a palavra. A censura tinha partido. Chega. O mar não foge. De hoje em diante usaremos as palavras corretas. E logo, com uma raiva emergente, num gesto violento e zangado, inclinou-se para espantar uma mosca que passeava sobre a bochecha pálida.

Tinha acontecido pela primeira vez quando Neta estava com quatro anos. Um dia ela estava parada perto da pia do banheiro lavando uma boneca de plástico; de repente caiu para trás. Yoel se lembrou do horror dos olhos arregalados revirados, nos quais só via a esclerótica irrigada pelos vasos sanguíneos fininhos. As bolhas de espuma que apareceram nos cantos da boca. A paralisia que o atacou embora logo tivesse compreendido que devia correr e pedir ajuda. Apesar de tudo para o que o treinaram e a que o acostumaram nos anos de preparação e trabalho, não conseguiu arrancar os pés do lugar e não conseguiu desviar o olhar da menina, porque lhe pareceu surgir uma sombra de sorriso no rosto dela, desapareceu e surgiu novamente, como se contivesse o riso. Ivria, não ele, conseguiu se recuperar primeiro, e correu para o telefone. Ele despertou do seu congelamento somente quando ouviu a sirene da ambulância. Então arrancou a filha dos braços de Ivria e voou escada abaixo, tropeçou e a cabeça se chocou no corrimão e tudo ficou enevoado. Quando acordou na sala de emergência, Neta já tinha recuperado os sentidos.

Ivria disse a ele tranquilamente: "Estou surpresa com você". E não disse mais.

No dia seguinte foi obrigado a viajar por cinco dias para Milão. Antes que retornasse os médicos já tinham chegado a um diagnóstico possível e a menina voltou para casa. Ivria recusou-se a concordar com o diagnóstico, recusou-se a dar para a menina os remédios que tinha que dar, prendeu-se obstinadamente ao que lhe parecia uma alusão a certa divergência entre os médicos, ou à impressão de que um dos médicos duvidava das decisões de seus companheiros. Jogou os remédios que ele comprou diretamente no lixo. Yoel disse: Você perdeu o juízo. E ela, num sorriso tranquilo, respondeu: Vejam quem é que está falando.

Na ausência dele arrastou Neta de um especialista particular a outro, foi a professores famosos, depois a psicólogos de várias escolas, a terapeutas e, por fim, apesar da oposição dele, a toda espécie de curandeiros e curandeiras que recomendaram dietas estranhas, ginásticas, chuveiros frios, vitaminas, banhos minerais, mantras e infusões de ervas.

Cada vez que voltava de suas viagens, ia comprar novamente os remédios, e os administrava à menina. Mas nas suas ausências

Ivria novamente os eliminava a todos. Uma vez, numa explosão de lágrimas e raiva, ela o proibiu de usar as palavras *doença* e *ataque*. Você a está estigmatizando. Você está fechando o mundo para ela. Você transmite para ela que está gostando da representação. Você vai destruí-la. Há um problema, assim insistia Ivria em dizer, e na verdade não é Neta que tem um problema, mas nós. Por fim ele se submeteu a ela e acostumou-se também a usar a palavra *problema*. Não via nenhum sentido em brigar com a esposa por uma palavra. Na realidade, disse Ivria, o problema não é com ela, nem conosco, mas com você, Yoel. Porque no momento em que você viaja o problema desaparece. Não há público, não há teatro. É um fato.

Será que era um fato? Yoel encheu-se de dúvidas. Por um motivo que não lhe era claro evitou esclarecê-lo. Será que temia esclarecer que Ivria tinha razão? Ou, ao contrário, que ela não tinha razão?

As discussões que Ivria iniciava aconteciam sempre que o problema surgia. E também entre uma ocorrência e outra. Quando, após alguns meses, ela se cansou de seus bruxos e curandeiros, continuou numa espécie de lógica lunática a acusá-lo e somente a ele. Exigiu dele que parasse de viajar ou, ao contrário, que viajasse para sempre. Decida, assim ela disse, o que é importante para você. Um grande herói contra mulheres e crianças. Mete a faca e foge.

Uma vez, na presença dele, durante um desfalecimento, ela começou a bater no rosto da menina petrificada, nas costas, na cabeça. Ele ficou chocado. Pediu, implorou, exigiu que ela parasse. Por fim, foi obrigado, pela primeira e única vez em sua vida, a usar a força para pará-la. Segurou os dois braços dela, dobrou-os atrás das costas e a arrastou para a cozinha. Quando ela parou de resistir e caiu cansada no banquinho como uma boneca de trapos, ergueu o braço sem necessidade e lhe deu um forte tapa no rosto.

Só então percebeu que a menina estava desperta, parada de pé, apoiada no umbral da cozinha, olhando para ambos com uma espécie de fria curiosidade científica. Ivria, ofegando, apontou a menina e cuspiu para ele. "Esta aí, veja." Ele pronunciou entre dentes: "Me diga, você enlouqueceu?". E Ivria retrucou: "Não. Devo estar pirada por concordar em viver com um assassino. Você precisa saber isto, Neta: assassino, esta é a profissão dele".

14

No inverno seguinte, na ausência dele, por conta própria, pegou duas malas e Neta, e foram morar com a mãe dela, Avigail, e o irmão Nakdimon na casa de infância em Metula. Na volta de Bucareste, na última noite da festa de Chanuká, achou a casa vazia. Na mesa limpa da cozinha aguardavam-no dois bilhetes, um ao lado do outro, um sob o saleiro e o outro sob o recipiente gêmeo de pimenta. O primeiro era uma opinião de algum novo imigrante russo, de acordo com a descrição no topo da folha, um especialista mundial em medicina bioenergética e conselheiro em telecinética, que certificava num hebraico estropiado que "a menina Niuta Raviv está livre da doença epilepsia e sofre apenas de 'depravação', assinado, dr. Nikodim Shaliapin". O segundo bilhete era de Ivria e nele estava escrito com letras redondas e firmes: "Estamos em Metula. Você pode telefonar, mas não venha".

Ele obedeceu e não foi durante todo aquele inverno. Talvez esperasse que quando o problema surgisse ali, em Metula, sem a presença dele, Ivria fosse obrigada a reconsiderar. Ou, talvez o contrário, esperasse que o problema não surgisse ali e que Ivria, como de hábito, tivesse razão no final das contas.

No início da primavera, ambas voltaram a Jerusalém carregadas de plantas e presentes da Galileia. Começaram dias bons. A esposa e a filha quase competiam entre si para mimá-lo a cada vez que voltava das suas viagens. A pequena se acostumou a atirar-se a ele no momento em que ele se sentava, tirar-lhe os sapatos e calçar-lhe chinelos. Em Ivria revelaram-se pendores culinários ocultos e ela o espantava com refeições cheias de inspiração. Ele, por sua parte, não fez concessões: teimou em continuar a fazer ele próprio atividades domésticas entre uma viagem e outra, como se acostumara a fazer no inverno durante a ausência delas. Cuidava de que a geladeira estivesse cheia. Vasculhava as lojas de alimentos de Jerusalém em busca dos salames apimentados e de queijos raros de ovelhas. Uma ou duas vezes deixou de lado seus princípios e trouxe queijos e salames de Paris. Um dia, sem dizer uma palavra a Ivria, trocou a televisão em branco e preto por um aparelho novo, em cores. Ivria reagiu trocando as cortinas. No dia do aniversário de casamento ela comprou também um aparelho de som estereofônico, além do aparelho que estava na sala. Com frequência saíam para passear no sábado, de carro.

Em Metula a menina cresceu. Ficou um pouco mais cheia. No osso do queixo dela imaginou localizar um traço de semelhança com a família Lublin, um traço que tinha pulado Ivria e agora voltara e surgira em Neta. O cabelo dela ficou comprido. Ele trouxe para ela de Londres um pulôver maravilhoso angorá e, para Ivria, um conjunto tricotado. Tinha um ótimo golpe de vista e um gosto sensível e delicado na escolha de roupas femininas, e Ivria disse: Você poderia ir muito longe na vida como desenhista de moda, ou cenógrafo.

O que havia ocorrido em Metula no inverno ele não soube e não investigou. A esposa lhe pareceu estar passando por um florescimento tardio. Teria arrumado um amante? Ou o fruto dos bosques de Lublin tinha renovado nela algum fluxo de sucos interiores? Ela mudou o corte de cabelo. Fez uma franja graciosa. Pela primeira vez na vida aprendeu a se maquiar e fazia isso com gosto e moderação. Comprou um vestido primaveril com um decote ousado e às vezes sob esse vestido ela usava roupas de baixo num estilo que até então não combinava com ela. Por vezes, quando estavam sentados junto à mesa da cozinha em hora tardia da noite, ela descascava um pêssego e levava cada fatia à boca como se o examinasse cuidadosamente com os lábios antes de começar a chupar.

Yoel não conseguia tirar os olhos dela. E também começou a usar um perfume de um tipo novo. Assim começou a calmaria.

Às vezes suspeitava que ela lhe devolvia o que outro homem lhe havia ensinado. A fim de se eximir dessa suspeita, levou-a para quatro dias de férias num hotel na praia de Ashkelon. Todos os anos até então haviam sempre mantido as relações amorosas com seriedade, com um silêncio concentrado; de agora em diante acontecia às vezes que, quando faziam amor, ambos rolavam de rir.

Mas o problema de Neta não desapareceu. Apesar de ter talvez diminuído.

Entretanto, as discussões acabaram.

Yoel não estava certo se devia acreditar no que a esposa lhe havia dito, que durante todo aquele inverno em Metula não surgiu nem sinal do problema. Facilmente poderia descobrir, sem que Ivria ou os Lublin soubessem que ele investigara a coisa; sua profissão o ensinara a solucionar, sem deixar sinais, questões muito mais difíceis do que a história de Neta em Metula, mas preferiu não investigar. Para si próprio disse apenas: Por que não acreditar nela?

Apesar disso, numa daquelas noites boas perguntou a ela num sussurro: Com quem você aprendeu isso? Com o amante?

Ivria riu no escuro e disse: O que é que você vai fazer se souber? Vai matá-lo sem deixar vestígios? Yoel disse: Ao contrário, ele receberá de mim uma garrafa de brandy e um arranjo de flores pelo que ensinou a você. Quem é o feliz premiado? Ivria irrompeu novamente em seu riso de cristal antes de responder: Com este golpe de vista, você ainda vai chegar longe na vida. Ele hesitou por um momento antes de compreender a mordacidade e cuidadosamente juntou-se ao riso dela.

E assim, sem explicações ou conversas alma a alma, como que de comum acordo, estabeleceram-se as novas regras. Prevaleceu um novo pressuposto. Que nenhum deles transgrediu, nem mesmo por engano, nem mesmo num momento de distração. Não mais curandeiros e assemelhados. Não mais reclamações e acusações. Com a condição de que é proibido mencionar o problema. Nem por alusão. Se acontece, acontece. E pronto. Não se fala uma palavra.

Neta também cumpriu essas regras. Apesar de ninguém ter dito a ela. E, como se decidisse compensar o pai porque sentiu que o novo arranjo era baseado principalmente em sua renúncia e tolerância, naquele verão pulava muitas vezes em seu colo, aninhando-se e soltando arrulhos de satisfação. Apontava os lápis da mesa dele. Dobrava o jornal em quatro dobras exatas e o colocava ao lado da cama dele em sua ausência. Servia-lhe um copo de suco gelado mesmo se ele esquecia de pedir. Arrumava, na mesa dele, seus desenhos de primeiro ano e os trabalhos de barro das aulas de artes, para que aguardassem a sua volta. E para onde quer que ele fosse em casa, e até no banheiro, e até entre seus apetrechos de barbear, ela pendurava delicados desenhos de ciclâmen, em homenagem a ele. Ciclâmen era a flor predileta dele. Se Ivria não tivesse insistido, é possível que ele tivesse chamado a filha de Rakefet, "Ciclâmen". Mas aceitou a opinião dela.

Ivria, por seu lado, lhe concedeu na cama surpresas que ele não pudera imaginar. Nem mesmo no início do casamento. Ele às vezes se espantava com a força da fome dela misturada a ternura, generosidade, numa tensão musical para descobrir cada anseio dele. O que foi que eu fiz?, perguntou uma vez baixinho, como foi que eu ganhei isso de você? É simples, Ivria sussurrou, os amantes não me satisfazem, só você.

E ele realmente quase se superou. Proporcionava a ela prazeres arrojados e, quando o corpo dela era tomado por ondas de êxtase e seus dentes batiam como se fosse de frio, sentia muito mais prazer com o prazer dela do que com o seu próprio. Às vezes parecia a Yoel que não só o seu órgão sexual, mas todo o seu ser estava penetrando e gozando no útero dela. Porque ele estava totalmente envolto estremecendo dentro dela. Até que, com cada carícia, apagava-se a diferença entre acariciador e acariciado, como se tivessem deixado de ser homem e mulher no ato amoroso e fossem uma carne só.

15

Um dos seus companheiros de trabalho, um homem rude e esperto, que era chamado de Cockney e às vezes de Acrobata, num daqueles dias disse a Yoel que tivesse cuidado, porque se percebia que devia estar tendo um caso amoroso extra. Yoel disse: Que ideia, e o Acrobata, admirado com a discrepância entre o que lhe dizia sua percepção e a confiança na honestidade de Yoel, sibilou como que zombando: "Que seja. Já que você aqui deve ser o nosso representante dos justos. Aproveite bem. Como está escrito, não vi um justo abandonado nem sua semente procurando um útero".

Às vezes, nos quartos de hotéis, à luz fluorescente que sempre tratava de deixar acesa no banheiro, acordava no meio da noite doendo de desejo pela esposa e em seu coração dizia: Venha. Até que numa ocasião, pela primeira vez em todos os seus anos de andanças e em total desacordo às regras, não se conteve e ligou para ela às quatro da madrugada do hotel em Nairóbi e ela estava lá, pronta, levantou o fone no primeiro toque e, antes que ele emitisse qualquer som, disse: Yoel, onde é que você está?

E ele disse coisas que esqueceu de manhã e depois de quatro dias, ao voltar, quando ela quis lembrar a ele, recusou-se inflexivelmente a ouvir.

Se voltava das viagens durante o dia, punham a menina diante da televisão nova e trancavam-se no dormitório. Quando saíam, após uma hora, Neta aninhava-se em seus braços e ele lhe contava histórias de ursos nas quais sempre havia um urso chamado Zambi, bobo mas afetuoso.

Três vezes durante as férias escolares deixaram a menina com os Lublin em Metula ou com Lisa em Rehavia e foram os dois passar uma semana no mar Vermelho, na Grécia, em Paris. Como nunca tinham feito antes que o problema surgisse. Mas Yoel sabia que tudo pendia por um fio, e realmente, no início do outono seguinte, no terceiro ano, Neta desmaiou no chão da cozinha, num sábado de manhã, e só acordou no dia seguinte na hora do almoço, no hospital, com tratamento intensivo. Ivria transgrediu as regras depois de dez dias, ao dizer com um sorriso que desta menina ainda sairia uma atriz de sucesso. Yoel decidiu deixar passar o comentário em silêncio.

Depois do longo desmaio, Ivria proibiu Yoel de tocar em Neta mesmo por acaso. Como ele ignorou a proibição, ela desceu e pegou o saco de dormir do bagageiro do carro que estava estacionado entre as colunas da casa, e passou a dormir com a menina no quarto dela. Até que ele entendeu a alusão e sugeriu fazer a troca; ambas poderiam dormir à noite na cama de casal no dormitório e ele passaria para o quarto de criança. Assim ficaria mais fácil para todos.

No inverno, Ivria emagreceu com a ajuda de um regime cruel. Uma linha rija e amarga mesclou-se à beleza dela. Os cabelos começaram a branquear. Depois decidiu retomar os estudos de literatura inglesa e obter o mestrado. Escrever uma tese. Quanto a Yoel, ocorreu-lhe algumas vezes ver-se viajando e não voltando. Estabelecendo-se sob nome fictício num lugar distante, como Vancouver, no Canadá, ou Brisbane, na Austrália, começando uma vida diferente. Abriria uma autoescola, um escritório de investimentos, ou adquiriria por um preço barato uma cabana na floresta e viveria sozinho, meio caçador, meio pescador. Costumava sonhar isso na infância e eis que esses sonhos reapareceram. Às vezes, nesses sonhos, introduzia na cabana florestal uma mulher-serva esquimó, calada e submissa como um cão. Imaginava noites de sexo selvagem em frente à lareira na cabana. Mas logo começou a trair, com a própria esposa, essa concubina esquimó.

Toda vez que Neta despertava dos desmaios Yoel conseguia se antecipar a Ivria. Os treinamentos especiais que fizera muitos anos antes lhe proporcionaram reflexos rápidos e alguns estratagemas. Levantava-se num pulo como numa competição de corrida ao ouvir o tiro, pegava a menina nos braços, fechava-se com ela no quarto que se transformara em seu quarto, e trancava a porta. Contava a ela sobre Zambi, o urso. Brincava com ela de caçador e lebre. Recortava para ela figuras engraçadas de papel e oferecia-se para ser pai de todas as bonecas. Ou erguia torres de dominó. Até que Ivria desistia e, após uma hora ou uma hora e meia, vinha e batia à porta. Então ele interrompia na mesma hora, abria e convidava também a ela para passear no castelo de cubos ou a se juntar a eles para partir no baú de roupas de cama. Mas algo mudava no momento em que Ivria entrava. Como se o castelo tivesse sido abandonado. Como se cessasse o fluxo do rio no qual o barco deles havia partido.

16

Quando a filha cresceu, Yoel começou a levá-la consigo a longas viagens pelo mapa-múndi detalhado que havia comprado para ela em Londres e pendurado acima da antiga cama. Quando chegavam, por exemplo, a Amsterdã, ele tinha uma excelente planta da cidade, que estendia na cama a fim de conduzir Neta aos museus, navegar com ela pelos canais e visitar os demais tesouros maravilhosos. Dali viajavam para Bruxelas ou para Zurique, e às vezes chegavam até a América Latina.

Foi assim até que, uma vez, após um breve desmaio no corredor, no final do Dia da Independência, Ivria conseguiu se antecipar a ele e se arremessou sobre a menina quase antes de ela abrir os olhos. Por um momento, Yoel receou que batesse nela novamente. Mas Ivria, tranquila e com feições graves, apenas carregou a menina nos braços até a banheira. Encheu-a de água e ambas se trancaram e tomaram banho juntas durante quase uma hora. Talvez Ivria tivesse lido algo a respeito na imprensa médica. Em todos aqueles longos anos de silêncio, Ivria e Yoel não pararam de ler matérias médicas sobre assuntos relacionados ao problema de Neta.

Sem que falassem a respeito. Silenciosamente, um colocava junto ao abajur da cama do outro artigos recortados das colunas de medicina dos jornais, pesquisas que Ivria tinha fotocopiado na biblioteca da universidade, revistas médicas que Yoel comprava em suas viagens. Deixavam as matérias um para o outro sempre dentro de envelopes marrons fechados.

E desde então, após cada desmaio, Ivria e Neta se fechavam juntas na banheira, que passava a ser para elas uma espécie de piscina aquecida. Através da porta trancada Yoel ouvia risinhos e ruídos de água. Desse modo foram interrompidos os cruzeiros no baú de roupa de cama e os voos sobre o mapa-múndi. Yoel não queria discussões. Em casa queria apenas descanso e tranquilidade. Assim, começou a comprar para ela nas lojas de lembranças nos aeroportos bonecas típicas com trajes tradicionais. Durante algum tempo ele e a filha eram sócios da prateleira dessa coleção e Ivria estava proibida até de tirar o pó das bonecas. Dessa forma, passaram-se os anos. A partir do terceiro ou do quarto ano, Neta começou a ler muito. Bonecas e torres de dominó deixaram de interessá-la. Ela se destacou nos estudos, principalmente em aritmética e em língua hebraica, e, depois, em literatura e em matemática. Colecionava partituras musicais que o pai comprava para ela em suas viagens e a mãe em lojas de Jerusalém. Colecionava também plantas espinhosas secas nas andanças nos uádis no verão e as arranjava em vasos no dormitório que continuou a ser o quarto dela, mesmo quando Ivria o deixou e migrou para o sofá da sala. Neta quase não tinha amigas, seja porque não as quisesse, seja por causa dos rumores sobre o estado dela. Ainda que o problema nunca tivesse ocorrido na classe, nem na rua, nem na casa de estranhos; sempre entre as quatro paredes da casa.

Diariamente, após as lições de casa, ela se deitava na cama e ficava lendo até o jantar, que se acostumou a comer sozinha e nas horas que bem entendesse. Voltava para o quarto, deitava e ficava lendo na cama de casal. Durante algum tempo Ivria tentou travar uma luta com ela sobre a hora de apagar a luz. No fim desistiu. Às vezes Yoel acordava numa hora indeterminada no meio da noite, tateava o caminho para a geladeira ou para o banheiro, meio adormecido meio acordado, e era atraído pela faixa de luz que filtrava por baixo da porta de Neta, mas preferia não se aproximar. Caminhava para a sala e ficava sentado por alguns momentos na poltrona em frente ao sofá onde Ivria dormia.

Quando Neta entrou na puberdade, o médico exigiu de ambos que a levassem a uma terapeuta, que após algum tempo pediu para se encontrar com ambos os pais e novamente com cada um deles em separado. Por orientação dela, Ivria e Yoel foram obrigados a parar com os mimos após os ataques. Assim, foi cancelada a cerimônia do leite com chocolate sem nata e foram interrompidos os banhos conjuntos de mãe e filha. Neta começou a ajudar esporadicamente, sem vontade, nas tarefas domésticas. Mais uma vez ela deixou de receber Yoel com os chinelos dele na mão, e também parou de maquiar a mãe antes que ambas fossem ao cinema. Em lugar disso, foram instituídas as reuniões semanais na cozinha. Naquela época, Neta começou a passar muitas horas na casa da avó em Rehavia. Por algum tempo, registrou as memórias de Lisa; comprou um caderno especial, usou um pequeno gravador que Yoel tinha trazido para ela de presente de Nova York. Depois, perdeu o interesse e parou. A vida se tranquilizou. Entrementes, também Avigail chegou a Jerusalém. Durante quarenta e quatro anos, desde que havia deixado a cidade natal Safed e se casado com Shealtiel Lublin, Avigail viveu em Metula. Ali ela criou os filhos e ali lecionou aritmética na escola primária da colônia agrícola, encarregou-se do galinheiro e das plantações de frutas, e à noite lia livros de viagens do século XIX. Quando enviuvou, aceitou cuidar dos quatro filhos do seu primogênito Nakdimon, que por sua vez enviuvou um ano depois.

Esses netos cresceram e Avigail decidiu começar vida nova. Alugou um quartinho em Jerusalém, não longe da filha, e se matriculou para fazer o bacharelado em estudos judaicos na universidade. Isso foi no mesmo mês em que Ivria retomou os estudos e começou a sua dissertação sobre "A vergonha no sótão". Às vezes as duas se encontravam na lanchonete do Edifício Kaplan para uma refeição ligeira. Às vezes iam as três, Ivria, Avigail e Neta, a uma noite literária na Casa do Povo. Quando iam ao teatro, Lisa juntava-se a elas. Até que Avigail decidiu desistir do quarto alugado e passou a morar com Lisa no apartamento de dois quartos desta, no bairro de Rehavia, a uma distância de quinze minutos de caminhada média da casa dos filhos em Talbiye.

17

Entre Ivria e Yoel reinou de novo uma hibernação. Ivria achou um emprego temporário como editora de propaganda do Ministério do Turismo. Dedicava a maior parte do tempo à dissertação sobre os romances escritos pelas irmãs Brontë. Yoel foi promovido outra vez. Numa conversa a sós, Le Patron lhe deu a entender que essa ainda não era a última palavra e que devia começar a pensar em algo mais alto. Numa conversa ao acaso na escada, no final de um dos sábados, o vizinho, o motorista de caminhão, Itamar Vitkin, lhe contou que agora, tendo seus filhos crescido e a esposa o abandonado e à cidade de Jerusalém, o apartamento era muito grande para ele. Ofereceu um dormitório ao sr. Raviv, que o comprou. Um empreiteiro de reformas apareceu no início do verão, um homem religioso trazendo apenas um operário idoso e encolhido como se fosse tuberculoso. Uma parede foi perfurada e ali colocaram uma porta. A porta anterior foi cerrada e estucada algumas vezes, e apesar disso podia-se perceber a sua linha de contorno na parede. O trabalho durou cerca de quatro meses porque o operário adoeceu. Então Ivria se mudou para o seu novo estúdio. E a sala se esvaziou. Yoel continuou no quarto de criança, e Neta, no quarto com a cama de casal. Yoel montou para ela prateleiras adicionais, para conter a biblioteca e a coleção de partituras. Pendurou nas paredes fotos dos poetas hebreus preferidos: Steinberg, Alterman, Lea Goldberg e Amir Guilboa. Gradualmente os problemas foram diminuindo. As crises rarearam, não mais do que três ou quatro vezes por ano. E, na maioria das vezes, de forma branda. Um dos médicos até considerou adequado lhes dar certa esperança: o problema todo da sua jovem senhorita não é exatamente específico. É um caso um pouco vago. Há uma abertura para outras interpretações. Talvez com a idade ela consiga se livrar disso totalmente. Com a condição de que realmente esteja interessada em sair disso. E com a condição de que vocês estejam interessados. Existem casos assim. Ele, pessoalmente, conhece ao menos dois precedentes. Trata-se, naturalmente, de possibilidade, não de prognóstico, e por enquanto é muito importante incentivar a mocinha a manter uma vida social. A reclusão em casa não traz saúde para ninguém. Em suma, passeios, ar puro, rapazes, natureza, kibutz, trabalho, danças, natação, prazeres saudáveis.

Por intermédio de Neta e também de Ivria, Yoel tomou conhecimento da nova amizade com o vizinho de meia-idade, o motorista de caminhão refrigerado, que começou a vir às vezes à casa para tomar chá na cozinha no final do dia, durante a ausência de Yoel. Ou a convidá-las para o apartamento dele. Às vezes tocava para elas umas músicas no violão, a respeito das quais Neta dizia que a balalaica combinava mais do que o violão, e Ivria dizia que elas lhe recordavam os dias da infância, quando a russianização estava difundida no país, especialmente na Galileia Superior. Às vezes, Ivria ia sozinha até o vizinho ao entardecer. Também Yoel foi convidado uma vez, duas e três, mas não teve oportunidade de atender porque no último inverno as viagens foram frequentes: em

Madri conseguiu se agarrar a uma ponta de fio numa direção que o excitou e seus sentidos lhe disseram que, no fim do caminho, talvez o aguardasse um prêmio especial e valioso. Mas haveria necessidade de utilizar alguns estratagemas que exigiriam paciência, sagacidade e uma aparente indiferença. Assim, naquele inverno, ele adotou uma atitude de indiferença. Não via nenhum mal na amizade da esposa com o vizinho velho. Ele também tinha certa fraqueza por melodias russas. Até pareceu detectar os primeiros sinais de degelo em Ivria: algo no modo como ela deixava agora os cabelos loiros que estavam embranquecendo caírem sobre os ombros. Algo na preparação da compota de frutas. O tipo de calçado que ela começou a usar nos últimos tempos.

Ivria lhe disse:

— Você está com ótima aparência. Bronzeado. Está lhe acontecendo algo de bom?

Yoel disse:

— Naturalmente. Tenho uma amante esquimó.

Ivria disse:

— Quando Neta for a Metula, traga essa amante para cá. Vamos fazer uma festa.

E Yoel:

— Falando seriamente, será que não chegou a hora de sairmos de férias?

Não importava a ele qual era o motivo da modificação que se estava apresentando, o sucesso dela no Ministério do Turismo (ela também foi promovida), o entusiasmo com a dissertação, a amizade com o vizinho ou talvez a alegria pelo novo estúdio cuja porta ela gostava de trancar por dentro enquanto trabalhava e também à noite quando dormia. Ele começou a planejar uma pequena viagem de férias para os dois, após um intervalo de seis anos em que não viajaram juntos. Exceto uma vez, em que foram por uma semana a Metula, mas na terceira noite Yoel foi chamado pelo telefone para voltar imediatamente a Tel Aviv. Neta poderia ficar com as avós em Rehavia. Ou as avós passariam a morar com ela em Talbiye durante as férias deles. Dessa vez, viajariam para Londres. O programa dele era surpreendê-la com férias britânicas, inclusive um passeio especial pelo território dela, na região de Yorkshire. O mapa do condado de Yorkshire estava pendurado na parede no estúdio dela e, por força do hábito profissional, Yoel gravou em sua memória a estrutura da rede de estradas e talvez até alguns pontos de interesse.

Às vezes olhava longamente para a filha. Não era bonita, não lhe parecia feminina. E era como que se vangloriasse disso. Às vezes ela condescendia em usar, como se lhe fizesse um favor, as roupas que ele lhe trazia da Europa de aniversário, mas achava um jeito de conferir-lhes uma aparência de desleixo. Yoel notou: negligência e não desleixo. Vestia cinza com preto ou preto com marrom. Na maioria das vezes usava umas calças largas que pareciam a Yoel tão antifemininas como as roupas de um palhaço no circo.

Uma vez telefonou um rapazinho jovem, a voz hesitante, educado e quase assustado, e pediu para falar com Neta. Ivria e Yoel trocaram olhares e saíram festivamente da sala para a cozinha; fecharam a porta atrás de si, até que Neta recolocou o fone no gancho, e também então não se apressaram em voltar; Ivria decidiu então convidar Yoel para tomar um café com ela no estúdio. Mas, quando finalmente saíram, verificaram que, no fim das contas, o rapaz tinha telefonado para tentar conseguir com ela o número de telefone de outra colega.

Yoel preferiu atribuir tudo isso a certo atraso na puberdade. Quando ela tivesse seios, pensou, o telefone começaria a tocar aqui sem interrupção. Ivria disse a ele: Você está jogando para mim essa piada boba pela quarta vez, só para se abster da necessidade de olhar por uma vez no espelho e ver quem é o carcereiro desta menina. Yoel disse: Não comece, Ivria. E ela respondeu: Está bem. De qualquer modo isso já está perdido.

Yoel não conseguia perceber o que é que estava perdido. Em seu íntimo, acreditava que logo Neta arrumaria um namorado, e deixaria de se pendurar na mãe nas visitas ao vizinho com o violão e nas avós quando iam aos concertos e ao teatro. Por algum motivo, delineou esse namorado como um rapaz de kibutz, cabeludo, de braços grossos, lombo bovino, pernas pesadas metidas em shorts e cílios queimados pelo sol. Ela o acompanharia ao kibutz, e ele e Ivria permaneceriam sozinhos em casa.

Quando não estava viajando, erguia-se às vezes à uma da madrugada ou por volta dessa hora, seguia a lista de luz que filtrava por baixo da porta de Neta, batia levemente à porta do estúdio e trazia para a esposa uma bandeja com sanduíches e um copo de suco gelado. Porque Ivria agora dera para trabalhar à noite. Às vezes era convidado a trancar a porta do estúdio por dentro. Ocasionalmente ela pedia a ele sugestões sobre aspectos técnicos como a divisão do trabalho em capítulos ou modos diversos de como datilografar as notas de rodapé. Espere, ele dizia em seu íntimo, no dia do aniversário de casamento, em primeiro de março, você terá uma pequena surpresa. Imaginou comprar para ela um processador de textos.

Em suas últimas viagens, ele leu livros das irmãs Brontë. Não chegou a contar a Ivria a respeito. A escrita de Charlotte lhe pareceu simples, porém em O morro dos ventos uivantes encontrou um enigma não em Catherine ou em Heathcliff, mas justamente na personagem derrotada de Edgar Linton, que lhe surgiu uma vez também em sonho no hotel em Marselha, um pouco antes do desastre, e em sua testa alta e pálida havia um par de óculos parecido com os óculos de leitura de Ivria, quadrados, sem armação, óculos que lhe conferiam a aparência de um gentil médico de família da geração anterior.

Toda vez que precisava madrugar às três ou quatro horas para ir ao aeroporto, costumava entrar silenciosamente no quarto da filha. Andava na ponta dos pés entre os vasos onde cresciam florestas de espinhos e beijava os olhos dela sem que seus lábios a tocassem e alisava o travesseiro junto aos cabelos dela. Depois dirigia-se para o estúdio, acordava Ivria e se despedia. Durante todos esses anos acordava a esposa de madrugada para se despedir dela quando partia em viagem. Ivria assim o queria. Mesmo quando estavam brigados. E mesmo quando não estavam se falando. Talvez a raiva comum contra o rapaz cabeludo do kibutz, de braços grossos, os unisse. Como se após o desespero. Talvez fosse uma lembrança da afeição da juventude. Algum tempo antes de ocorrer o desastre já estava quase acostumado a sorrir para si próprio quando se lembrava das palavras do policial Lublin, que gostava de dizer que, em resumo, todos temos os mesmos segredos.

18

Quando Neta se recuperou ele a levou para a cozinha. Preparou para ela um café forte e, para si próprio, pegou um cálice antecipado de brandy. O relógio elétrico de parede, acima da geladeira, indicava dez para as cinco. Fora ainda havia a luz forte da tarde de verão. Com os cabelos tosados, as calças largas grosseiras e uma blusa amarela ampla que descia pelo corpo angular, a filha parecia um tísico nobre de outro século, que surge num baile de máscaras e ali se aborrece. Os dedos dela rodearam a xícara de café como se estivesse se aquecendo numa noite de inverno. Yoel percebeu uma ligeira vermelhidão nas juntas dos dedos, uma vermelhidão que contrastava com a palidez das unhas chatas. Será que ela estava se sentindo melhor? Ela lhe devolveu um olhar de soslaio, de baixo para cima, o queixo grudado ao tronco, um breve sorriso, como que decepcionada pela pergunta formulada por ele: não, não estava se sentindo melhor, porque em absoluto não se sentiu mal. O que foi que ela sentiu? Nada de especial. Por acaso ela se lembrava do momento do desfalecimento? Só do começo. E o que houve no começo? Nada de especial. Mas veja como está a sua própria aparência, papai. Parece cinza. E duro. Como se você estivesse pronto a matar. O que é que você tem? Beba o seu brandy, você vai se sentir um pouco melhor depois disso, e pare de olhar para mim como se nunca em sua vida você tivesse visto alguém sentado com uma xícara de café na cozinha. Suas dores de cabeça voltaram? Você está se sentindo mal? Quer que eu massageie a nuca?

Ele meneou a cabeça em sinal negativo. Obedeceu a ela. Abaixou o pescoço para trás e engoliu o brandy em um só longo gole. Depois disso, hesitante, sugeriu que esta noite ela talvez não saísse de casa. Será que ele só pensava que ela estivesse pronta para ir à cidade? À cinemateca? Ou ao concerto?

— Você me quer em casa?

— Eu? Mas não pensei em mim. Pensei que, em seu benefício, talvez fosse bom você ficar em casa hoje à noite.

— Você está com medo de ficar aqui sozinho?

Ele quase disse: O que é que é isso? Mas se deteve. Recolheu o saleiro, tampou os furinhos com o dedo, virou-o e examinou o lado inferior. Depois sugeriu timidamente:

— Há um filme sobre natureza hoje à noite na televisão. A vida tropical na Amazônia. Algo assim.

— Então qual é o seu problema?

Novamente se conteve. Deu de ombros e calou-se.

— Se você não está com vontade de ficar sozinho, por que é que você não vai à noite à casa dos vizinhos? Aquela beleza com o irmão ridículo? Todo o tempo eles estão convidando você. Ou telefone para o seu amigo Krantz. Em dez minutos ele estará aqui. Numa corrida.

— Neta.

— O quê?

— Fique hoje em casa.

Parecia-lhe que a filha escondia dele um riso zombeteiro por trás da xícara levantada, acima da qual via agora apenas os olhos verdes dela, faiscando para ele numa indiferença ou sarcasmo, e a linha do cabelo, tosado impiedosamente. Os ombros dela arredondaram-se para cima, a cabeça afundada entre eles, como se se preparasse para quando ele se levantasse e batesse nela.

— Ouça. A verdade é que em absoluto não pensei em sair de casa esta noite. Mas, agora que você começou a me fazer este seu número, lembrei que eu preciso ir de verdade. Lembrei que tenho um encontro.

— Um encontro?

— Você certamente quer receber um relatório?

— Imagine. Só me diga com quem.

— Com seu chefe.

— Em nome do quê? Ele está se transformando em poeta moderno?

— Por que é que você não pergunta para ele? Façam uma pequena investigação mútua completa. Está bem. Vou lhes economizar isso. Ele telefonou anteontem e quando eu quis chamar você ele disse que não precisava. Que estava telefonando para mim, para marcar um encontro fora de casa.

— Campeonato nacional de damas?

— Por que é que você está tenso? O que é que tem? Talvez, afinal, também ele tenha um problema em ficar sozinho à noite em casa.

— Neta. Veja, não tenho nenhum problema em ficar sozinho. Uma coisa nova. Mas eu ficaria satisfeito se você não saísse após o... depois que você passou mal...

— Você já pode dizer ataque. Não tenha medo. A censura já foi cancelada. Talvez por causa disso você está procurando agora começar a brigar comigo?

— O que é que ele quer de você?

— Aí está o telefone. Ligue. Pergunte a ele.

— Neta.
— E eu sei? Talvez tenham começado agora a recrutar pessoas com peito chato. Estilo Mata Hari.
— Que fique claro. Não me meto em seus assuntos e não estou querendo brigar com você, mas...
— Mas se a vida toda você não tivesse sido tão medroso, você simplesmente me diria que não permite que eu saia de casa e que se eu desobedecer vou levar uma tremenda surra. Ponto final. E, em particular, você não permite que eu me encontre com Le Patron. O problema com você é que você é medroso.
— Você verá — disse Yoel. E não continuou.
Distraído, levou os lábios ao cálice vazio de brandy. Colocou-o de volta suavemente na mesa, como se cuidasse de não fazer um som de batida e não machucar a mesa. A luz cinzenta da noite chegou à cozinha, mas nenhum deles se ergueu para apertar o interruptor. Todo movimento de vento nos galhos da ameixeira na janela fazia estremecer sombras complexas no teto e nas paredes. Neta estendeu a mão, sacudiu a garrafa e novamente encheu o cálice de Yoel de brandy. O ponteiro dos segundos do relógio elétrico acima da geladeira saltava em pulsações ritmadas, de segundo a segundo. Yoel viu repentinamente em seus pensamentos uma pequena farmácia em Copenhague, na qual finalmente identificou e fotografou com uma câmera minúscula, escondida num maço de cigarros, um famoso terrorista irlandês. Por um momento o motor da geladeira juntou novas forças, fez um zumbido entrecortado, produzindo um tremor indistinto entre os objetos de vidro da prateleira, arrependeu-se e silenciou.
— O mar não foge — ele disse.
— Perdão?
— Nada. Lembrei-me de algo.
— Se você não fosse medroso, você simplesmente me diria, por favor, não me deixe sozinho hoje à noite em casa. Diria que

está difícil para você. E eu diria está bem, com prazer, por que não? Diga, do que é que você tem medo?
— Onde é que você precisa encontrá-lo?
— Na floresta. Na cabana dos sete anões.
— É mesmo?
— Café Oslo. No fim da Ibn Gavirol.
— Vou levar você até lá.
— Como queira.
— Com a condição de que antes a gente coma algo. Você não comeu nada hoje. E como é que você vai voltar depois para casa?
— Numa carruagem com cavalos brancos. Por quê?
— Eu irei buscar você. Só me diga a hora. Ou me telefone de lá. Mas saiba que prefiro que você fique hoje à noite em casa. Amanhã é outro dia.
— Você não me permite sair hoje de casa?
— Eu não disse isso.
— Você está me pedindo bonitinho que eu não deixe você sozinho no escuro?
— Também não disse isso.
— Então o quê? Talvez você tente decidir?
— Nada. Vamos comer alguma coisa, vista-se e vamos. Ainda preciso encher o tanque. Vá se vestir e enquanto isso eu faço uma omelete.
— Como ela implorava a você para não viajar? Para que você não a deixasse sozinha comigo?
— Não está certo. Não era assim.
— Você sabe o que é que ele quer de mim? Com certeza você tem alguma ideia. Ou suspeita.
— Não.
— Quer saber?
— Não em especial.

— Não?
— Não em especial. Na realidade, sim: o que é que ele quer de você?
— Quer falar comigo a seu respeito. Ele acha que você não está bem. Ele está com essa impressão. Foi isso que ele me disse no telefone. Está procurando, pelo visto, um meio de fazer você voltar ao trabalho. Ele diz que estamos numa ilha solitária, você e eu, e que precisamos tentar pensar juntos numa solução. Por que é que você se opõe a que eu o veja?
— Não me oponho. Vista-se e vamos. Enquanto você se veste eu farei uma omelete. Uma salada. Alguma coisa rápida e boa. Daqui a quinze minutos vamos sair. Vá se vestir.
— Você percebeu que já me disse dez vezes para ir me vestir? Por acaso pareço estar nua? Sente-se. Por que é que você está pulando para cá e para lá?
— Para que você não se atrase ao encontro.
— Mas é lógico que eu não vou me atrasar. Você já sabe disso muito bem. Você já ganhou a partida com três movimentos. Não compreendo para que você continua agora a representar uma comédia. Você já tem cento e vinte por cento de certeza.
— Certeza? Do quê?
— Que eu vou ficar em casa. Vamos fazer uma omelete e salada? Ainda sobrou carne de ontem, do tipo que você gosta. E tem também iogurte de frutas.
— Neta. Que fique claro...
— Mas tudo está claro.
— Para mim, não. Sinto muito.
— Você não sente muito. O que foi, você se cansou dos filmes sobre a natureza? Você queria correr para aquela vizinha? Ou chamar o Krantz para que ele venha balançar o rabo como um cachorrinho? Ou ir dormir cedo?
— Não, mas...

— Ouça. A questão é esta. Sou louca pela vida tropical na Amazônia ou algo do gênero. E não me diga que sente muito quando recebeu exatamente o que queria. Como sempre. E você recebeu isso até sem exercer violência e sem exercer autoridade. O inimigo não se submeteu simplesmente, o inimigo se desfez. Agora beba este brandy em homenagem à vitória da mente judaica. Só me faça um favor, não tenho o número do telefone, ligue você para Le Patron e diga-o você mesmo.

— Dizer o que para ele?

— Que será em outra ocasião. Que amanhã é outro dia.

— Neta. Vá se vestir e eu levo você ao Café Oslo.

— Diga a ele que eu tive um ataque. Diga a ele que você está sem gasolina. Diga que a casa pegou fogo.

— Omelete? Salada? Quem sabe fritar umas batatas? Você quer iogurte?

— Como queira.

19

Seis e quinze da manhã. Uma luz azul acinzentada e lampejos de nascer do sol por entre as nuvens no Leste. Uma leve brisa marítima traz o cheiro de queimada de espinhos ao longe. Há duas pereiras e duas macieiras cujas folhas já começaram a adquirir tons amarronzados do cansaço do fim do verão. Yoel está parado aqui atrás da casa, de camiseta e calça esportiva branca, descalço, na mão o jornal enrolado ainda em sua embalagem. Também esta manhã não chegou a tempo de alcançar o entregador. O pescoço estendido para trás, a cabeça voltada para o céu: vê revoadas de pássaros migrantes em formação de cabeça de flecha, voando do Norte para o Sul. Cegonhas? Garças? Agora eles passam por sobre os telhados de telhas de pequenas casas, sobre jardins, bosques e laranjais, absorvidos por fim entre nuvens de penas que brilham no Sudeste. Depois dos bosques e dos campos virão encostas pedregosas e aldeias de pedra, uádis e fendas, e eis já um ermo desértico e a escuridão das cadeias do Leste, veladas por neblina opaca, e, além deles, mais deserto, as planícies de areias movediças e depois delas as últimas montanhas. Na realidade, ele tinha a intenção de ir ao depósito de ferramentas para alimentar a gata e seus filhotes, achar uma chave inglesa e consertar ou trocar a torneira que estava vazando perto da cobertura do carro. E só aguardou mais um momento pelo entregador de jornais para que acabasse a viela e desse a volta e retornasse, e então ele o alcançaria. Mas como é que eles encontram o caminho? E como é que sabem que chegou a hora? Suponhamos que num ponto remoto no seio de uma floresta africana exista uma espécie de base, uma espécie de torre de controle oculta, da qual dia e noite é enviado um som regular, fino, muito alto para que o ouvido humano possa captá-lo, muito aguçado para que possa ser interceptado mesmo pelos sensores mais sofisticados e sensíveis. Esse som se estende como um raio transparente do equador até o extremo Norte, e ao longo dele os pássaros voam em direção ao calor e à luz. A Yoel, como pessoa que quase experimentou uma pequena iluminação, sozinho no jardim cujos galhos começaram a ficar dourados na incandescência do nascer do sol, instantaneamente pareceu que ele próprio estava capacitado a captar, ou não captar, sentir, entre duas vértebras na base da coluna, o som de orientação africana dos pássaros. Se não lhe faltassem asas, atenderia e iria. A sensação de que um dedo quente feminino o tocava ou quase tocava nas costas, um pouco acima do cóccix, era quase uma excitação. Naquele momento, e durante o espaço de uma ou duas respirações, a escolha entre viver e morrer agora lhe pareceu insignificante. Um silêncio profundo envolveu-o e preencheu-o, como se a sua pele já tivesse parado de separar a calma interior da calma do mundo externo e elas se tornassem uma só calma. Esteve a serviço vinte e três anos, aperfeiçoou admiravelmente a arte da conversa ligeira com estranhos, falando sobre a cotação da moeda, por exemplo, ou sobre as vantagens da Swissair ou sobre a mulher francesa em contraste com a italiana, e por meio disso estudava o interlocutor. Assinalava para si próprio como arrombaria os cofres que continham os segredos deles. Como, começando a resolver palavras cruzadas pelas definições mais fáceis, teria aqui e ali pontos de apoio para as partes difíceis. Agora, às seis e meia da manhã no jardim da casa, viúvo e livre em quase todos os sentidos, despertou nele uma suspeita de que nada era incompreensível; que as coisas óbvias, correntes, simples, o frio da manhã, o cheiro dos espinhos queimados, um passarinho entre as folhas da macieira que estavam enferrujando pelo toque do outono, o calafrio do vento nos ombros nus, o cheiro da terra regada e o gosto da luz, o amarelecimento da relva, o cansaço dos olhos, a excitação que tinha sentido na parte inferior da coluna e que já tinha passado, a vergonha no sótão, a gatinha e seus filhotes no depósito, o violão que começava a soar como violoncelo à noite, uma nova pilha de seixos redondos do outro lado da cerca na ponta da varanda dos irmãos Vermont, o irrigador amarelo que ele tomou emprestado e que já chegou a hora de devolver a Krantz, as roupas de baixo da mãe e da filha que estavam penduradas e se arqueavam no vento matinal no varal do fim do jardim, o céu que já se esvaziara do bando de pássaros migrantes, tudo tinha um segredo.

E tudo o que ele decifrou, decifrou apenas por um momento. Como se estivesse forçando caminho entre samambaias grossas numa floresta tropical que se fecha logo depois que a gente passa e não há sinal algum da trilha. Logo que a gente define algo com palavras, isso já deslizou, rastejou para o crepúsculo toldado e ensombrecido. Yoel se lembrou do que o vizinho Itamar Vitkin lhe havia dito uma vez na escada, que a palavra hebraica *shebeshiflenu*, no Salmo 136, poderia facilmente ser uma palavra polonesa, enquanto a palavra *namogu*, no final do capítulo 2 do livro de Josué, soa indubitavelmente como palavra russa. Yoel comparou em sua imaginação a voz do vizinho quando pronunciou *namogu* com acento russo e *shebeshiflenu* em imitação de polonês. Estava realmente querendo brincar? Talvez tivesse tentado me dizer algo,

algo que existe apenas no espaço entre as duas palavras que usou? E eu não captei porque não prestei atenção? Yoel refletiu um pouco na palavra hebraica *indubitavelmente*, a qual, para seu espanto, sussurrou de repente para si próprio.

Enquanto isso, mais uma vez perdeu o entregador de jornais, que, pelo visto, dera a volta no final da ruazinha e passara pela casa no caminho de volta. Para surpresa de Yoel e ao contrário de suas suposições, descobriu que o rapaz, ou o homem, não vinha de bicicleta mas num velho carro Sussita escangalhado, por cuja janela ele atirava os jornais à entrada dos jardins. Talvez nem sequer tivesse visto o bilhete que Yoel havia afixado à caixa de correspondência, e agora era muito tarde para correr atrás dele. Uma ligeira zanga despontou nele como consequência do pensamento de que tudo era secreto. E, na verdade, secreto não é a palavra correta. Não secreto como um livro selado, mas como um livro aberto em que é possível ler sem dificuldade coisas claras e comuns, coisas indubitáveis, manhã, jardim, pássaro, jornal, mas é possível ler de outros modos: juntar, por exemplo, cada sétima palavra em ordem inversa. Ou cada quarta palavra em cada segunda sentença. Ou com a chave de letras de acento forte. Ou assinalando com um círculo toda letra precedida por *g*. Não há limite para as possibilidades, e cada uma delas talvez indique uma interpretação diferente. Um sentido alternativo. Não necessariamente uma interpretação profunda ou mais fascinante, ou obscura, mas isto: totalmente diferente. Sem qualquer semelhança com a interpretação anterior. Ou talvez não? Yoel se zangou também com a ligeira zanga que despontou nele com esses pensamentos, porque queria se ver sempre como uma pessoa tranquila e controlada. Como é que você pode saber qual é o código de acesso correto? Como é que você vai descobrir no meio do número infindável de combinações o código certo? A chave da ordem interna? E, além disso, como é que você sabe que realmente o código é geral e não particular como um cartão de saque, e não único como um bilhete de loteria? E como é que você sabe que o código não muda, por exemplo, a cada sete anos? Ou toda manhã? Com a morte de alguém? Especialmente quando os olhos estão cansados e quase lacrimejam de tanto esforço, especialmente se o céu já se esvaziou? As cegonhas foram embora. Se é que não eram garças.

E daí se você não decifrar? Pois tratam você com uma graça especial: permitiram que você sentisse por um instante os momentos que antecederam o nascer do sol, porque realmente existe um código. No toque não sentido em sua coluna. E agora você sabe duas coisas que não sabia quando se empenhou em ler o registro das formas ilusórias no papel de parede no quarto de hotel em Frankfurt: que existe uma ordem, e que você não a decifrará. E daí que não é um código, mas muitos códigos? Cada um com o seu código? Você, que espantou todo o escritório quando conseguiu decifrar o que realmente levou o milionário cego, rei do café da Colômbia, a procurar por iniciativa própria o serviço secreto judaico e doar uma relação atualizada de endereços de nazistas escondidos, de Acapulco e Valparaíso, como é que você é incapaz de distinguir entre um violão e um violoncelo? Entre um curto-circuito e uma interrupção de energia? Entre doença e saudade? Entre uma pantera e um ícone bizantino? Entre Bangcoc e Manila? E onde, com os diabos, se escondeu a droga de chave inglesa? Vamos trocar a torneira e depois abriremos os irrigadores. Logo mais haverá também café. É isso. Vamos. Em frente.

20

Depois recolocou a chave inglesa no lugar. Pôs um pires com leite no depósito para a gata e os filhotes. Abriu os irrigadores da relva e os observou por um momento, deu a volta e entrou na cozinha pela porta do jardim. Lembrou que o jornal tinha ficado no vão da janela, fora. Voltou, recolheu-o e preparou café preto. Enquanto fervia a água, torrou algumas fatias de pão. Tirou da geladeira geleia, queijos e mel, preparou a mesa para o café da manhã e ficou junto à janela. Ainda de pé olhou as manchetes dos jornais e não captou o que estava escrito, mas percebeu que tinha chegado a hora, ligou o rádio para ouvir o noticiário das sete e, até que se lembrou de prestar atenção ao locutor, as notícias já tinham acabado, e a previsão do tempo era claro e parcialmente nublado com temperaturas agradáveis para a estação. Avigail entrou e disse: "De novo você preparou tudo sozinho. Como um menino grande. Mas quantas vezes eu já disse para você não tirar o leite da geladeira antes que a gente precise dele? Agora é verão, e o leite que fica fora logo começa a azedar". Yoel pensou nisso durante um momento: não achou nenhum erro nas palavras. Mesmo que a palavra *azedar* lhe parecesse muito forte. E ele disse: "Sim. Certo". Um pouco depois que começou o programa de Alex Anski, Neta e Lisa juntaram-se a eles. Lisa vestia um roupão marrom com gigantescos botões na parte posterior, e Neta usava o uniforme escolar azul-claro. Por um momento pareceu a Yoel não feia e quase bonita, e após um momento lhe veio à cabeça o rapaz bronzeado do kibutz, de bigodes, de braços grossos, e ficou quase satisfeito que o cabelo dela, conquanto ela o lavasse com toda a espécie de xampus, sempre parecesse grudento e oleoso.

Lisa disse:

— Não dormi a noite toda. Novamente estou com toda espécie de dores. Não dormo noites inteiras.

Avigail disse:

— Se a levássemos a sério, Lisa, deveríamos crer que você não prega o olho já há trinta anos. A última vez que você dormiu, pelas suas palavras, foi ainda antes do julgamento de Eichmann. Desde então você não dormiu.

Neta disse:

— "Não 'dormo' noites inteiras"... Ambas dormem como cadáveres. Que histórias são essas?

— Durmo — disse Avigail —, diz-se durmo, não dormo.

— Diga isso para a minha outra avó.

— Ela diz dormo só para rir por mim — disse Lisa tristemente, em tom envergonhado. — Estou doente com dores e esta menina ri por mim.

— Ri de mim — disse Avigail —, não se diz ri por mim. Em hebraico se diz: ri de mim.

— Basta — disse Yoel —, o que está acontecendo aqui? Chega. Acabou. Logo vão ter que trazer para cá uma força de paz.

— Você também não durme de noite — declarou a mãe com tristeza e moveu a cabeça cinco ou seis vezes de cima para baixo, como se lamentando por ele ou como se concordasse consigo própria finalmente após um difícil debate interior —, você não tem amigos, não tem trabalho, não tem o que fazer consigo, no fim você vai ficar doente ou virar religioso. É melhor você ir nadar um pouco na piscina todo dia.

— Lisa — disse Avigail —, veja como você está falando com ele. O que é que há, ele é criancinha? Logo vai fazer cinquenta anos. Deixe-o em paz. Por que você o irrita a vida toda? Ele vai achar o caminho na hora certa. Deixe-o. Deixe-o viver.

— Quem destruiu a vida dele — Lisa disparou baixinho. E parou no meio da frase.

Neta disse:

— Diga, por que você se levanta ainda antes que a gente termine o café e começa a tirar a mesa e a lavar a louça? Para que a gente acabe logo e vá embora? Para fazer uma demonstração de protesto contra a opressão do homem? Para criar complexos de culpa?

— Porque já são quinze para as oito — disse Yoel —, já há quinze minutos você devia estar a caminho da escola. Você vai se atrasar hoje de novo.

— E se você tirar a mesa e lavar a louça eu não vou me atrasar?

— Está bem. Vamos embora. Vou levar você.

— Estou com dores — disse Lisa baixinho, desta vez para si própria, queixosa; repetiu duas vezes as mesmas palavras, como que sabendo que ninguém prestava atenção —, dores de barriga, dor do lado, não dormi a noite toda, de manhã fazem pouco-caso.

— Está bem — disse Yoel. — Está bem. Está bem. Uma de cada vez, por favor. Daqui a alguns momentos atenderei você também.

Levou Neta para a escola sem lembrar no caminho nenhuma palavra sobre o encontro deles na cozinha por volta das duas da madrugada, com o queijo de Safed e azeitonas pretas temperadas e chá de hortelã perfumado e o silêncio delicado que durou talvez meia hora, até Yoel voltar para o seu quarto, sem que nenhum deles o interrompesse sequer uma vez.

No caminho de volta parou no shopping center e comprou para a sogra um xampu de limão e uma revista literária como ela havia pedido. Na volta para casa telefonou para o ginecologista da mãe e marcou hora para ela. Depois, levando consigo um lençol, um livro, um jornal, óculos, o rádio portátil, o bronzeador, duas chaves de fenda e um copo de soda gelada, foi deitar na rede do jardim. Por força dos hábitos profissionais, percebeu com o canto dos olhos que a bela asiática empregada dos vizinhos carregava desta vez as compras não em sacolas pesadas, mas num carrinho de feira. Como é que não tinham pensado nisso antes, disse em seu íntimo, por que é que tudo vem sempre tarde? Antes tarde do que nunca, respondeu para si próprio em palavras que a mãe costumava dizer. Yoel examinou a frase em seus pensamentos enquanto estava deitado na rede e não achou nenhum erro nela. Mas o seu descanso havia sido perturbado. Ele deixou tudo para trás, levantou-se e foi procurar a mãe no quarto. O quarto estava vazio e inundado pela luz matutina, arrumado, agradável e limpo. Achou a mãe na cozinha, sentada ainda ombro a ombro com Avigail, e ambas sussurravam animadamente enquanto preparavam verduras para a sopa do almoço. Quando entrou de repente, elas se calaram. Novamente ambas estavam parecidas como duas irmãs, mesmo que ele soubesse que não havia nenhuma semelhança entre elas. Avigail voltou para ele o rosto de camponesa eslava, forte, claro, com maçãs do rosto elevadas e quase tártaras, os olhos azuis jovens expressavam bondade resoluta e uma benignidade esmagadora. Por seu lado a mãe lhe parecia um pássaro molhado, no velho roupão marrom, com o rosto marrom, os lábios franzidos ou encovados para dentro, a expressão ferida e amarga.

— Então? Como é que você está se sentindo agora?

Silêncio.

— Está se sentindo um pouco melhor? Marquei hora com urgência no Litvin. Anote. É na quinta-feira às duas.

Silêncio.

— Neta chegou bem na hora do sinal. Passei dois sinais para fazê-la chegar na hora.

Avigail disse:

— Você ofendeu a sua mãe e agora você se empenha em consertar, mas é um pouco demais e tarde demais. Sua mãe é uma pessoa sensível e doente. Pelo visto um desastre não foi suficiente para você. Pense bem, Yoel, enquanto não é tarde demais. Pense bem e talvez você tente se empenhar um pouco mais.

— Naturalmente — disse Yoel.

Avigail disse:

— Você está vendo. Exatamente assim. Com a mesma frieza. Com esta sua ironia. Neste mesmo autocontrole. Foi assim que você acabou com ela. É assim que você ainda vai nos enterrar a todas, uma a uma.

— Avigail — disse Yoel.

— Vá, vá — disse a sogra —, estou vendo que você está com pressa. Sua mão já está na maçaneta. Não se atrase por nossa causa. E ela amava você. Talvez você não tivesse prestado atenção, ou esqueceram de dizer isso para você, mas ela amou você durante todos os anos. Até o fim. Perdoou você até pela tragédia de Neta. Ela perdoou tudo a você. Mas você estava ocupado. Você não é culpado. Simplesmente você não tinha tempo. Por isso, você não prestou atenção nela e no amor dela até que foi tarde demais. Também agora você está com pressa. Então vá. Por que é que você está parado? Vá. O que é que você tem para fazer neste asilo de velhos? Vá. Você vai voltar para o almoço?

— Talvez — disse Yoel. — Não sei. Vou ver.

A mãe rompeu repentinamente o silêncio. Voltou-se não

para ele, mas para Avigail. A voz, quando ela falou, soou lógica e baixa.

— Você não me comece com isto outra vez. Já ouvimos isso bastante de você. O tempo todo você se esforça para que a gente se sinta mal. O que ele fez para ela? Quem foi que se fechou como num castelo dourado? Quem é que não deixava o outro entrar? Então deixe o Yoel em paz. Depois de tudo o que ele fez por vocês. Pare de criar um mal-estar geral. Como se só você tivesse razão. O que é que há? Não estamos guardando bem o luto? Você guarda o luto? Quem é que foi em primeiro lugar cortar o cabelo, fazer as unhas e limpar a pele, ainda antes que colocassem a pedra tumular? Então não fale. Em todo o país não há mais um homem que faça em casa nem a metade do que Yoel faz. Ele se empenha o tempo todo. Se preocupa. Não durme às noites.

— Dorme — disse Avigail. — Diz-se dorme, não durme. Vou lhe trazer dois Valium. Será bom para você. Ajuda a acalmar.

— Até logo — disse Yoel.

E Avigail disse:

— Espere um momento. Venha até aqui. Deixe-me ajeitar o colarinho se você está indo para um encontro. E penteie-se um pouco. Caso contrário, nenhuma mulher sequer olhará para você. Você vem almoçar? Às duas, quando a Neta volta? Por que você não a traz da escola?

— Veremos — disse Yoel.

— E, se você se atrasar com alguma beldade, ao menos telefone e avise. Para que não esperemos muito com o almoço. Ao menos lembre-se do estado de sua mãe, físico e mental, e não aumente as preocupações dela.

— Deixe-o de uma vez — disse Lisa. — Que volte quando quiser.

— Ouçam como ela fala com seu filhinho de cinquenta anos — gracejou Avigail, seu rosto irradiando perdão e boa natureza.

— Até logo — disse Yoel.

Quando ele estava saindo, Avigail disse:

— É uma pena. Justamente esta manhã eu precisava do carro para levar para o conserto a sua almofada térmica, Lisa. Sempre ajuda nas dores. Mas não tem importância. Irei a pé. Quem sabe vamos as duas fazer um passeio? Ou telefono simplesmente para o senhor Krantz, e peço uma carona a ele? Um rapaz de ouro. Certamente virá de boa vontade para me levar e trazer de volta. Não se atrase. Até logo. Por que você ficou parado na porta?

21

Ao anoitecer, quando Yoel estava andando descalço pelos quartos, Yitzhak Rabin era entrevistado no rádio que ele segurava numa das mãos enquanto a outra carregava uma furadeira elétrica ligada à tomada por um fio de extensão; procurava onde devia ainda meter a broca e melhorar algo; o telefone tocou no corredor. Novamente era Le Patron: Como vão vocês, quais são as novidades, precisam de algo? Yoel disse: Tudo bem, não precisamos de nada, obrigado, e acrescentou: Neta não está em casa. Saiu. Não disse quando vai voltar. Mas por que Neta, o homem riu no telefone, o que há, eu e você não temos mais nada para conversar?

E, como se trocasse a marcha suavemente, começou a falar com Yoel sobre um novo escândalo político que ocupava as manchetes dos jornais e ameaçava derrubar o governo. Evitou expressar a sua opinião, mas traçou admiravelmente as divergências. Descreveu com entusiasmo e simpatia, como de hábito, posições opostas, como se cada uma delas corporificasse um tipo mais profundo de razão. Por fim, com lógica arguta resumiu o que haveria de acontecer a duas possibilidades, das quais uma, a primeira ou a segunda, seria simplesmente inevitável. Até que Yoel se aborreceu em tentar compreender o que realmente queriam dele. Porque então novamente o homem mudou o tom de voz e perguntou de modo especialmente afetuoso se Yoel tinha vontade de vir amanhã de manhã para tomar um café no escritório: Há aqui alguns bons amigos que estão saudosos do brilho do seu rosto, desejam se beneficiar um pouco de sua sabedoria e talvez, quem sabe, talvez nesta ocasião o Acrobata deseje formular-lhe uma ou duas questões a respeito de um assunto antigo que uma vez foi tratado por suas maravilhosas mãos, mas que talvez não tivesse sido tratado até o fim e, de todo modo, há uma ou duas perguntas que estão assentadas no ventre macio dele e somente a sua ajuda poderá trazer-lhe tranquilidade. Em resumo, será agradável e de modo algum aborrecido. Amanhã por volta das dez. Tsipi trouxe de casa um bolo maravilhoso e eu aqui lutei como um tigre para que não acabassem com ele e deixassem umas duas ou três fatias para você amanhã. E o café é por conta da casa. Você vem? Vamos bater um papo e vamos "namorar" um pouco. Quem sabe a gente abre uma página nova.

 Yoel tentou entender se devia concluir que o estavam convocando para uma investigação. E logo percebeu que tinha errado muito. Ao ouvir a palavra *investigação*, Le Patron soltou uma espécie de grito de espanto dolorido, como uma velha esposa de rabino que ouviu uma obscenidade chocante. Opa, gritou o homem ao telefone, tenha vergonha! Só estamos convidando você para, como diremos, uma reunião familiar. Então. Ficamos um pouco ofendidos, mas perdoamos. Não contaremos para ninguém a respeito desse seu deslize verbal. Investigação! Já esqueci totalmente. Nem com choques elétricos farão com que eu me lembre. Não se preocupe. Chega. Você não falou isso. Vamos nos conter. Vamos esperar com paciência até que você comece a ter saudade. Não vamos acordar nem despertar você. E certamente não guardamos rancor. Em geral, Yoel, a vida é muito curta para carregar ofensas ou se sentir insultado. Deixe. Soprou um vento e já não existe mais. Em resumo, se você estiver com vontade, dê uma chegada até aqui para um café amanhã às dez da manhã, um pouco antes, um pouco mais tarde, não importa. Quando for cômodo para você. Tsipi já está sabendo. Venha direto à minha sala e ela vai fazer você entrar sem fazer perguntas. Aqui, eu disse para ela, Yoel tem entrada franca pela vida toda. Sem aviso de antemão. De dia ou de noite. Não? Você prefere não vir? Então esqueça este telefonema. Diga a Neta que deixei um beijo. Não tem importância. Na verdade, queríamos ter você conosco amanhã de manhã, principalmente para lhe transmitir lembranças de Bangcoc. Mas não faremos asneiras com estas lembranças. Que seja como você quiser. Tudo de bom.

Yoel disse: "O quê?". Mas o homem aparentemente percebera que a conversa já tinha durado mais do que o conveniente. Desculpou-se por roubar tempo precioso. Novamente pediu que ele transmitisse o seu amor mudo a Neta e as saudações às duas senhoras. Prometeu que viria para uma visita como um trovão num dia claro, recomendou a Yoel que se recuperasse e descansasse bastante, e despediu-se dizendo: "O importante é que você cuide de si".

Yoel continuou sentado por alguns minutos, quase sem se mover, no banquinho do telefone no corredor, a furadeira elétrica sobre os joelhos. Em seus pensamentos desdobrou as palavras de Le Patron em pequenas unidades e as recompôs de novo na mesma ordem e em outra. Como era seu hábito nos anos de trabalho. Duas possibilidades, das quais uma, a primeira ou a segunda, é "inevitável", como também "ventre macio", "ligeiras saudades", "lembranças de Bangcoc", "menino de cinquenta anos", "amor infindável", "choques elétricos", "direito à entrada franca", "o vento soprou e se foi", "um rapaz de ouro". Estas combinações lhe pareceram nebulosamente indicadoras de um pequeno campo minado. E, quanto ao conselho "cuide-se", não conseguiu achar erro algum. Por um momento imaginou afastar o pequeno objeto preto do lugar, na porta do mosteiro românico destruído, com a ajuda de um furo da furadeira. Mas logo reconsiderou e entendeu que assim só o estragaria. E a vontade dele era apenas averiguar o que mais era passível de conserto, e consertar o melhor que pudesse.

Novamente partiu para uma circulada entre os quartos da casa vazia. Examinou aposento após aposento. Levantou e dobrou um cobertor empilhado aos pés da cama de Neta e o colocou junto ao travesseiro. Espiou um romance de Jacob Wassermann junto ao abajur da mesinha de cabeceira da mãe, e não o recolocou de volta aberto e com a lombada para cima, mas colocou nele um marcador e o depôs simetricamente próximo ao rádio dela. E arrumou a pilha de frascos e envelopes de remédios dela. Depois cheirou e arranjou um pouco os perfumes de Avigail Lublin, tentando em vão se lembrar de cheiros aos quais compará-los. Ficou parado alguns momentos em seu quarto e examinou através dos óculos de padre francês a expressão do rosto do dono da casa, o sr. Kramer, executivo da El-Al, em sua antiga foto em farda de membro das Forças Armadas, apertando a mão do chefe do Estado-Maior, o general de divisão Elazar. O chefe do Estado--Maior parecia abatido e cansado, os olhos contraídos, como se estivesse vendo a própria morte a pouca distância e não estivesse particularmente sensibilizado. Mas o sr. Kramer brilhava na foto com seu sorriso de quem abre uma nova página na vida e está certo de que a partir de agora nada será como era antes, tudo será diferente, mais festivo, emocionante, mais importante. Yoel só descobriu na foto uma sujeirinha de mosca no peito do dono da casa e logo a retirou com a ponta da pena da caneta que a cada dez palavras, aproximadamente, Ivria molhava no tinteiro. Yoel lembrava como, por vezes, ao anoitecer, no final de um dia de verão, quando ainda estavam em Jerusalém, ele voltava para casa e já na escada sentia, mais do que ouvia, os sons do violão do vizinho solitário saindo do apartamento dele, e cuidava para entrar sorrateiramente como um ladrão, sem que a chave ou a porta rangessem, e sem que seus passos fossem ouvidos, como o treinaram para fazer, e ali estavam a esposa e a filha, uma sentada na poltrona e a outra de pé, de costas para o quarto, voltada para a janela aberta pela qual, entre a parede e a copa de um pinheiro, via-se uma pequena porção das montanhas áridas de Moabe, além do mar Morto. Ambas estavam deprimidas pela melodia e o homem sentado derramava-se sobre as cordas, de olhos fechados. Em seu rosto Yoel às vezes via uma expressão inacreditável, uma estranha mescla de melancolia ansiosa com amargura sóbria, que se concentrava talvez no canto esquerdo da boca. Sem perceber, Yoel tentou adotar a mesma expressão no próprio rosto. Ambas se pareciam em sua união com a melodia; o lusco-fusco já se estendera entre os móveis e não acenderam a luz até que uma vez Yoel se enganou ao entrar na ponta dos pés e beijou Neta na nuca, um beijo que era destinado a Ivria. Ele e Neta sempre cuidadosos para não se tocarem.

Yoel virou a foto, examinou a data, tentou calcular de cabeça quanto tempo havia passado desde esta foto e o dia da morte repentina do chefe do Estado-Maior Elazar. Ele se imaginou no mesmo momento como um mutilado sem membros, um saco de carne do qual desponta uma cabeça que não é de homem nem de mulher, mas de um ser mais delicado, mais delicado do que uma criança, claro e de olhos amplos, como que sabendo a resposta e exultando secretamente pela simplicidade dela, uma simplicidade inacreditável, pois está quase à sua frente.

Depois entrou no banheiro e tirou do armário dois rolos novos de papel higiênico e colocou um deles junto ao vaso do banheiro e o segundo colocou na reserva do outro banheiro. Recolheu todas as toalhas e as atirou ao cesto de roupa suja, exceto uma que ele usou para limpar as torneiras antes de também jogá-la no cesto. Tirou aquelas e pendurou no lugar delas toalhas limpas. Aqui e ali percebeu um fio comprido de cabelo feminino, ergueu-o, identificou-o diante da luz, jogou-o no vaso e deu a descarga. No armário de remédios encontrou uma latinha de óleo cujo lugar era no armário de ferramentas, fora, e foi deixá-la ali. Mas no caminho teve a ideia de lubrificar as dobradiças das janelas do banheiro e depois os gonzos da porta da cozinha, dos armários de roupas e, como a almotolia estava de qualquer modo em sua mão, deteve-se e procurou pela casa o que mais era possível lubrificar. Por fim lubrificou a própria furadeira elétrica e os ganchos da rede, e então percebeu que a latinha se esvaziara e já não havia necessidade de recolocá-la no depósito de ferramentas. Quando passou diante da porta da sala quase se assustou, porque por um momento lhe pareceu que havia percebido algum movimento, um leve movimento, quase imperceptível, entre os móveis na escuridão. Mas aparentemente fora apenas um movimento de folhas no grande filodendro. Ou a cortina? Ou algo atrás dela? Um movimento que parou bem no momento em que ele acendeu a luz da sala e olhou em todos os cantos, mas como se tivesse ocorrido de novo, lentamente, por trás de suas costas quando apagou a luz e se voltou para sair. Por isso, entrou sorrateiramente na cozinha, sem acender a luz, quase sem respirar, e por um momento olhou o espaço da sala através da prateleira de servir. Não havia nada exceto escuridão e silêncio. Talvez só um cheiro leve de frutas muito amadurecidas. Ele se virou para abrir a geladeira e sentiu de novo por trás das costas como que um roçar. Com grande rapidez voltou-se e acendeu todas as luzes. Nada. Apagou-as e saiu, silenciosamente, tão alerta como um assaltante, deu a volta e foi para a parte posterior da casa; espiou cuidadosamente a janela e quase conseguiu perceber algum sussurro na escuridão no canto da sala. Que parou no momento em que ele olhou ou no momento em que pareceu ver algo. Um passarinho tinha ficado preso na sala e agora se debatia para sair? A gata do depósito de ferramentas tinha entrado em casa? Talvez um camaleão. Ou uma serpente. Ou apenas a corrente de ar sussurrando nas folhas da planta. Yoel continuou parado entre os arbustos e espiou com paciência de fora para dentro a casa escura. O mar não foge. Agora imaginou que havia lugar para uma hipótese, que, talvez, ao invés de um parafuso metido na pata esquerda posterior do predador, poderia haver uma lasca fina alongada que seria parte da fusão da base feita de aço inoxidável. Por isso, não havia por baixo nenhum sinal de parafuso ou prego. A mesma astúcia com a qual o artista captou o impulso do pulo magnífico e trágico é que o levou a decidir antecipadamente fazer uma base com uma lasca saliente que passaria através dela como um bloco único. Essa solução pareceu lógica a Yoel, sutil e prazerosa, mas a desvantagem era que não havia nenhum meio de averiguar se ela estava correta ou não, exceto pela quebra da pata posterior esquerda.

Formula-se então a pergunta, se a agonia constante do salto bloqueado e do impulso suspenso, um salto e um impulso que não cessam nem por um momento, mas também não se concretizam, ou não cessam porque não se concretizam, por acaso não seria mais ou menos difícil do que o estraçalhamento único e perene da pata. Para essa questão, não achou resposta. Mas verificou que tinha, enquanto isso, perdido a maior parte do noticiário. Por esse motivo desistiu da sua emboscada, voltou para dentro e ligou a televisão. Até que o aparelho esquentasse, ele ouviu apenas a voz do locutor Yaacov Achimeir descrevendo as dificuldades crescentes no ramo da pesca, migração de peixes, o abandono da profissão de pescador, a indiferença do governo, e, quando a imagem finalmente apareceu, a reportagem sobre o assunto estava mais ou menos concluída. Na tela via-se somente a superfície marítima no crepúsculo, esverdeada, cinza, sem barcos, parecendo quase congelada, e apenas no canto da imagem tremeluziam e desapareciam leves ondulações de espuma, e a locutora informou a previsão do tempo para o dia seguinte e as temperaturas apareceram sobre a água. Yoel aguardou notícias adicionais que Carmit Gai leu no final da edição; assistiu a um comercial, e quando viu que depois viria mais um comercial levantou-se, desligou o aparelho, colocou no toca-discos a "Oferenda musical" de Bach, pegou um cálice de brandy e, por algum motivo, desenhou para si de modo palpável a figura retórica que Le Patron tinha adotado a seu respeito no final da conversa telefônica: um trovão num dia claro. Ele se sentou com o cálice na mão no banquinho do telefone e discou o número da casa de Arik Krantz. Tinha ideia de pedir emprestado a Krantz por meio dia aproximadamente o segundo carro dele, o pequeno, de modo que pudesse deixar o seu para Avigail quando fosse ao escritório às dez da manhã no dia seguinte. Odélia Krantz lhe disse numa voz que soava saturada de animosidade sufocada que Ariê não estava em casa e ela não tinha ideia alguma de quando ele voltaria. Se é que. E também não importava a ela em especial se ele iria voltar ou não. Yoel entendeu que haviam tido novamente uma discussão, e tentou se lembrar do que Krantz havia contado quando velejavam no sábado sobre a bomba ruiva que ele tinha conduzido num foguete ao hotel à beira do mar Morto sem ter a mínima ideia de que a irmã dela é cunhada da esposa dele ou algo mais ou menos assim, e agora ele, Arik, tinha entrado em estado de prontidão. Odélia Krantz perguntou, apesar de tudo, se era para dar algum recado a Ariê, ou deixar um bilhete. Yoel hesitou, desculpou-se, por fim disse: "Não, nada especial. Na verdade, talvez você concorde em dizer-lhe que liguei e peça que ele me telefone se chegar antes da meia-noite". E houve por bem acrescentar: "Se não lhe for difícil. Obrigado". Odélia Krantz disse: "Nunca é difícil para mim. Só que poderia saber com quem tenho a honra de falar?". Yoel sabia quanto era ridícula a sua falta de vontade de dizer o nome ao telefone e apesar disso não conseguiu dominar uma pequena hesitação antes de dizer o prenome, agradeceu novamente e se despediu.

Odélia Krantz disse: "Vou até aí agora. Preciso falar com você. Por favor. É verdade que não nos conhecemos, mas você vai entender. Só por dez minutos".

Yoel ficou calado. Esperou que não fosse obrigado a usar uma mentira. Notando o silêncio dele, Odélia Krantz disse: "Você está ocupado. Eu compreendo. Sinto muito. Não quis me jogar aí. Tal vez a gente se veja em outra ocasião. Se for possível". E Yoel disse calorosamente: "Peço desculpas. No momento é um pouco difícil para mim". "Não tem importância", ela disse. "Para quem não é?"

Amanhã é outro dia, ele pensou. Ergueu-se, tirou o disco do aparelho, saiu e andou no escuro até a ponta da ruazinha, até a cerca do pomar; ficou parado ali e viu acima da linha dos telhados e acima da linha das copas das árvores cintilações vermelhas ritmadas, talvez luzes de aviso na ponta de alguma antena alta. Viu que entre aqueles pisca-piscas brilhou uma faixa de luz branca azulada, num fluxo lento no céu, como se fosse num sonho, um satélite, ou meteorito caindo. Virou-se e caminhou. Chega, basta, murmurou para o cão Ironside, que latia preguiçosamente para ele do outro lado da cerca. A intenção dele era voltar para casa para ver se a casa ainda estava vazia, se havia se lembrado de desligar o toca-discos quando tirou a "Oferenda musical", e também queria pegar um cálice de brandy. E então, para sua absoluta surpresa, viu-se parado não na sua casa, mas, por engano, diante da porta dos irmãos Vermont, e gradualmente percebeu que devido à distração já tinha, pelo visto, tocado a campainha deles, pois, quando se voltou para ir embora, a porta se abriu e o homem que parecia um holandês saudável rosado e grande de anúncio de charutos caros berrou três vezes: "Come in, come in, come in". De modo que Yoel não teve outra alternativa e entrou.

22

Ao entrar piscou por culpa da luz esverdeada do aquário que se derramava pela sala de visitas: uma luz que parecia estar passando pela folhagem de uma floresta, ou subindo da profundidade da água. A bela Annemarie, de costas para ele, curvada sobre a mesinha de café, colava fotos num álbum pesado. Inclinada, os ossos finos do seu ombro estendiam a pele; ela não parecia sedutora a Yoel, mas infantil e tocante. Apertou com mão magra ao peito o quimono alaranjado que vestia e voltou-se para ele alegremente: "Wow, look who's here!". E acrescentou em hebraico: "Já estávamos ficando com medo de que talvez nós lhe causássemos aversão". No mesmo momento Vermont trovejou da cozinha: "I bet you'd care for a drink!". E começou a citar nomes de bebidas que o visitante podia escolher.

— Sente-se aqui — disse Annemarie suavemente —, relaxe. Respire fundo. Você parece tão cansado.

Yoel preferiu um cálice de Dubonet não porque fosse atraído justamente pelo sabor dessa bebida, mas por causa da sonoridade do nome. Que fazia com que se lembrasse de *ursos* em hebraico.

Talvez porque no aposento crescesse uma floresta tropical que exalava umidade e água sobre três paredes; era uma série de grandes pôsteres colados em papel de parede ou numa pintura na parede. Era uma floresta densa, fechada; entre as raízes das árvores e sob suas copas serpenteava uma trilha de terra lamacenta, e às margens desta cresciam arbustos negros, no meio dos quais viam-se cogumelos. Yoel ligou a palavra *cogumelos* em seu pensamento à palavra *trufas*, apesar de não saber qual era a forma de trufas e de jamais ter visto trufas e de saber somente a respeito delas que a sua sonoridade era próxima a *anseio*, em hebraico. Por entre o emaranhado das folhagens filtrava a luz da água esverdeada que meio iluminava o aposento. Era um artifício de iluminação destinado a conferir à sala aconchego e profundidade. Yoel disse a si próprio que tudo, o papel que cobria três paredes, e o efeito da luz mesclado a ele, tudo indicava mau gosto. E, apesar disso, por algum motivo infantil, não conseguiu conter a emoção despertada nele pela visão da umidade que resplandecia aos pés dos abetos e dos carvalhos, como se nesta floresta habitassem vaga-lumes. E a ideia de água tranquila, riacho, córrego, ribeiro serpenteava nas rupturas do brilho no emaranhado verde fértil, entre arbustos e plantas escuras que talvez fossem amoreiras-pretas ou groselheiras, embora Yoel não tivesse ideia do que fossem groselheiras ou amoreiras-pretas e até mesmo os nomes ele conhecesse apenas pelos livros. Mas considerou que a luz esverdeada da sala ajudava seus olhos cansados. Justamente aqui, justamente esta noite, ficou-lhe claro que a luz esbranquiçada do verão talvez fosse um dos motivos das suas dores nos olhos. Além dos novos óculos de leitura é provável que tivesse chegado a hora de comprar também óculos de sol.

 Vermont, sardento, entusiasmado, extravasando de tanta hospitalidade agressiva, serviu Dubonet a Yoel; para a irmã e para si próprio pegou um Campari e de entremeio balbuciou algo sobre a beleza secreta da vida e como uns sacanas desmiolados desperdiçam e destroem o segredo. Annemarie pôs um disco com canções de Leonard Cohen. Conversaram sobre a situação, o futuro, o inverno que estava se aproximando, as dificuldades da língua hebraica e as deficiências e vantagens do supermercado em Ramat Lotan, comparando-o com o concorrente no bairro próximo. O irmão contou em inglês que a irmã já havia tempo dizia que era bom fotografar Yoel e fazer dele um cartaz a fim de mostrar ao mundo a imagem do israelense sexual. Depois perguntou a Yoel se ele não achava que Annemarie era uma moça atraente. Todos achavam isso e também ele, Ralph Vermont, estava encantado com Annemarie e adivinhava que Yoel não era indiferente aos encantos dela. Annemarie perguntou: O que é isso, o início de uma noitada? Preparação de terreno para uma orgia? E chateou o irmão dizendo, como se revelasse a Yoel as cartas mais secretas do baralho, que Ralph na verdade desejava loucamente casá-la. De todo modo, parte dele quer que ela case, enquanto a outra, mas chega, a gente deve estar aborrecendo você. Yoel disse:

— Não estou me aborrecendo. Continuem. — Como se quisesse alegrar uma menininha, disse também: — Realmente, você é muito bonita.

Por algum motivo aquelas palavras eram fáceis de ser ditas em inglês e impossíveis em hebraico. Em público, na presença de amigos, a esposa ria e lhe dizia às vezes casualmente: "I love you". Mas só muito raramente e sempre quando estavam sozinhos e sempre com profunda seriedade as mesmas palavras saíam dos lábios dela em hebraico e Yoel tremia ao ouvi-las.

Annemarie indicou as fotos que ainda estavam espalhadas sobre a mesa de café, as fotos com as quais se ocupava quando Yoel apareceu de surpresa. Veja, estas são as duas filhas dela, Agláia e Tália; agora estão com nove e com seis anos, cada uma de um marido diferente, e perdeu a ambas em Detroit num espaço de sete anos em dois processos de divórcio nos quais perdeu também todos os bens "até a última camisola". Depois eles incitaram as duas meninas contra ela a ponto de que somente à força seria possível obrigá-las a virem vê-la e, na última vez, em Boston, a filha mais velha não lhe permitiu sequer que a tocasse de leve e a filha menor cuspiu nela. Os dois ex-maridos se uniram contra ela, contrataram o mesmo advogado, planejaram a ruína dela até o último detalhe. O esquema deles era levá-la ao suicídio ou perda da razão. Se não fosse Ralph, que literalmente a salvou — e ela se desculpa por falar tanto.

Com isso, calou-se. O queixo dela estava caído em ângulo sobre o peito e ela chorou sem emitir um som; parecia um pássaro cujo pescoço estivesse quebrado. Ralph Vermont abraçou os ombros dela e Yoel, à esquerda, após hesitar por um momento, tomou a pequena mão dela em sua mão e olhou os dedos dela e não disse nada até que ela começou a se acalmar do choro. Ele, que já havia alguns anos não tocara nem de leve na filha. E o rapazinho nesta foto, o irmão explicou em inglês, fotografado na praia em San Diego, é Julian Aeneas Robert, meu único filho; também o perdi num complicado processo de divórcio há dez anos na Califórnia. Assim restamos minha irmã e eu sozinhos, e aqui estamos nós. O que é que o senhor gostaria de nos contar a respeito de sua vida, senhor Ravid? Yoel, se não se opuser? Também uma família desfeita? Diz-se que na língua urdu há uma palavra que, quando escrita da direita para a esquerda, significa "paixão", e da esquerda para a direita, "ódio mortal". As mesmas letras e as mesmas sílabas, só depende de qual é o lado. Não se sinta, porém, obrigado a nos compensar com uma história íntima em troca de histórias íntimas. Não é negócio, mas convite, como se diz, para limpar o peito. Conta-se a respeito de um antigo rabino na Europa que disse uma vez que coração partido é a coisa mais inteira do mundo. Mas não se sinta obrigado a nos devolver uma história em troca de outra história. Já jantou? Se não, sobrou uma maravilhosa torta de vitela que Annemarie pode esquentar para você num instante. Não fique com vergonha. Coma. Depois vamos tomar um café e ver um bom filme no vídeo, como sempre prometemos para você.

E o que é que ele podia contar para eles? Sobre o violão do vizinho anterior que depois da morte dele começou a soar à noite como violoncelo? Assim ele disse:

— Obrigado a vocês dois. Já comi. — E acrescentou: — Não tinha intenção de atrapalhar. Perdão por ter entrado assim sem avisar antes.

Ralph Vermont trovejou: "Nonsense! No trouble at all!". E Yoel perguntou a si próprio por que a desgraça dos outros nos parece exagerada ou um pouco ridícula, uma desgraça completa demais para ser levada a sério. E, apesar disso, sentia-se pesaroso por Annemarie e também pelo irmão rosado e bem nutrido. Como se respondesse atrasado uma pergunta de antes, Yoel riu e disse:

— Eu tinha um parente, ele já morreu, e ele costumava dizer que todos têm os mesmos segredos. Se isso é realmente assim ou não, eu não sei, e até existe aqui, na minha opinião, uma pequena questão lógica. Se a gente compara segredos, eles deixam de ser segredos e não entram nessa classificação. E, se a gente não compara, como é possível saber se eles se parecem ou se são iguais ou diferentes? Não importa. Vamos deixar isso.

Ralph Vermont disse:

— It's goddam nonsense, with all due respect to your relative or whoever.

Yoel se ajeitou melhor na poltrona e estendeu as pernas sobre a banqueta. Como se se preparasse para um descanso profundo e prolongado. O corpo fino e infantil da mulher sentada diante dele, de quimono alaranjado, e as duas mãos dela, apertando repetidamente as pregas ao seu seio, despertaram nele imagens das quais ele queria se afastar. Os mamilos moviam-se obliquamente para cá e para lá sob o envoltório de seda; com todo movimento da mão dela eles fremiam como se se entocassem no quimono, qual gatinhos que se retorcessem e lutassem para sair. Em seus pensamentos ele imaginou suas próprias mãos, amplas e feias, fechando-se com força sobre esses seios e interrompendo o seu frêmito, como se capturassem pintinhos mornos. O endurecimento de seu membro o desconcertou e até lhe causou dor, porque Annemarie não tirava os olhos dele e por isso não podia rapidamente aliviar a pressão das calças jeans justas sobre a ereção comprimida em diagonal. Pareceu-lhe perceber uma sombra de sorriso entre irmão e irmã quando tentou erguer os joelhos à sua frente. E quase se associou ao sorriso deles, mas não estava certo se percebeu ou imaginou perceber o que se passava entre eles. Por um momento, ele sentiu surgir dentro de si o antigo ressentimento que Shealtiel Lublin formulava sempre contra a tirania do órgão sexual que impele e complica toda a sua vida, e não o deixa se concentrar e escrever os poemas de Puchkin ou inventar a eletricidade. O desejo se espalhou de seus quadris para cima e para baixo, para as costas e para a nuca, para as coxas e joelhos, até a planta dos pés. O pensamento dos seios da mulher bonita sentada diante dele despertou um leve calafrio em torno de seus próprios mamilos. A imaginação mostrou-lhe os dedos infantis dela dando-lhe beliscões leves e rápidos na nuca e nas costas como Ivria fazia quando queria aumentar a pulsação dele, e porque pensava nas mãos de Ivria abriu os olhos e viu as mãos de Annemarie cortando para ele e para o irmão triângulos de torta de queijo que tremia. E então ele viu nas costas das mãos dela algumas manchas marrons de pigmentação concentrada inevitável devido ao envelhecimento da pele e de súbito o desejo dele desapareceu; em seu lugar vieram a gentileza, a compaixão e a mágoa e também a lembrança do choro dela de alguns minutos antes e os rostos das meninas e do menino que o irmão e a irmã perderam nos processos de divórcio; ele se levantou desculpando-se.

— Desculpa por quê?

— Chegou a hora de ir — disse.

— Nem vem ao caso — explodiu Vermont como se a ofensa estivesse acima de sua capacidade de contenção —, você não vai embora. A noite ainda é criança. Sente-se, vamos assistir algum filme no vídeo. O que é que você prefere? Uma comédia? Suspense? Talvez uma coisa picante?

Agora se lembrou de que Neta o havia instado algumas vezes que fosse visitar esses vizinhos, e quase o proibira de ficar sozinho em casa. E para seu próprio espanto disse: "Está bem. Por que não?". E voltou a sentar-se na poltrona, estendeu confortavelmente as pernas sobre a banqueta e acrescentou: "Não importa. O que vocês escolherem está bom para mim". Através das teias do seu cansaço percebeu um sussurro rápido entre o irmão e a irmã. Que estendeu os braços e, ao fazê-lo, as mangas do quimono se alargaram como asas de um pássaro voando. Saiu e voltou vestindo outro quimono, vermelho, pousou com afeição as mãos nos ombros do irmão, que estava inclinado e se ocupando com o aparelho de vídeo. Quando ele acabou, ergueu-se pesadamente e fez cócegas sob as orelhas dela como se agrada a um gatinho quando se quer que ele ronrone. Voltou a encher o cálice de Yoel com Dubonet, as luzes da sala se modificaram e a tela da televisão começou a piscar diante dele. Se existe também um modo simples de livrar o predador da estatueta do tormento da prisão de sua pata sem quebrá-la ou machucá-la, ainda não há uma resposta à questão de como e para onde saltará um animal desprovido de olhos. A origem do tormento, afinal de contas, não está no ponto de fusão entre a base e a pata, mas em outro lugar. Exatamente como os cravos na cena bizantina de crucificação, que eram delicadamente elaborados e nenhuma gota de sangue se esvaía das feridas e era claro para o coração observador que não se tratava de liberação do corpo da sua fixação na cruz, mas liberação do rapaz com aparência de moça da prisão do corpo. Sem quebrar e sem causar mais tormentos de dor. Com um ligeiro esforço, Yoel conseguiu se concentrar e reconstruir em seus pensamentos:

Namorados.

Crises.

O mar.

E a cidade ao alcance da mão.

Tornaram-se uma só carne.

O vento soprou e ele desapareceu.

Quando se virou viu que Ralph Vermont tinha saído devagar da sala. Talvez agora, conforme o acordo secreto entre ambos, ele estivesse espiando por uma das fendas, do outro lado da parede, por um minúsculo orifício na copa de um dos abetos da decoração da floresta. Silenciosa, infantil, corada, Annemarie se espreguiçou no tapete ao lado dele, pronta para um pouco de amor. Para o qual Yoel não estava pronto naquele momento devido ao cansaço ou devido à tristeza que havia nele, mas envergonhou-se muito pela sua fraqueza e decidiu inclinar-se e acariciar a cabeça dela. Ela segurou a mão feia dele com as duas mãos e a colocou sobre seu seio. Com os dedos dos pés puxou uma corrente de cobre, obscurecendo ainda mais as luzes da floresta. Assim suas coxas ficaram expostas. Agora ele não tinha mais dúvidas de que o irmão os observava e participava daquilo, mas isso não o perturbava e em seu íntimo repetiu as palavras: Itamar ou Eviatar, que diferença faz agora? A magreza da carne dela, a fome dela, os soluços, a projeção dos ossos finos dos ombros sob a pele delicada, inesperadas nuances de pudor em sua ávida submissão; na cabeça dele bruxuleavam e passavam a vergonha no sótão, as plantas espinhosas que cercavam a filha e Edgar Linton. Annemarie sussurrou no ouvido dele: Você tem tanta consideração, tanta compaixão. E realmente de um momento para o outro ele não considerou mais a excitação de sua própria carne, como se ele houvesse deixado a sua carne e vestido a carne da mulher da qual ele estava cuidando, como se estivesse cuidando de um corpo machucado, como se confortasse uma alma atormentada, como se curasse uma menina de seus sofrimentos, atento e preciso até a ponta dos dedos, até que ela sussurrou para ele: Agora. E ele, inundado de misericórdia e generosidade, por algum motivo respondeu baixinho: Como queira.

Depois, quando a comédia do vídeo acabou, Ralph Vermont entrou e serviu café com pequenos bombons de menta, embrulhados em papel metalizado verde. Annemarie saiu e voltou vestida desta vez com uma blusa bordô e calças largas de veludo cotelê. Yoel olhou para o relógio e disse: Pessoal, já é tarde, hora de dormir. Junto à porta, os Vermont o instaram para que voltasse a visitá-los quando tivesse uma noite livre. E também as senhoras estavam convidadas.

Enfraquecido e sonolento, caminhou da casa deles para a sua, cantarolando baixinho para si próprio alguma melodia antiga e cheia de emoções de Yafa Yarkoni; parou por um instante para dizer ao cachorro: "Cale a boca, Ironside", voltou a cantarolar e lembrou-se de Ivria, que lhe perguntava o que foi que aconteceu, por que, de repente, ele estava alegre, e ele respondia que tinha arranjado uma amante esquimó e ela ria e quase no mesmo momento descobria o quanto ele estava ansioso por trair a amante esquimó com a própria esposa.

Naquela noite, Yoel caiu vestido na cama e adormeceu quase logo depois de pousar a cabeça no travesseiro. Só conseguiu se lembrar ainda de que devia devolver a Krantz o irrigador amarelo e que talvez, apesar de tudo, seria bom marcar um encontro com Odélia para ouvir os problemas e as reclamações dela porque é agradável ser uma boa pessoa.

23

De madrugada, às duas e meia, Yoel acordou com um toque de mão em sua testa. Por alguns momentos não se moveu, continuou a fingir que dormia, gozando a suavidade dos dedos que ajeitavam o travesseiro sob a sua cabeça e alisavam seus cabelos. Mas, de repente, foi tomado pelo pânico, sentou-se num impulso e apressou-se em acender a luz, perguntou à mãe o que havia acontecido e segurou a mão dela.

— Sonhei alguma coisa terrível, eles estavam se livrando de você e os árabes vieram e levaram você.

— Isso tudo é por causa da discussão que você teve com Avigail. O que é que se passa com vocês duas? Amanhã faça as pazes com ela e chega.

— Colocaram você numa espécie de caixa. Como um cachorro.

Yoel se ergueu da cama. Com suavidade e firmeza, arrastou a mãe e fê-la sentar na poltrona, estendeu sobre ela o cobertor de lã que trouxe da própria cama.

— Sente-se um pouco comigo. Acalme-se, depois você irá dormir.

— Eu nunca dormo. Tenho dores. Tenho maus pensamentos.
— Então não durma. Fique só sentada quieta. Você não tem do que ter medo. Quer um livro?

Deitou novamente na cama e apagou a luz. Mas não conseguiu de modo algum adormecer na presença da mãe, apesar de nem a respiração dela ser audível no silêncio. Parecia-lhe que ela andava pelo quarto sem fazer barulho, espiava no escuro os seus livros e anotações, vasculhava o cofre, que estava destrancado. Reacendeu rapidamente a luz e viu a mãe adormecida na poltrona; estendeu a mão e pegou o livro na mesinha de cabeceira, lembrou que *Mrs. Dalloway* havia ficado no hotel em Helsinque, e o cachecol que Ivria tricotara, ele tinha perdido na viagem de Viena, e os óculos de leitura tinham ficado na mesa da sala. Assim, ele colocou os óculos quadrados de médico, sem armação, e começou a estudar a biografia do falecido chefe do Estado-Maior Elazar que encontrou aqui no estúdio entre os livros do sr. Kramer. Encontrou no índice o Mestre, o seu superior, que não aparecia com o nome verdadeiro nem com seus apelidos, mas sob um dos seus nomes fictícios. Yoel folheou o livro até que chegou aos louvores atribuídos a Le Patron porque havia sido um dos poucos que tinham advertido em tempo sobre a catástrofe de Yom Kipur de 1973. Para questões de contatos de emergência no exterior, Le Patron era irmão dele. Mas Yoel não achou em seu coração nenhuma afeição pelo homem frio e sagaz que agora tentava enredá-lo, como repentinamente deduziu quase às três da manhã, numa armadilha mordaz disfarçada de velha amizade de família. Um instinto lancinante e estranho como um som de alarme interior começou a avisá-lo de que ele devia mudar seu plano e não ir ao escritório às dez da manhã. E do que iriam lançar mão para apanhá-lo? A promessa que havia feito ao engenheiro tunisino e não cumprira? A mulher que ele tinha encontrado em Bangcoc? A negligência na questão do deficiente físico branco? E, porque já lhe era claro que nesta noite não iria mais adormecer, decidiu dedicar as horas seguintes à preparação de uma linha de defesa para a manhã seguinte. Quando começou a pensar friamente, de um ponto ao outro, como era seu hábito, o quarto de súbito se encheu com o ruído do ronco da mãe, que havia adormecido na poltrona. Apagou a luz, enrolou-se e cobriu a cabeça e tentou inutilmente tapar os ouvidos e se concentrar em seu irmão, em Bangcoc, em Helsinque. Até compreender que, se não a acordasse, não poderia permanecer ali. Ergueu-se e sentiu o frio que aumentava, por isso estendeu sobre a mãe adormecida um segundo cobertor que tirou da própria cama, afagou a testa dela e saiu ao corredor carregando o próprio colchão nas costas. Ficou ali parado imaginando para onde deveria ir, se não para o predador felino sobre a prateleira na sala. E decidiu entrar no quarto da filha e ali, no soalho, estendeu o seu colchão, envolveu-se no único cobertor fino que não colocou sobre a mãe, e no mesmo instante adormeceu, até de manhã. Quando acordou e olhou para o relógio logo soube que havia se atrasado, que o jornal já tinha chegado e sido atirado pela janela do Sussita no caminho asfaltado, apesar do aviso colado fora para colocá-lo na caixa de correspondência. Ao se levantar ouviu Neta balbuciando no sono com voz provocativa, e desafiante, as palavras "E quem não?". Depois se calou. Yoel saiu descalço para o jardim para alimentar a gata e os filhotes no depósito de ferramentas, ver como estavam as árvores frutíferas e espiar um pouco a migração dos pássaros. Voltou para dentro antes das sete, telefonou para Krantz e pediu-lhe emprestado o pequeno Fiat para usá-lo de manhã. Foi de um quarto a outro e acordou as mulheres. Voltou à cozinha no início do noticiário das sete e preparou o café enquanto os olhos passeavam pelas manchetes do jornal. Por causa do jornal não se concentrou nas palavras do locutor e por causa da voz do locutor não conseguiu captar o que havia nas manchetes. Quando pegou café para si, Avigail se juntou a ele, refrescada e perfumada como uma camponesa russa que passou a noite num monte de feno. Depois veio a mãe, com uma expressão amuada e lábios encovados para dentro. Às sete e meia também Neta entrou na cozinha. Ela disse: Hoje estou mesmo atrasada. E Yoel disse: Tome o café e vamos. Hoje tenho tempo até as nove e meia. Krantz e a esposa vêm em caravana para me trazer o Fiat para que o nosso carro fique com você, Avigail.

E começou a recolher da mesa a louça do café e a lavá-la na pia. Neta deu de ombros e disse em voz baixa:

— Como queira.

24

— Já tentamos sugerir a ela algum outro — disse o Acrobata — e não dá certo. Ela não está disposta a proporcionar os seus favores a ninguém mais exceto você.

— Você viaja na quarta-feira ao amanhecer — o Mestre resumiu e o perfume de loção de barbear pairava em torno dele como um perfume feminino —, vocês se encontrarão na sexta, e no domingo à noite você já estará de volta em casa.

— Só um momento — disse Yoel —, vocês estão indo um pouco rápido demais para mim.

Ergueu-se e foi para a única janela que havia na ponta do aposento estreito e longo. O mar surgiu verde acinzentado entre dois prédios altos e um novelo de nuvens pressionava-se, sem movimento, um pouco contra a água, e assim começa aqui o outono. Cerca de seis meses haviam transcorrido desde que saíra pela última vez deste aposento a fim de não voltar. Então tinha vindo para transferir o cargo para o Acrobata, despedir-se e devolver o que havia guardado durante todos os anos em seu cofre. Le Patron lhe dissera, "com um último apelo à inteligência e ao sentimento", que ele ainda podia desistir da demissão e, na medida em que se pudesse vislumbrar o futuro, seria possível dizer que Yoel, se concordasse em continuar a trabalhar, seria um dos três ou quatro candidatos favoritos, dos quais o melhor se sentaria dentro de dois anos ao lado sul desta mesa, enquanto ele mesmo iria se estabelecer na aldeia dos naturalistas na Galileia e se dedicaria à observação e à saudade. Yoel sorriu e disse: O que fazer?, aparentemente o meu caminho não conduz a seu lado sul.

Agora, parado diante da janela, percebeu o puído das cortinas e uma certa tristeza, quase uma negligência imperceptível, que pairava no escritório espartano. Tão contrário ao perfume e unhas manicuradas de Le Patron. Era um aposento não muito grande, nem bem iluminado, e havia ali uma escrivaninha preta entre dois fichários e diante dela uma mesinha de café com três poltronas de vime. Nas paredes havia cópias de uma paisagem de Safed do pintor Rubin e dos muros de Jerusalém de Litvinowsky. Na ponta da prateleira repleta de livros de direito e de livros sobre o Terceiro Reich em cinco línguas, havia uma caixinha azul do Keren Kayemet, o Fundo Nacional Judaico, com o mapa da Palestina de Dan até Beer Sheba mais ou menos, o triângulo do Sul do Neguev não incluído, e como sujeirinhas de moscas se espalhavam nesse mapa um pouco aqui e um pouco ali os nomes dos borrões que os judeus haviam conseguido adquirir dos árabes até o ano de 1947. A inscrição da caixinha era: "Redimam a Terra". Yoel se perguntou se realmente houvera anos em que seu desejo fora herdar este escritório, cinzento, talvez convidar Ivria para cá com a desculpa de orientação sobre a renovação dos móveis e cortinas, fazê-la sentar diante dele do outro lado da escrivaninha, e, como um menino que se vangloria diante da mãe que durante toda a vida o julgou mal e o subestimou, deixá-la, à maneira dela, digerir a surpresa: aqui está, deste escritório modesto, ele, Yoel, agora comanda o serviço secreto que há quem diga ser o mais avançado do mundo. É possível que ela tivesse a ideia de perguntar a ele, com seu sorriso delicado, magnânimo, envolvendo os olhos de longos cílios dela: Qual é a essência do seu serviço? Ao que ele responderia modestamente: Bem, quando tudo está dito e feito, sou uma espécie de guarda-noturno.

O Acrobata disse:

— Ou arranjamos um encontro dela com você, assim ela disse ao nosso contato, ou ela não falará de modo algum conosco. Percebe-se que você conseguiu conquistá-la em seu encontro anterior. E ela faz questão que seja novamente em Bangcoc.

— Passaram-se mais de três anos — disse Yoel.

— Mil anos aos seus olhos são como um dia — declarou Le Patron.

Era atarracado, culto, o cabelo bem-cuidado afinando, as unhas arredondadas, feições de pessoa correta e que inspira confiança. E ao mesmo tempo luzia nos olhos indiferentes, ligeiramente turvos, uma crueldade polida, uma crueldade de gato bem alimentado.

— Eu gostaria — disse Yoel baixinho, como que do fundo dos seus pensamentos — de saber o que exatamente ela disse para vocês. Que palavras usou.

— Bem, foi assim — respondeu o Acrobata aparentemente sem ligação com a pergunta —, acontece que a dama sabe o seu prenome. Talvez, por acaso, você tenha alguma explicação para isso?

— Explicação — disse Yoel —, o que há para explicar? Provavelmente eu disse para ela.

Le Patron, que quase não se manifestara até então, pôs os óculos de leitura, pegou sobre a escrivaninha, como se estivesse lidando com um estilhaço de vidro afiado, um bilhete retangular, como uma passagem, e leu em inglês com um ligeiro sotaque francês:

— Diga-lhes que tenho um belo presente que estou disposta a entregar num encontro pessoal com o homem deles, Yoel, aquele com os olhos trágicos.
— Como é que isso chegou?
— A curiosidade — disse o Acrobata — matou o gato.
Mas Le Patron determinou:
— Você tem o direito de saber como isto chegou. Por que não? Ela nos passou este comunicado pelo homem da construtora Solel Bonê de Cingapura. Um rapaz inteligente. Plessner. O tcheco. Talvez você tenha ouvido a respeito dele. Esteve alguns anos na Venezuela.
— E como foi que ela se identificou?
— Esse é exatamente o lado feio da história — disse o Acrobata —, por causa disso você está sentado aqui agora. Ela se identificou para o Plessner como "uma amiga de Yoel". O que é que você pensa a respeito?
— Provavelmente eu disse a ela. Não me lembro. E eu naturalmente sei que isso é contrário às instruções.
— As instruções — o Acrobata sibilou. — Elas não são para príncipes. — E moveu a cabeça muitas vezes da direita para a esquerda e ao mesmo tempo repetiu quatro vezes, com longos intervalos, o som *tsk*.
Finalmente bufou maldosamente:
— Não posso crer.
Le Patron disse:
— Yoel, faça-me um favor especial. Coma o bolo de Tsipi. Não me deixe isso no prato. Lutei ontem como um tigre para que deixassem um pouco para você. Porque ela está apaixonada por você há já vinte anos e, se você não comer, ela vai nos matar a todos. E você não tocou no café também.
— Está bem — disse Yoel —, entendi. O que é a última linha?

— Só um momento — disse o Acrobata —, antes dos negócios tenho ainda uma perguntinha. Se você não se incomodar. Além do seu nome, o que mais, como se diz, saiu de você lá em Bangcoc?

— Ei — disse Yoel baixinho —, Ostashinsky. Não exagere.

— Exagerei — disse o Acrobata — só porque acontece, belezinha, que esta beldade sabe a seu respeito que você é romeno, e também que você gosta de pássaros, e até que a sua filha se chama Neta. Então talvez seja melhor que você respire fundo, pense um momento, e depois nos explique bonitinho e bem direitinho quem é exatamente que exagerou aqui, e por que, e o que mais a dama sabe a seu respeito e a respeito da gente.

Le Patron disse:

— Crianças. Comportem-se.

Fixou os olhos em Yoel. Que não falou. Ele se lembrou do jogo de damas entre o homem e Neta. E, como se lembrou de Neta, tentou compreender que gosto é possível encontrar na leitura de partituras se a pessoa não sabe tocar e não quer e não pretende aprender. Viu em pensamento o pôster que estava pendurado no antigo quarto dela em Jerusalém que se transformara no quarto dele, um pôster no qual se via um gatinho lindo aconchegando-se em seu sono num cão alsaciano com feições responsáveis como se fosse um banqueiro de meia-idade. Yoel deu de ombros porque a forma do gato adormecido não suscitava nenhuma curiosidade. Le Patron o chamou delicadamente:

— Yoel?

Ele se concentrou e voltou os olhos cansados para Le Patron:

— Então estou sendo acusado de algo?

O Acrobata, menos formal, declarou:

— Yoel Rabinovitch pergunta se o estão acusando.

E Le Patron:

— Ostashinsky. Você acabou. Pode continuar sentado conosco, mas lá atrás, por favor. — Voltou-se para Yoel e continuou: — Pois nós dois somos, como direi, mais ou menos irmãos. E rápidos, espertos. De modo geral. E assim a resposta é absolutamente negativa: não estamos acusando. Não investigamos. Não esmiuçamos. Não metemos o nariz. Que horror. No máximo ficamos um pouco surpresos e lamentamos que algo assim tenha ocorrido justamente com você, e estamos certos de que no futuro etc. Em resumo: pedimos a você um enorme favor, e, se Deus o livre, você recusar... certamente você não poderá recusar nos fazer ao menos um favor único... pequenininho.

Então Yoel ergueu da mesa do café o prato com o bolo de Tsipi, examinou-o de perto, viu montanhas, vales e crateras, hesitou, e repentinamente desenhou para si próprio o jardim do santuário de Bangcoc, de três anos antes. A bolsa de palha dela como divisória no banco de pedra entre o corpo dela e o dele. As cornijas cobertas de mosaicos de cerâmica coloridos com chifres de ouro curvos, os mosaicos de parede gigantescos descrevendo ao longo de muitos metros cenas da vida de Buda em matizes infantis que contradizem as formas de calma melancólica, os monstros escavados na pedra contorcendo-se diante de seus olhos à luz equatorial ardente, leões com corpo de dragão, dragões com cabeça de tigre, tigres com rabo de cobra, espécies de medusas voadoras, com combinações desordenadas de deidades monstruosas, deidades com quatro faces semelhantes aos quatro ventos do céu e grande quantidade de braços, colunas apoiadas em seis elefantes cada, pagodes enroscando-se para o céu como dedos sedentos, macacos e ouro, marfim e papagaios, e simultaneamente ele soube que desta vez era proibido errar porque já tinha feito bastantes erros e outros pagaram por isso. Que o atarracado, astuto, de olhos nebulosos, que às vezes se fazia denominar seu irmão, e também o outro homem no aposento, um homem que em uma ocasião havia frustrado o massacre da Orquestra Filarmônica de Israel por um bando de terroristas, ambos eram seus inimigos mortais e era-lhe proibido se deixar arrastar pelas palavras polidas e cair nas armadilhas deles; por culpa deles, Ivria fora tirada dele, por culpa deles, Neta — e agora chegara a sua vez. Este aposento, espartano, todo o prédio modesto rodeado por um muro alto de pedra e oculto atrás de ciprestes densos e fechado entre prédios muito mais novos e altos do que ele e até a antiga caixa de donativos do Fundo Nacional com o mapa com sujeirinhas de moscas e o gigantesco globo terrestre marca Larousse--Gallimard, e o único telefone, antigo, um telefone preto quadrado da década de cinquenta, feito talvez de baquelita, e seus números amarelados e meio apagados em seus orifícios, e fora aguardava o corredor cujas paredes tinham finalmente sido forradas com material plástico barato imitando madeira e revestidas com uma camada de isolamento acústico e até o aparelho de ar condicionado barato e barulhento na sala de Tsipi e até a promessa do amor inesgotável dela, tudo contra ele e tudo aqui preparado para enredá-lo com manha e lábia e talvez também com ameaças obscuras, e se ele não se cuidasse não lhe restaria nada ou nada restaria dele, antes disso não o deixariam, e talvez seria isso mesmo, mesmo se ele se cuidasse com todo o empenho.

— Soprou um vento e desapareceu — disse Yoel para si próprio, movendo os lábios.

— Como?

— Nada. Só pensando.

Diante dele, na segunda poltrona de vime, o rapaz que envelhecia, de ventre parecendo tambor, apertado, a quem chamavam aqui de Acrobata apesar de seu corpo em absoluto não lembrar circos e olimpíadas, mas que se parecia com um veterano do Partido Trabalhista, um antigo pioneiro que abriu estradas e que com o correr dos anos se tornou diretor de loja cooperativa ou diretor regional da companhia produtora de leite.

Quanto a Le Patron, ele considerou certo deixar o silêncio continuar exatamente até o momento que lhe pareceu conveniente, com uma sensação tênue, o momento certo. Então se apoiou mais à frente e perguntou em voz baixa, quase sem perturbar o silêncio:

— O que você tem a nos dizer, Yoel?

— Se o grande pedido é que eu volte para o serviço, a resposta é negativa. É definitivo.

O Acrobata começou novamente a mover a cabeça lentamente da direita para a esquerda, como se treinasse para acreditar no que seus ouvidos ouviam, e enquanto isso, em longos intervalos, novamente emitiu quatro vezes o som *tsk*.

O Mestre disse:

— *Bon*. Vamos deixar assim, por enquanto. Ainda voltaremos a isso. Abrimos mão com a condição de que você viaje esta semana para um encontro com sua dama. Se ficar claro que desta vez ela tem para dar até um quarto do que lhe deu da outra vez, posso me permitir mandá-lo a um reencontro amoroso, até numa carruagem de ouro com cavalos brancos atrelados.

— Búfalos — disse Yoel.

— Perdão?

— Búfalos. É no plural. Não se veem cavalos em Bangcoc, brancos ou de outra cor. Tudo o que é atrelável lá, é atrelado a búfalo ou a bisão. Ou a um animal semelhante que eles denominam *banteng*.

— E não faço objeção especial: se você julgar necessário, sinta-se à vontade para revelar a ela até o nome de solteira da mãe da sua avó postiça do lado do primo do cunhado. Fique quieto, Ostashinsky. Não atrapalhe agora.

— Só um momento — disse Yoel passando como de hábito um dedo distraído entre o pescoço e o colarinho da camisa —, por enquanto você não me atrelou a nada. Preciso pensar a respeito.

— Meu caro Yoel — disse Le Patron como se iniciasse um discurso laudatório —, você se engana muito se teve a impressão de que aqui existe a possibilidade de livre escolha. Que nós naturalmente utilizamos com certas reservas, mas não neste caso. Por causa do entusiasmo que você, pelo visto, da outra vez despertou nesta beldade, viúva de você sabe quem, os acepipes que ela confiou a você e a nós, existem hoje não poucas pessoas que estão vivas atualmente e até vivem muito bem sem suspeitar nem em sonhos que, não fossem os petiscos que você trouxe, estariam mortas. De modo que não se trata de uma escolha entre um cruzeiro romântico e férias nas Bermudas. Trata-se de um trabalho de cem, cento e cinco horas de porta a porta.

— Dê-me um momento — disse Yoel cansado. E fechou os olhos.

Por seis horas e meia Ivria o aguardou em vão no aeroporto de Lod numa manhã hibernal no ano de 1972 quando marcaram para se encontrar no terminal nacional e voar juntos para férias em Sharm al-Sheikh e ele não conseguiu encontrar um modo seguro de informar a ela que se atrasaria para voltar de Madri porque no último momento conseguiu se agarrar ali em alguma ponta de fio que após dois dias demonstrou não ter valor, uma sombra passageira, areia nos olhos. Depois de seis horas e meia ela se levantou e voltou para casa e foi liberar Lisa da tarefa de cuidar de Neta, que tinha então um ano e meio. Yoel chegou em casa no dia seguinte às quatro da madrugada e ela o estava aguardando sentada perto da mesa da cozinha, em roupa de baixo, um copo de chá cheio à sua frente, o chá esfriara havia muito, e quando ele entrou ela disse sem erguer a cabeça do oleado da mesa: "Não se preocupe em me explicar, você está tão cansado e decepcionado e mesmo sem explicações eu entendo você". Muitos anos depois, quando a asiática se despediu dele no jardim sagrado em Bangcoc, novamente assaltou-o aquela mesma sensação estranha: esperam por ele, mas não esperam eternamente e, se atrasar, atrasou. Mas de modo algum conseguiu saber para onde, nesta cidade pobre e enfeitada, tinha ido a mulher que havia pouco fora engolida pela multidão depois de lhe estabelecer a condição decisiva, romper o contato para sempre, e ele concordou e prometeu e como poderia correr atrás dela mesmo se soubesse para onde?

— Até quando — disse — vocês querem receber uma resposta minha?

— Agora, Yoel — disse o Mestre numa espécie de rigidez que Yoel nunca tinha visto nele antes. — Agora. Você não tem que se preocupar. Poupamos isso a você. Não lhe deixamos aqui nenhuma escolha.

— É preciso pensar nisso — insistiu.

— Por favor — o homem logo se retraiu —, por favor. Pense. Por que não? Pense até acabar o bolo de Tsipi. Depois disso vá com o Acrobata ao setor de operações e lá sentarão com vocês para verificar os detalhes. Esqueci de informar que o Acrobata será o seu expedidor.

Yoel baixou os olhos doloridos em direção às palmas das mãos. Como se, para sua grave confusão, tivessem começado a falar a ele repentinamente em língua urdu, na qual, de acordo com Vermont, o significado de cada palavra depende de para onde se olha, da direita para a esquerda ou ao contrário. Sem vontade, engoliu uma garfada do bolo. A doçura e a cremosidade encheram-no de uma raiva repentina e em seu interior, sem se mover na cadeira, começou a se agitar e a se debater como um peixe que tivesse mordido uma isca e o anzol se fincara em sua carne. Visualizou como que palpáveis as chuvas de monções, mornas, pegajosas, em uma Bangcoc envolvida em uma névoa quente. O ronco da vegetação tropical que infla com seiva venenosa. O búfalo atolando na lama da ruazinha e o elefante atrelado a uma carroça carregada de bambus e os papagaios nas copas e os macaquinhos de rabo comprido trepando nos galhos e fazendo caretas. As favelas com barracos de madeira e o esgoto parado nos caminhos, as trepadeiras grossas, os coros de morcegos ainda antes que se apagasse o resto da luz diurna, o crocodilo, erguendo a cabeça do canal de água, o brilho do ar segmentado com o zumbido de milhões de insetos, os gigantescos fícus, os bordos, a magnólia e o rododendro, os manguezais na neblina matutina, os bosques de meliáceas, a subfloresta abundante em criaturas vorazes, as plantações de bananas, arroz e cana-de-açúcar que subiam da lama baixia nos campos inundados de água emporcalhada, e acima de tudo erguia-se o vapor ardente e turvo. Ali aguardavam-no os dedos frios dela; se ele se deixasse seduzir e viajasse, talvez não voltasse e, se se recusasse a obedecer, poria tudo a perder. Lentamente, com uma suavidade especial, depôs o prato de bolo no braço da poltrona de vime. E ao levantar-se disse:

— Bem. Pensei. A resposta é negativa.

— Excepcionalmente — Le Patron pronunciou a palavra com polidez excessiva, proposital, e Yoel imaginou perceber que a entonação de fundo francês crescia um pouco, em medida quase imperceptível —, excepcionalmente, e contra meus próprios princípios — balançou o queixo para cima e para baixo como se por algo distorcido que não pudesse consertar —, aguardarei — e lançou um olhar ao seu relógio —, aguardarei mais vinte e quatro horas por uma resposta racional. Aliás, será que você tem alguma ideia de qual seja o problema com você?

— Pessoal — disse Yoel rompendo num único movimento interior o anzol fincado em sua carne. E se conteve.

— Você o superará. Nós o ajudaremos. E agora vá direto para casa sem parar no caminho e amanhã, às onze da manhã — olhou novamente o relógio —, às onze e dez da manhã, telefonarei. E mandarei buscar você para uma reunião de trabalho com o setor de operações. Na quarta de madrugada você partirá. O Acrobata será seu expedidor. Estou certo de que vocês trabalharão maravilhosamente bem juntos. Como sempre. Ostashinsky, você vai pedir desculpas bonitinho, e você vai também acabar o bolo que Yoel não acabou. Até a vista. Cuidado no trânsito. E não esqueça de transmitir a Neta as saudades de um velho coração.

25

Mas o homem decidiu não aguardar até a manhã seguinte. No mesmo dia, ao entardecer, o Renault dele apareceu na ruazinha em Ramat Lotan. Deu duas voltas em torno do carro, experimentou cada trinco da porta duas vezes, antes de se voltar para o caminho no jardim. Yoel estava ali, nu até a cintura e suando, empurrava à sua frente o cortador de grama que rugia e, acima do rugido, fez sinal para o visitante: "Espere um momento, já vai". O visitante, por seu lado, fez sinal com os dedos: "Desligue", e Yoel, por força de vinte e três anos de hábito, obedeceu e desligou. Subitamente desceu um silêncio.

— Vim resolver o problema pessoal a que você aludiu. Se o problema é Neta...

— Perdão — disse Yoel localizando imediatamente graças à sua experiência que este momento, agora mesmo, é o momento da crise e da decisão —, perdão. É uma pena desperdiçar o nosso tempo porque eu, afinal, não vou viajar. Já disse isso a você. E quanto às questões particulares nas quais você pretende se imiscuir, ouça, por acaso elas são particulares. Mas por outro lado, se por acaso você veio jogar um pouco de damas, por que não?, entre, parece-me que Neta acabou de sair do chuveiro e está sentada agora na sala. Lamento não estar livre.

E com essas palavras ele puxou com força o cordão de arranque e no mesmo instante, alto e irritante, o rugido do cortador de grama irrompeu e calou a resposta do visitante. Que se voltou e entrou na casa e saiu após um quarto de hora, quando Yoel já havia passado a trabalhar no gramado ao lado da casa sob as janelas de Lisa e Avigail e perseguiu insistentemente este cantinho pela segunda, pela terceira e pela quarta vez até que o Renault partiu. Só então desligou o motor e repôs a máquina no lugar, no depósito de ferramentas no pátio, e trouxe dali um ancinho e começou a empilhar a grama cortada em pequenos montinhos precisamente iguais e continuou fazendo isso mesmo quando Neta saiu até ele descalça, os olhos faiscando, vestindo uma blusa-saco com calças largas, e perguntou sem preâmbulos se a recusa dele estava de algum modo ligada a ela. Yoel disse:

— Imagine. — E após um momento corrigiu e disse: — Na verdade talvez um pouco, mas naturalmente não no sentido restrito, ou seja, não porque haja algum problema em deixar você. Não existe esse problema. E você não está sozinha aqui.

— Então qual é o seu problema — disse Neta sem ponto de interrogação e como que num toque de pouco-caso. — Pois não é uma viagem decisiva para salvar a pátria ou algo assim?

— Bem. A minha parte eu já fiz — disse e sorriu para a filha, apesar de só raramente ocorrer um sorriso entre ambos. Ela respondeu com uma expressão iluminada que pareceu a ele nova e não nova, inclusive um ligeiro tremor no canto dos lábios que ocorria com a mãe quando ela era jovem e quando se empenhava para dissimular emoção. — Veja. A questão é esta. Muito simples. Não estou mais ligado naquela loucura. Diga, você se lembra, Neta, o que Vitkin costumava dizer para você quando vinha à nossa casa tocar violão ao entardecer? Você se lembra das palavras dele? Ele dizia: Vim procurar sinais de vida. Eu também cheguei a isso. É o que eu estou procurando agora. Mas não há pressa. Amanhã é outro dia. Tenho vontade de ficar em casa e não fazer nada por mais alguns meses. Ou anos. Ou para sempre. Até que eu consiga perceber o que está acontecendo. O que é que tem? Ou me convencer pessoalmente, pela experiência pessoal, que é impossível descobrir qualquer coisa. Que seja. Veremos.

— Você é uma pessoa meio engraçada — disse Neta com seriedade, concentrada e quase num entusiasmo suprimido —, mas pode ser que, com relação a esta viagem, você justamente esteja com a razão. Você vai sofrer, de qualquer maneira. Da minha parte, fique. Não viaje. É muito agradável para mim que você esteja o dia todo em casa ou no jardim, que às vezes a gente veja você na cozinha no meio da noite. Às vezes você é bem legal. Só pare de olhar para mim deste modo. Não, não entre em casa. Hoje, para variar, eu vou preparar o jantar para todos. Para todos quer dizer para mim e para você porque todas as avós viajaram hoje. Elas foram a uma festa no Hotel Sharon da Sociedade Coração Aberto para o Imigrante e por isso elas vão voltar bem tarde.

26

As coisas simples, abertas, habituais, o frio da manhã, o cheiro dos espinhos queimados soprando do laranjal próximo, o chilrear das andorinhas antes do nascer do sol entre os galhos da macieira que estava se enferrujando ao toque do outono, o arrepio de frio nos ombros nus, o cheiro da terra irrigada, o sabor da luz ao amanhecer, que confortava seus olhos doloridos, a lembrança do desejo arrebatador na noite no pomar no final da colônia Metula e a vergonha no sótão, o violão do falecido Eviatar ou Itamar que continuava a soar à noite com sons de violoncelo, aparentemente os dois morreram num acidente um nos braços do outro, se é que foi realmente um acidente, o pensamento sobre o momento em que ele sacou o revólver no terminal em burburinho em Atenas, florestas de abetos na luz difusa da casa de Annemarie e Ralph, a miserável Bangcoc envolvida em vapor tropical grosso e ardente, o cortejar de Krantz ansioso por fazer amizade e tornar-se necessário e indispensável, tudo em que ele pensava ou de que se lembrava parecia-lhe às vezes secreto. Em tudo, conforme as palavras do Mestre, reconhece-se às vezes o sinal de distorcido que não pode ser corrigido. "Era um pedaço de retardada", Shealtiel Lublin dizia sobre Eva, "onde é que ela tinha o juízo, devia ter comido a maçã da outra árvore. Mas a piada é que, para que tivesse o juízo para comer da segunda árvore, devia ter comido antes a da primeira. E assim é que todos nós entramos bem." Yoel imaginou o quadro evocado pela palavra hebraica *indubitavelmente*. Também tentou imaginar o conteúdo da expressão "um trovão num dia de sol". Parecia-lhe que, com esses meios, ele preenchia, de alguma forma, o que lhe era imposto. Mesmo assim sabia que suas forças não seriam suficientes para inventar uma resposta à pergunta que não tinha, na verdade, conseguido formular. Ou até mesmo compreender. E por isso não decifrara nada até então, e aparentemente não decifraria jamais. Por outro lado, sentiu prazer na preparação do jardim para o inverno. No viveiro de Berdugo, no entroncamento de Ramat Lotan, adquiriu mudas, sementes e pesticida, assim como alguns sacos de fertilizante. Deixou a poda das roseiras para janeiro e fevereiro, mas já tinha um projeto. Enquanto isso, revolveu a terra dos canteiros com um ancinho que encontrou perto da gata e seus filhotes no depósito de ferramentas, preparou o fertilizante concentrado e absorveu um prazer físico quando seus pulmões se encheram com o cheiro forte e provocante. Plantou crisântemos de cores diversas num círculo. Plantou também cravos, gladíolos e bocas-de-leão. Podou as árvores frutíferas. Borrifou as beiradas do gramado com exterminador de ervas daninhas a fim de criar uma linha reta, como uma régua. Devolveu o irrigador a Arik Krantz, que se alegrou em vir buscá-lo e em ser servido com uma xícara de café na casa de Yoel. Endireitou a cerca viva, do lado dele e do lado dos Vermont, que novamente lutavam rindo no gramado deles, ofegando como dois cãezinhos. Enquanto isso, os dias foram ficando mais curtos, as noites chegavam mais cedo, o frio noturno aumentou e uma espécie de vapor alaranjado estranho envolvia toda noite o halo de luzes que pairava sobre Tel Aviv, para além dos jardins do bairro. Nada o atraía a ir à cidade que, no dizer de Krantz, se encontrava ao alcance da mão. Interrompeu quase totalmente as expedições noturnas. Por outro lado, plantou ervilha-de-cheiro na terra fofa ao longo das paredes externas da casa. Novamente reinavam a paz e a tranquilidade entre Avigail e Lisa. Além do trabalho voluntário delas, três manhãs por semana numa instituição de surdos-mudos no final do bairro, ambas começaram a frequentar o grupo de ioga do bairro às segundas e quintas à noite. Quanto a Neta, manteve-se fiel à cinemateca, mas se inscreveu também num ciclo de palestras sobre a história do expressionismo que se realizava no museu municipal. Só o interesse por plantas espinhosas pareceu ter desaparecido totalmente. Ainda que bem no fim da ruazinha deles, numa faixa abandonada entre o asfalto e a cerca de arame do laranjal, amarelassem e se acinzentassem espinhos de fim de verão e, de alguns deles, em seu fenecimento brotasse uma espécie de flor da morte selvagem. Yoel se perguntou se havia relação entre o fim da paixão por plantas espinhosas e a pequena surpresa que ela lhe fez numa tarde de sexta-feira, quando o bairro estava silencioso e vazio à luz cinzenta, e não se ouvia nada exceto o som suave e bonito de uma flauta por trás de uma janela fechada em outra casa. As nuvens haviam descido até quase as copas das árvores e da direção do mar ouvia-se o trovão turvo como se o houvessem sufocado com o cobertor de plumas das nuvens. Yoel colocou no caminho asfaltado pequenos sacos plásticos pretos e dentro de cada um deles uma muda de cravo, e começou a plantar um a um nas fendas que cavou de antemão, indo de fora para dentro em direção à porta da casa; viu de repente a filha plantando diante dele, de dentro para fora. Naquela mesma noite, por volta da meia-noite, depois de um Ralph bem fornido de carnes e cheio de alegria o acompanhar de volta para casa vindo da cama de Annemarie, encontrou a filha o aguardando no corredor da casa, tendo na mão, numa bandejinha, uma xícara de chá de ervas. Como sabia o momento de sua volta e como poderia imaginar que voltaria sedento e justamente por chá de ervas, Yoel não compreendeu e não teve ideia de perguntar. Ele se sentou e conversou com ela por cerca de um quarto de hora, na cozinha, a respeito dos exames de conclusão do colegial e sobre a intensificação do debate a respeito da questão do futuro dos territórios ocupados. Quando ela foi para o quarto dormir, acompanhou-a até a porta e, baixinho, para não acordar as velhas, queixou-se por não ter nada interessante para ler. Neta lhe passou um livro de poesias denominado *Azuis e vermelhos*, de Amir Guilboa, e Yoel, que não lia poesia, o folheou na cama até quase as duas da madrugada e, entre outras, achou na página 360 uma poesia que o tocou, mesmo que ele não a tenha entendido inteiramente. No final da mesma noite começaram as primeiras chuvas, que continuaram quase sem interrupção durante todo o sábado.

27

Às vezes ocorria-lhe nestas noites de outono de o cheiro do mar frio que penetrava através das janelas fechadas, o ruído do gotejar da chuva sobre o telhado do depósito no jardim atrás da casa, o sussurro do vento na escuridão, despertarem nele repentinamente uma espécie de alegria silenciosa e intensa de que ele não imaginava ser ainda capaz. E quase se envergonhou dessa alegria estranha, era quase feio para ele sentir que o fato de estar vivo era um grande sucesso enquanto a morte de Ivria indicava o fracasso dela. Sabia bem que os atos humanos, todos os atos, todas as pessoas, os atos de paixão e ambição, as fraudes, sedução, acúmulo, evasão, os atos de malícia e de fracasso, a competição e adulação e a generosidade, os atos destinados a impressionar, despertar a atenção, para serem gravados na memória da família, ou do grupo ou do povo ou da humanidade, os atos insignificantes e os atos generosos, os calculados e os incontroláveis, os maldosos, quase todos levam sempre a um ponto onde não se pretendia chegar. Yoel tentou denominar em seu íntimo o desvio dessa senda geral e constante que distorce os diversos atos dos seres humanos de "a pilhéria universal ou o humor negro do mundo". Mas mudou de ideia: a definição lhe pareceu extravagante. As palavras *universo, vida, mundo* eram muito grandiosas para ele, pareciam-lhe ridículas. Por isso, satisfez-se em seus pensamentos com o que Arik Krantz lhe contou sobre o seu comandante do regimento de artilharia, de uma só orelha, chamado Jimmy Gal, certamente o senhor ouviu falar nele, que costumava dizer que entre dois pontos só existe uma linha reta e essa linha está cheia de imbecis. E, por ter se lembrado do comandante sem orelha, refletiu cada vez com mais frequência sobre a ordem que Neta tinha recebido para se alistar no posto de recrutamento dentro de algumas semanas. As aulas e os exames acabariam no verão. O que descobririam nos exames do posto de recrutamento? Será que ele esperava que levassem Neta para o Exército? Ou temia? O que Ivria teria exigido que ele fizesse quando chegasse a ordem de recrutamento? Às vezes imaginava o rapaz forte do kibutz, de braços grossos e peito cabeludo, e dizia para si próprio, em inglês, e quase em voz alta: Vá com calma, meu caro.

Avigail disse: "Esta menina, se me perguntarem, é mais saudável do que todos nós".

Lisa disse: "Todos os médicos, eles precisam ter saúde, não sabem de sua própria vida. Um homem que vive das doenças dos outros, o que lhe acontecerá se todos, de repente, ficarem saudáveis?".

Neta disse: "Não penso em pedir adiamento".

E Arik Krantz: "Ouça bem, Yoel. Só me dê um sinal verde e eu logo dou um jeito nisso".

Enquanto isso, fora, entre uma chuva e outra, apareciam por vezes na janela passarinhos encharcados e gelados, imóveis na ponta de um galho molhado como se eles mesmos fossem uma espécie de fruto hibernal maravilhoso que havia brotado, apesar da hibernação e das folhas caídas, das árvores frutíferas cinzentas.

28

Por duas vezes ainda o Mestre tentou fazer Yoel mudar de ideia, que aceitasse realizar a viagem secreta a Bangcoc. Uma vez telefonou às quinze para as seis da manhã e com isso novamente atrapalhou a cilada para o entregador de jornais. Sem esbanjar palavras para se justificar pelo horário, começou a divergir de Yoel a respeito das ideias sobre a substituição do primeiro-ministro, conforme os acordos de rotatividade. Como de hábito, assinalou com poucas palavras e com traços nítidos e perspicazes as vantagens e, por outro lado, delineou em poucas frases cortantes as desvantagens, desenhou com exatidão e simplicidade três roteiros possíveis para o futuro próximo, e surpreendeu em ligar cada deslocamento previsível aos resultados que inevitavelmente derivariam dele. Mesmo que, naturalmente, tenha evitado a tentação de profetizar, ou apenas sugerir, qual deslocamento entre os que tinha delineado realmente estava mais próximo da concretização. Quando o Mestre utilizou as palavras "loucura dos sistemas", Yoel, que habitualmente era o lado passivo na conversa com Le Patron, tentou visualizar para si próprio, de modo palpável, a loucura dos sistemas na figura de uma espécie de máquina eletrônica ramificada que estava defeituosa e tinha começado a endoidecer, estridulando e lamuriando-se, e o piscar de faíscas de luz coloridas e de eletricidade aspergindo repentinamente de seus contatos, com fumaça e cheiro de borracha queimando. Assim perdeu o fio da conversa. Até que Le Patron se dirigiu a ele num tom persuasivo, didático, uma sombra de entonação francesa acompanhando a pronúncia das palavras, "e, se perdermos Bangcoc e, como consequência, alguém, cuja morte é possível evitar, se for, você, Yoel, precisará conviver com isso".

Yoel disse tranquilo:

— Veja. Talvez você tenha percebido. Também sem Bangcoc eu convivo com isso. Ou seja, vivo exatamente com isso que você mencionou neste instante. E agora, com licença, preciso desligar e tentar pegar o entregador de jornais; se você quiser, ligarei para você mais tarde no escritório.

O homem disse:

— Pense, Yoel.

E com isso colocou o fone no gancho e encerrou por seu lado a conversa.

No dia seguinte, o homem convidou Neta para um encontro às oito da noite no Café Oslo no final da rua Ibn Gavirol. Yoel a levou e a deixou do outro lado da rua; "Atravesse com cuidado", disse a ela, "não aqui, atravesse ali, na passagem", e voltou para casa e levou a mãe para um exame urgente com o dr. Litvin e uma hora e meia mais tarde voltou para buscar Neta, não perto do Café Oslo mas, como antes, em frente. Esperou na direção do carro que ela saísse, pois não encontrou vaga para estacionar e na verdade também não procurou. Voltou-lhe à memória a história da mãe sobre a viagem deles, no carrinho de bebê, a pé, de Bucareste a Varna, e o salão escuro no bojo do navio; ali havia andares sobre andares de leitos cheios de homens e mulheres que cuspiam, talvez vomitassem um sobre o outro, e a briga selvagem entre a mãe e o pai calvo, violento e barbado, briga com arranhões e berros e pontapés na barriga e mordidas. E ele devia lembrar que o assassino cheio de restolhos não era seu pai, mas, aparentemente, um homem mais ou menos estranho. O pai, na foto romena, era um homem amarelado e magro de terno listado marrom, o rosto expressando embaraço ou humilhação. E talvez até covardia. Era um homem católico que tinha saído da vida da mãe e da vida dele quando Yoel tinha cerca de um ano.

— Como queira — disse Neta após dois ou três sinais de trânsito no caminho para casa —, viaje, por que não? Talvez você realmente tenha que viajar.

Houve um longo silêncio. O modo como dirigiu entre o entroncamento e os complexos sinais luminosos, no fluxo de luzes e cruzamentos e ofuscamento, na faixa central, entre nervosismo de um lado e do outro, foi preciso e tranquilo.

— Veja — ele disse — como isto está parado agora. — E parou e procurou palavras e ela não atrapalhou e não ajudou. Ficaram novamente calados.

Neta encontrou uma semelhança entre o estilo dele de dirigir e o modo como se barbeava de manhã, o modo frio e controlado como ele passava a lâmina no rosto e na precisão na concavidade do queixo. Desde pequena ela sempre gostava de se sentar perto dele na borda de mármore da pia do banheiro e olhar quando ele se barbeava, mas Ivria costumava repreender a ambos por isso.

— O que você começou a dizer — disse ela. Sem ponto de interrogação.

— Do modo como isto me parece agora, eu queria dizer, eu simplesmente já não sou tão bom nestas coisas. É mais ou menos como, digamos, um pianista que começou a ter reumatismo nos dedos. É preferível parar na hora certa.

— Besteira — disse Neta.

— Um momento. Deixe-me explicar melhor. Estas... estas viagens, os assuntos, isto funciona, digamos, só quando a gente está cem por cento concentrada. Não com noventa e nove. Como um atirador de pratos no parque de diversões. E eu já não consigo me concentrar.

— Da minha parte, fique ou viaje. Só é uma pena que você não se veja fechando, digamos, o registro do botijão de gás vazio e abrindo o registro do botijão cheio no terraço da cozinha: mais concentrado do que nunca.

— Neta — disse ele de repente, engolindo a saliva, acelerando e passando num instante para a quarta marcha quando se livraram naquele momento do fluxo intenso do trânsito. — Você ainda não percebe como é. É ou nós ou eles. Não importa. Vamos deixar esse assunto.

— Da minha parte — ela disse.

Logo chegaram ao entroncamento de Ramat Lotan; o viveiro Berdugo estava fechado, ou talvez ainda aberto, apesar da hora tardia. Estava só parcialmente iluminado. Por força do hábito profissional, Yoel registrou na memória que a porta estava fechada, mas dois carros estavam estacionados ali com luzes baixas. Até chegarem em casa não trocaram mais nenhuma palavra. Ao chegarem, Neta disse:

— Mas uma coisa: não suporto como este seu amigo se enche de perfume. Como uma bailarina velha.

E Yoel disse:

— É uma pena. Perdemos o noticiário.

29

E assim o outono desvaneceu-se no inverno, quase sem que a mudança fosse percebida. Mesmo que Yoel tenha permanecido em seu posto e alerta a qualquer sinal, inclusive sinais tênues, a fim de captar e assinalar para si próprio o ponto de transição. Os ventos marítimos arrancaram as últimas folhas marrons das árvores frutíferas. À noite tremeluzia o reflexo das luzes de Tel Aviv nas nuvens hibernais baixas, com esplendor quase radioativo. O depósito de ferramentas ficou sem a gata e os filhotes, embora vez por outra Yoel visse um deles entre as latas de lixo. Não lhes levou mais restos de frango. Ao anoitecer, a rua estava vazia e deserta e açoitada por rajadas molhadas. Em todos os jardins os móveis foram desmontados e retirados. Ou cobertos com lonas plásticas, as cadeiras viradas ao contrário e colocadas sobre as mesas. Durante a noite uma chuva uniforme e indiferente batia nas persianas e tamborilava tediosamente sobre o telhado de amianto do terraço da cozinha. Em dois lugares da casa surgiram sinais de infiltração que Yoel nem sequer tentou conter nos locais em que ocorriam, preferindo subir ao telhado por uma escada e trocar seis telhas. Assim acabaram-se os vazamentos. Na mesma ocasião acertou um pouco o ângulo da antena de televisão, e realmente a recepção melhorou.

No início de novembro, com a ajuda dos relacionamentos do dr. Litvin, hospitalizaram a mãe para uma série de exames no Tel Hashomer. E decidiram realizar uma cirurgia de urgência, a fim de extirpar do corpo dela algo pequeno mas supérfluo. O médico chefe do departamento disse a Yoel que não se tratava de perigo imediato, mas que, naturalmente, na idade dela, quem sabe? E, na verdade, em idade alguma nós aqui fornecemos certificado de responsabilidade. Yoel preferiu registrar as coisas em sua memória sem mais perguntas. Quase invejou a mãe um dia ou dois após a cirurgia, vendo-a no leito alvo rodeado de caixas de bombons, livros, revistas e vasos de flores, num quarto especial com só mais um leito. Que foi deixado vazio.

Avigail quase não se moveu da cama de Lisa nos dois primeiros dias, exceto quando Neta vinha substituí-la após a escola. Yoel colocou o carro à disposição de Avigail e ela deixava para Neta toda espécie de instruções e recomendações e ia para casa tomar banho, trocar de roupa, dormir duas ou três horas e voltava para liberar Neta e permanecia com Lisa até as quatro da madrugada. E então ia novamente para casa para um descanso de três horas e voltava ao hospital às sete e meia.

A maior parte do dia as companheiras do Conselho em Prol da Criança Deficiente Mental e da Sociedade Coração Aberto para o Imigrante enchiam o quarto. Até o vizinho romeno da casa em frente, o homem de ancas largas que lembrava a Yoel um abacate maduro começando a apodrecer, veio com um arranjo de flores, inclinou-se, beijou efusivamente a mão dela e conversou com ela na língua deles.

Desde a cirurgia o rosto da mãe brilhou como o rosto de uma imagem de santa da aldeia no mural da igreja. A cabeça sobre uma pilha de travesseiros alvos, descansando de costas, envolta no lençol como em neve, fazia com que ela parecesse piedosa, graciosa, estendendo sua bondade sobre todos. Incansavelmente interessou-se pelos detalhes da saúde dos visitantes, de seus filhos, parentes, vizinhos, distribuiu confiança e bons conselhos para todos; comportava-se com seus visitantes como uma mulher milagrosa que conferia seus linimentos, amuletos e bênçãos aos peregrinos que a visitavam. Algumas vezes Yoel se sentava diante dela na cama vaga, junto à filha, junto à sogra, ou entre ambas. Quando perguntou como ela se sentia, se ela ainda tinha dores, o que ela necessitava, ela respondeu com um olhar radiante, como se de dentro de uma profunda inspiração:

— Por que é que você não faz nada? Caça moscas o dia todo. É melhor que você entre em algum negócio. O senhor Krantz quer tanto você com ele. Eu dou para você um pouco de dinheiro. Você compra alguma coisa. Você vende. Vai ver gente. Deste jeito você logo vai ficar doido ou virar religioso.

Yoel disse:

— Vai ficar tudo bem. O que importa é que você sare logo.

E Lisa:

— Não vai ficar bem. Olhe só como você está. Sentado e comendo a alma.

Por algum motivo as últimas palavras dela despertaram nele alguma apreensão e ele se obrigou a voltar à sala dos médicos. O que ele havia aprendido da experiência de sua profissão o ajudou a extrair deles sem dificuldades tudo o que desejava saber, exceto o que ele mais queria saber, ou seja, quanto tempo neste assunto duravam os intervalos entre um capítulo e o seguinte. O velho médico e também os jovens insistiram em dizer que não há como saber. Ele tentou decifrar os pensamentos deles de um modo ou de outro, mas por fim acreditou ou quase acreditou que eles não estavam mancomunados para ocultar dele a verdade, e que também aqui não havia meio de saber.

30

Quanto ao inválido branco que ele viu talvez duas vezes na rua em Helsinque em 16 de fevereiro, o dia da morte de Ivria, ou o homem tinha nascido sem membros ou tinha perdido num acidente os braços até o ombro e as pernas até a virilha.

Às oito e quinze da manhã, depois de ter levado Neta à escola e Lisa ao instituto de fisioterapia, e ter voltado para casa e entregue o carro para Avigail, Yoel se fechou no estúdio do sr. Kramer que lhe servia de dormitório. Como se através de uma lente de aumento e como se sob um raio de luz focalizado, reexaminou a questão do inválido, analisou minuciosamente o mapa de Helsinque, averiguou o seu próprio trajeto do hotel para o encontro com o engenheiro tunisino na estação de trem, e não encontrou erro algum: é certo que o inválido lhe parecia familiar. E é certo que durante uma operação é dever interromper tudo e esclarecer inicialmente o significado de um rosto conhecido que você viu, mesmo que seja só vagamente familiar. Mas agora, num cuidadoso olhar retrospectivo, Yoel chegou à conclusão quase definitiva de que tinha visto o aleijado de Helsinque na rua naquele dia não duas vezes mas só uma. A imaginação o havia confundido. Ele desmontou aquele dia novamente em partículas, recompôs as partes do dia numa grande folha de papel quadriculado cuja superfície ele dividiu com uma régua em unidades de quinze minutos. Concentrou-se nesse trabalho até as três e meia da tarde, interiorizou o mapa da cidade, trabalhou com calma e obstinação, inclinado sobre a escrivaninha, lutando para arrancar migalha após migalha do esquecimento e para juntar a sequência dos acontecimentos e lugares. Até os cheiros da cidade quase lhe retornaram. A cada duas horas tomava uma xícara de café. Ao meio-dia o cansaço dos olhos começou a lhe dificultar o trabalho e ele passou a usar alternadamente os óculos de intelectual católico e os óculos de médico de família. Por fim, começou a se configurar a hipótese com a qual poderia conviver: às quatro e cinco, de acordo com o relógio elétrico de parede que ficava acima do balcão da agência do Nordic Investment Bank, ele trocara oitenta dólares e saíra para a esplanada. De acordo com isso, os limites do tempo eram quatro e quinze e cinco e meia. O lugar era, pelo visto, a esquina de Marikatu e Kapitaminkatu, aos pés de um grande edifício construído em estilo russo e pintado de marrom alaranjado. Quase com certeza delineou-se-lhe uma banca de jornais e revistas junto àquele prédio. Ali viu o infeliz na cadeira de rodas. Que lhe pareceu familiar talvez porque lhe lembrasse uma figura que tinha visto uma vez num quadro num dos museus, provavelmente o museu de Madri, uma figura que também lhe pareceu familiar porque lembrou um rosto conhecido.

Rosto de quem? Dessa maneira é possível descambar e ser lançado a um círculo vicioso. É melhor se concentrar. Voltar a Helsinque no dia 16 de fevereiro e esperar que a conclusão lógica seja, pelo visto, que se trata de reflexo de um reflexo. Não mais. Digamos: a lua se reflete na água. Digamos: a água, por sua vez, remete o reflexo da lua para o vidro da janela escura num barraco na ponta da aldeia. Assim acontece que o vidro, apesar de a lua brilhar no Sul e a janela dar para o Norte, reflete de repente o que aparentemente não conseguiria refletir. Mas na verdade ela não reflete a lua das nuvens e sim apenas a lua da água.

Yoel se perguntou se essa hipótese poderia ajudá-lo também em suas atuais investigações, por exemplo, na questão do raio africano que conduz a migração dos pássaros. Se a observação prolongada, sistemática, insistente do reflexo do reflexo pode denunciar alguma alusão, uma fenda pela qual seja possível observar o que não nos é destinado. Ou, talvez, ao contrário: de reflexo em reflexo os contornos se tornam menos nítidos, como na cópia de uma cópia, os tons desbotam, as formas ficam borradas e tudo fica nebuloso e se distorce?

Seja como for, ao menos na questão do deficiente seu pensamento descansou enquanto isso. Só frisou para si mentalmente que a maior parte das formas do mal estão fora de questão para quem não tem braços ou pernas. O inválido de Helsinque tinha realmente feições femininas. Ou não feições femininas, mas de uma criatura mais doce, mais doce do que uma criança, esplendorosa e de olhos abertos como se soubesse qual é a resposta e se rejubila silenciosamente pela simplicidade dessa resposta, uma simplicidade inacreditável, quase diante dos olhos.

31

E apesar de tudo há a pergunta se era uma cadeira de rodas movida pela força própria ou provavelmente, e mais lógico, havia alguém que a conduzia. E como era a outra pessoa que conduzia a cadeira?

Yoel sabia que devia parar aí. Essa linha não devia ser cruzada.

À noite, quando estavam sentados diante da televisão, olhou a filha. Os cabelos tosados maldosamente, onde haviam sido deixados apenas pelos eriçados, a linha vigorosa do queixo originária indubitavelmente da família Lublin mas que, tendo poupado Ivria, voltara e se revelara em Neta, as roupas dela que pareciam desleixadas, a filha lhe parecia um recruta magro que tivesse sido metido em calças informes e mais largas do que a sua medida mas que apertava os lábios e não dizia nada. Às vezes passava por seus olhos uma centelha esverdeada, aguçada, antecedendo em dois ou três segundos as palavras "da minha parte". Como sempre, também esta noite ela preferiu se sentar ereta e sem se apoiar numa das cadeiras pretas de encosto reto do canto da sala de jantar. Longe o quanto possível do pai relaxado no sofá e das avós sentadas nas duas poltronas. Quando a trama se complicava no programa de televisão, ela às vezes emitia uma frase como: "O bilheteiro é o assassino", ou: "De qualquer modo ela não é capaz de esquecê-lo", ou: "No fim ele ainda voltará para ela de quatro". Às vezes dizia: "Que idiota. Como é que ela sabe que ele ainda não sabe?".

Se uma das avós pedia a ela, na maioria das vezes Avigail, para preparar um chá ou trazer algo da geladeira, Neta obedecia em silêncio. Mas quando chamavam a atenção dela a respeito da roupa, do corte de cabelo, dos pés descalços, das unhas, na maioria das vezes as observações partiam de Lisa, Neta a calava com uma frase azeda e voltava ao silêncio da sua postura, sentada tensa na cadeira de encosto duro. Uma vez Yoel tentou vir em auxílio à mãe quanto ao isolamento social de Neta ou à sua aparência não feminina. Neta disse:

— Feminilidade não é bem o seu campo, certo?

Assim ela o calou.

E qual era o campo dele? Avigail lhe implorou que se registrasse em cursos da universidade, por prazer e ampliação dos horizontes. A mãe era de opinião de que ele devia se meter em negócios. Fez alusão algumas vezes a uma quantia de dinheiro respeitável que possuía para um investimento considerável. E havia o apelo insistente de um antigo companheiro de trabalho que prometeu a Yoel toda espécie de mundos e fundos se ele apenas acedesse em se associar a uma companhia particular de investigações. Também Krantz tentou seduzi-lo para algumas aventuras noturnas em um dos hospitais, mas Yoel nem se preocupou em compreender do que é que se tratava. Enquanto isso Neta às vezes lhe emprestava algum livro de poesia que ele folheava à noite sob o ruído da chuva tamborilando na janela quando estava deitado. De vez em quando parava, lia várias vezes algumas linhas, às vezes, uma linha só. Dentre as poesias de Y. Sharon, em seu livro *Um período na cidade*, descobriu as cinco últimas linhas da página 46 e as leu quatro vezes seguidas antes de decidir concordar com as palavras do poeta ainda que não confiasse totalmente em si próprio, em que realmente havia alcançado a profundidade do que estava escrito.

Yoel tinha uma caderneta azul na qual registrara no decorrer dos anos detalhes gerais sobre a epilepsia, que, de acordo com a maioria das opiniões, era o mal de Neta, na verdade de forma branda, desde os quatro anos. É verdade que alguns dos médicos não estavam totalmente de acordo com esse diagnóstico. Ivria juntava-se a esses médicos numa espécie de fervor pungente que por vezes beirava o ódio. Um fervor que Yoel temia, mas que também o fascinava e, de algum modo, indiretamente, quase o arrastava.

Jamais mostrou a caderneta a Ivria. Conservava-a sempre no cofre trancado cimentado no soalho do quarto de bonecas em Jerusalém. Quando se demitiu do trabalho e se aposentou por antecipação, esvaziou o cofre e o transferiu de Jerusalém para o bairro de Ramat Lotan. Yoel não viu então necessidade de fixá-lo novamente ao solo e nem sempre o trancava. Quando o fazia, era apenas por causa da caderneta. E por causa de uns desenhos de ciclamens que a filha tinha feito para ele no jardim ou no primeiro ano porque esta era a flor predileta dele. Não fosse por Ivria, é provável que tivesse dado o nome da flor à filha. Mas entre ele e Ivria havia um estado permanente de conhecimento e concessão. Por isso, não insistiu no nome. Ambos, Ivria e Yoel, esperavam que o estado da filha melhorasse quando chegasse a hora de se transformar finalmente de menina em mulher. Ambos se revoltavam contra o pensamento de que algum dia algum rapaz de braços grossos viria tomá-la deles. Mesmo que às vezes pudessem perceber que Neta os separava, ambos sabiam que quando ela partisse eles ficariam face a face um com o outro. Yoel enchia-se de vergonha pela alegria secreta que sentia pelo pensamento de que a morte de Ivria significava a derrota dela e que ele e Neta saíram afinal vencedores. A palavra *epilepsia* significa "ataque" ou "interrupção". Em hebraico ela se denomina "doença da queda, mal dos que caem, compulsão, epilepsia". Às vezes é uma doença idiopática e às vezes ela é orgânica, e há casos em que é as duas coisas. No segundo caso, trata-se de uma doença do cérebro e não doença mental. Os sintomas da doença são ataques de contrações acompanhados de perda de consciência que ocorrem com uma frequência irregular. Geralmente surgem sinais indicadores da proximidade do ataque. Esses sinais indicadores são conhecidos pelo nome de aura, como vertigem, zumbido nos ouvidos, obscurecimento da visão, melancolia ou, o contrário, euforia. A queda em si ocorre com enrijecimento dos músculos, dificuldade em respirar e cianose, e às vezes também com mordida da língua e aparecimento de espuma sangrenta nos lábios. Essa etapa, a etapa tônica, passa rapidamente. Depois disso, vem, na maioria das vezes, a etapa clônica, que dura alguns momentos e se expressa por violentas contrações involuntárias de diversos músculos. Essas contrações também passam gradualmente. E então o doente pode acordar logo ou, ao contrário, ficar imerso num sono profundo e prolongado. Em ambos os casos ele não se lembrará do ataque ao despertar. Há doentes que caem algumas vezes por dia e os que caem apenas uma vez em três ou em cinco anos. Há os que são atacados de dia e os que são à noite enquanto dormem.

E Yoel também registrou em sua caderneta:

Em contraste com o grande mal, há os que sofrem apenas do pequeno mal, cujos sinais são perdas momentâneas de consciência. Cerca de metade das crianças epilépticas sofrem na infância só do pequeno mal. E há casos em que ao invés dos ataques grandes e pequenos, ou somando-se a eles, ocorrem ataques psicóticos de diversos tipos, em frequências diversas, mas eles sempre ocorrem de repente: turvação, medos, distúrbios dos sentidos, instintos de migração, fantasias acompanhadas por alucinações, ataques de raiva desenfreados, estados de estupor nos quais alguns dos doentes são capazes de realizar atos perigosos e até criminosos que são totalmente olvidados quando eles acordam.

Com o passar dos anos, a doença em suas formas mais graves consegue causar modificação da personalidade ou também falhas mentais. Mas, na maioria dos casos, entre um ataque e outro, o doente é tão lúcido quanto qualquer outra pessoa. É sabido que a insônia frequente pode agravar a doença, assim como o agravamento da doença é capaz de causar ao doente insônia constante.

Atualmente a doença é diagnosticada, exceto em casos limítrofes e ambíguos, mediante a eletroencefalografia psicomotora, que é a medição e registro das ondas elétricas no cérebro. O foco do problema se encontra no lobo temporal. Assim, os exames sofisticados descobrem por vezes, nos familiares dos doentes, uma epilepsia latente, oculta, um distúrbio elétrico no cérebro que não apresenta nenhuma manifestação externa. Esses parentes não sofrem nem suspeitam de nada, mas são capazes de transmitir a doença hereditariamente aos seus descendentes. Pois quase sempre a doença é hereditária, mesmo que na maior parte dos casos ela seja transmitida, adormecida e oculta, de geração a geração, e só se manifeste em poucos descendentes.

E como sempre houve muita gente que fingia ter ataques, De Haan, em Viena, já em 1760, descobriu que um simples exame da pupila é suficiente em geral para descobrir os fingidores: só no próprio momento do ataque é que as pupilas não reagem contraindo-se quando um raio de luz é refletido nelas.

Dentre os meios de tratamento o mais praticado é a prevenção de choques físicos e mentais, o uso controlado de tranquilizantes tais como combinações diversas de bromo e barbituratos.

Aos antigos, como Hipócrates e Demócrito, atribuíam o dito: "O coito é uma espécie de ataque epiléptico". Aristóteles, por sua vez, em seu tratado "Sobre o sono e o despertar", estabelece que a epilepsia se parece com o sono e que em certo sentido o sono é a epilepsia. Yoel desenhou aqui na sua caderneta um ponto de interrogação entre parêntesis, porque ao menos aparentemente o coito e o sono lhe pareciam ser dois opostos. Um sábio judeu da Idade Média aplicou à doença o que está escrito em Jeremias, 17, 9: "O coração é falso como ninguém; ele é enganosamente doente, quem poderá imaginá-lo?".

E também isso Yoel registrou em sua caderneta, entre outras coisas:

Desde a Antiguidade até hoje a doença da queda traz consigo uma espécie de cauda mágica. Pessoas muito diferentes, de diferentes gerações, atribuíram sugestão ou possessão ou profecia ao doente, submissão aos demônios ou o oposto, uma proximidade especial ao sagrado. Por isso, há os que dizem *morbus divus*, ou *morbus sacer*, ou *morbus lunaticus astralis* ou também *morbus daemoniacus*. Ou seja, "doença divina, doença sagrada, doença dos lunáticos astrais, ou doença demoníaca".

Yoel, que, apesar da fúria de Ivria, aceitava em seu íntimo que Neta sofria de uma forma branda da doença, recusou deixar-se impressionar por todos esses nomes. Não se percebeu nenhum sinal de influência da lua ou astral na casa dele quando a menina tinha quatro anos no dia em que o problema surgiu pela primeira vez. Não foi ele, mas Ivria, quem se apressou em telefonar e chamar uma ambulância. Ele próprio, apesar de ter sido treinado a reagir com rapidez, havia hesitado porque imaginou ver um leve tremor nos lábios da menina, como se zombeteiro, contido, para não irromper num riso.

E depois, quando se recompôs e a carregou nos braços, correndo, para a ambulância, caiu com ela na escada e bateu com a cabeça no corrimão; quando despertou estava no pronto-socorro e enquanto isso o diagnóstico tinha sido estabelecido quase com certeza e Ivria só disse a ele silenciosamente: Estou surpresa com você.

Desde o fim de agosto não tinha ocorrido nenhum sintoma. Yoel estava agora principalmente preocupado com o recrutamento dela para o Exército. Depois de ter analisado mentalmente algumas ideias diferentes, inclusive a influência de Le Patron, decidiu aguardar e não fazer nada até que chegassem os resultados dos exames médicos que ela haveria de fazer no posto de recrutamento.

Nestas noites chuvosas e de vento ia às vezes para a cozinha às duas ou três da madrugada, de pijama, com o rosto marcado de tanto cansaço, e via a filha sentada ereta junto à mesa sem que as costas tocassem o encosto da cadeira, com um copo de chá vazio à sua frente, os óculos feios de plástico, indiferente às mariposas debatendo-se contra a luz do teto, totalmente imersa na leitura.

— Bom dia, young lady, talvez seja possível perguntar o que a senhorita está lendo?

Neta acabava tranquilamente o parágrafo, ou a página, e só depois e sem erguer os olhos lhe respondia:

— Um livro.

— Quer que eu prepare chá para nós? Ou um sanduíche?

Ao que ela respondia sempre com uma expressão:

— Da minha parte.

E ficavam ambos sentados na cozinha e bebiam e comiam em silêncio. Mesmo que às vezes deixassem os livros e conversassem em voz baixa, íntima. Sobre a liberdade de imprensa, por exemplo. Sobre a nomeação de um novo assessor jurídico. Ou sobre a catástrofe de Chernobyl. Às vezes ficavam sentados e preparavam uma lista de compras para recompor o estoque de remédios do armário do banheiro. Até que ouvissem a pancada do jornal atirado na entrada, e Yoel pulava em vão do seu lugar para alcançar o entregador, que já tinha desaparecido.

32

Quando a festa de Chanuká se aproximou, Lisa fez sonhos, fritou bolinhos de batata, comprou um novo candelabro para a festa e um pacote de velas coloridas e pediu a Yoel que averiguasse o que se lê no livro de rezas na hora em que as velas são acesas. Quando Yoel se admirou, perguntando o porquê disso, a mãe respondeu, tomada por uma forte emoção que quase fez seus ombros estremecerem, que sempre, todos os anos, tinha sido desejo da pobre Ivria festejar os feriados judaicos um pouco de acordo com a tradição, mas você, Yoel, nunca estava em casa e quando estava não permitia que ela levantasse a cabeça.

Yoel se admirou, negou, mas a mãe cortou desta vez as palavras dele e o repreendeu condescendentemente, como com uma ligeira tristeza, você sempre só se lembra do que lhe convém.

Para sua surpresa, Neta resolveu ficar desta vez ao lado de Lisa. Ela disse:

— O que é que tem? Se isso faz alguém se sentir bem? Da minha parte podem acender aqui as velas de Chanuká ou uma fogueira da festa de Lag Baomer. O que vier.

Quando Yoel decidiu dar de ombros e se submeter, Avigail irrompeu tempestuosamente no campo de batalha com forças revigoradas. Ela pôs o braço em torno dos ombros de Lisa e disse em sua voz cálida, repleta de paciência didática:

— Você vai me perdoar, Lisa, estou um tanto surpresa com você; Ivria jamais acreditou em Deus nem teve qualquer respeito por Ele e jamais suportou todas as cerimônias religiosas. Não entendemos do que é que você está falando de repente.

Lisa, de sua parte, insistiu em repetir a expressão "a pobre Ivria", lutou pungentemente por sua posição, a expressão amarga e maldosa, e a voz soando com um tom de disputa e sarcasmo:

— Vocês todos deviam se envergonhar. Ainda não faz um ano que a pobre coitada morreu e estou vendo que já querem matá-la aqui novamente.

— Lisa. Chega. Basta. Isso é suficiente por hoje. Vá se deitar um pouco.

— Então está bem. Eu paro. Não precisa. Ela já morreu e eu aqui sou a mais fraca. Então está bem. Que seja. Eu desisto. Como ela sempre desistiu de tudo. Só que, Yoel, não pense que esquecemos quem foi que não falou por ela a oração dos enlutados. O irmão dela falou em seu lugar. Pensei que eu ia morrer de vergonha ali.

Avigail exprimiu em palavras sutis o medo de que desde a cirurgia, e naturalmente por culpa da cirurgia, a memória de Lisa tinha enfraquecido um pouco. Essas coisas acontecem e a literatura médica está repleta de exemplos. O médico dela, dr. Litvin, também disse que talvez ocorressem algumas alterações mentais. Por um lado, ela esquece onde colocou há um momento o pano de pó e onde está a tábua de passar roupa, e, por outro lado, lembra-se de coisas que não existiram. Esta religiosidade é também aparentemente um dos sintomas preocupantes.

Lisa disse:

— Não sou religiosa. Ao contrário. Isso me repugna. Mas a pobre Ivria sempre quis que houvesse um pouco de tradição em casa e vocês riram na cara dela e também agora estão cuspindo nela. Ainda não faz um ano que ela morreu e já estão pisando no túmulo dela.

Neta disse:

— Eu não lembro que ela fosse tão carola. Meio no espaço, talvez, mas não carola. Pode ser que a minha memória também já tenha desaparecido.

E Lisa:

— Então está bem. Por que não? Está certo. Tragam aqui o maior especialista, que examine a todos, um por um, e diga de uma vez por todas quem não está bem, quem é normal e quem já está senil e quem é que nesta casa quer matar a memória da pobre Ivria.

Yoel disse:

— Basta. Vocês três. Chega. Logo precisarão introduzir aqui a Força da Guarda de Fronteira.

Avigail observou docemente:

— Se é assim, eu desisto. Não é preciso brigar. Que seja como Lisa quer. Que haja velas e pão ázimo. Agora no estado dela nós todos devemos ceder.

Assim foi interrompida a discussão e o silêncio reinou até a noite. Então pareceu que Lisa tinha esquecido o seu primeiro desejo. Ela colocou o vestido de festa de veludo preto e serviu à mesa sonhos e bolinhos de batata que ela havia feito. Mas o candelabro da festa, não aceso, foi transferido em silêncio para a prateleira sobre a lareira na sala. Não longe da estátua do predador atormentado.

E depois de três dias, na mesma prateleira e sem perguntar a ninguém, Lisa colocou de repente uma foto pequena de Ivria, montada num porta-retratos de madeira preta.

— Para que a gente se lembre dela um pouco — disse. — Que haja uma memória dela em casa.

A foto ficou por dez dias na ponta da prateleira na sala e ninguém falou mais nenhuma palavra. Pelos óculos de médico rural de uma geração anterior, Ivria olhava na foto para as ruínas de seus mosteiros românicos pendurados na parede em frente. O rosto estava ainda mais magro do que quando ela vivia, a pele fina e branca. Os olhos, por trás dos óculos claros, tinham longos cílios. Nos traços do rosto na foto, Yoel decifrou ou pareceu decifrar uma mescla inconcebível de melancolia e astúcia. O cabelo que caía sobre os ombros já estava meio branco. A sua beleza fenecente ainda tinha o poder de forçar Yoel a evitar de olhar para ela. Evitar quase de entrar na sala. Desistiu até algumas vezes de assistir ao noticiário. Mais e mais encontrou-se preso ao livro biográfico do chefe do Estado-Maior Elazar, um livro que achou na estante do sr. Kramer. Os detalhes da investigação despertaram a sua curiosidade. Fechou-se durante muitas horas no quarto, inclinado sobre a escrivaninha do sr. Kramer, organizando detalhes diversos em tabelas que traçou sobre papel quadriculado. Usou a caneta com pena fina, e sentiu algum prazer na necessidade de mergulhá-la no tinteiro a cada dez palavras aproximadamente. Algumas vezes imaginou farejar certa contradição nas conclusões do Comitê de Investigação que culpou o chefe do Estado-Maior, mesmo que soubesse bem que sem ter acesso às fontes primárias não podia chegar a nada além de hipóteses. Apesar disso, empenhou-se em desmantelar o que estava escrito no livro até os mínimos detalhes e depois disso juntar e recompor, uma vez segundo esta sequência e uma vez segundo outra sequência. Diante dele, na escrivaninha, estava a foto do sr. Kramer em farda bem passada, enfeitada de insígnias de posto e condecorações, o rosto resplandecente de autossatisfação, apertando a mão do general de divisão Elazar que aparece na foto cansado e retraído, os olhos como que presos a alguma coisa distante, além do ombro de Kramer. Por vezes Yoel pareceu ouvir da sala os sons surdos do jazz ou de ragtime. Ouvia não com os ouvidos, mas com os poros de sua pele. Por algum motivo, esses sons fizeram com que ele fosse com frequência, quase toda noite, para as florestas da sala de visitas dos vizinhos Annemarie e Ralph.

Após dez dias, porque ninguém disse nenhuma palavra sobre a foto que ela colocou na sala, Lisa colocou ao lado da foto de Ivria a foto de Shealtiel Lublin com bigode grosso de morsa, fardado de oficial da polícia britânica, uma foto que estava sempre na escrivaninha de Ivria no estúdio dela em Jerusalém.

Avigail bateu à porta de Yoel. Entrou e o encontrou grudado à escrivaninha do sr. Kramer, os óculos de intelectual católico conferindo-lhe um semblante de ascetismo e erudição abstêmia, copiando textos-chave do livro sobre o chefe do Estado-Maior na sua folha quadriculada.

— Desculpe se estou invadindo. É preciso conversar um pouco sobre o estado de sua mãe.

— Estou ouvindo — disse Yoel, deixando a caneta sobre a folha e apoiando-se para trás na cadeira.

— É impossível negligenciar isso. É proibido fazer de conta que tudo está como sempre esteve com ela.

— Continue — disse.

— Você não tem olhos, Yoel? Você não vê que de um dia para o outro ela está cada vez mais confusa? Ontem ela varreu a entrada em frente à casa e então saiu para a rua e varreu a calçada vinte metros além de casa, até que eu a interrompi e a trouxe de volta. Não fosse eu, ela continuaria assim até a praça Reis de Israel.

— As fotos na sala a incomodam muito, Avigail?

— Não as fotos. Tudo. Toda espécie de coisas que você, Yoel, insiste em não ver. Insiste em fingir que tudo é absolutamente normal. Lembre-se que você já cometeu esse erro uma vez. E nós todos pagamos caro.

— Continue — disse.

— Você prestou atenção ao que está acontecendo a Neta nos últimos dias, Yoel?

Yoel respondeu negativamente.

— Eu sabia que não. Desde quando você presta atenção em alguém exceto em você próprio? Lamentavelmente, não estou surpresa.

— Avigail. Qual é o problema? Por favor.

— Desde que Lisa começou, Neta quase já não entra na sala. Ela não põe os pés lá. Eu lhe digo que ela está começando novamente a piorar. E eu não culpo a sua mãe, ela não é responsável por seus atos, mas você, aparentemente, é o responsável. De todo modo, é assim que o mundo pensa. Só ela não pensou assim.

— Está bem — disse Yoel —, a questão será examinada. Vamos nomear uma comissão de inquérito. Mas seria melhor se você e Lisa simplesmente acertassem as suas diferenças e pronto.

— Para você tudo é simples — disse Avigail no seu tom de diretora de escola.

E Yoel a cortou e disse:

— Você está vendo, Avigail, estou tentando trabalhar um pouco.

— Desculpe — disse ela com frieza —, eu com minhas pequenas bobagens. — Saiu e fechou delicadamente a porta.

Algumas vezes, após uma briga feroz numa hora tardia da noite, Ivria sussurrava para ele: "Mas saiba que eu entendo você". O que ela queria dizer com essas palavras? O que é que ela compreendia? Yoel sabia muito bem que não havia nenhum modo de saber. Mesmo que justamente agora a pergunta lhe fosse mais importante do que nunca e quase urgente. A maior parte do tempo ela perambulava pela casa de blusa branca e calça jeans branca e não usava joia alguma exceto a aliança, que, por algum motivo, ela usava no dedo mínimo da mão direita. Todos os dias, verão e inverno, os dedos dela eram frios e secos. Yoel foi tomado por uma violenta saudade do seu contato frio nas costas nuas e também ficou ansioso em fechar esses dedos entre as suas mãos rudes e tentar aquecê-los um pouco, como se revivesse uma avezinha congelada. Teria mesmo sido um acidente? Quase pulou para o carro e voou direto para Jerusalém, para o prédio no bairro de Talbiye, a fim de examinar as instalações elétricas internas e externas, a fim de decifrar cada momento, cada segundo, cada movimento naquela manhã. Mas a casa se delineou em seus pensamentos como pairando entre os sons do violão melancólico daquele Itamar ou Eviatar e Yoel sabia que a melancolia ultrapassava as suas forças. Em vez de Jerusalém, foi para a floresta de trufas e cogumelos de Ralph e de Annemarie e depois do jantar que lhe serviram e depois do Dubonet e da fita de música country, Ralph o acompanhou à cama da irmã e Yoel não se importou se sairia ou se permaneceria e deitou com ela naquela noite não para seu prazer, mas por calor e piedade, como um pai que enxuga com um carinho as lágrimas da filha.

Ao voltar após a meia-noite, a casa estava silenciosa e escura. Por um momento ficou alarmado com o silêncio, como se sentisse a aproximação de uma catástrofe. Todas as portas estavam fechadas exceto a porta da sala. Entrou na sala e acendeu a luz e verificou que as fotos tinham sido retiradas, assim como o castiçal da festa. E temeu muito porque por um momento lhe pareceu que também a estatueta havia desaparecido. Mas não. Ela somente tinha sido afastada um pouco do lugar e colocada na borda da prateleira. Yoel, que temia uma queda, a recolocou com delicadeza no centro da prateleira. Ele sabia que devia averiguar quem das três tinha tirado as fotos. E sabia que esta averiguação não iria ocorrer. No dia seguinte de manhã, nenhuma palavra foi dita quanto ao desaparecimento das fotos. E assim nos dias seguintes. Lisa e Avigail novamente fizeram as pazes e saíam juntas para as aulas de ginástica no bairro e reuniões do grupo de macramê. Às vezes, ambas faziam observações sarcásticas e em uníssono a Yoel, com relação à sua distração ou por não fazer nada desde cedo até a noite. Neta ia à noite para a cinemateca e ao museu de Tel Aviv. Às vezes passeava e olhava as vitrines, para passar o tempo livre entre um filme e outro. Quanto a Yoel, foi obrigado a deixar de lado a pequena investigação na história da condenação do chefe do Estado-Maior Elazar, mesmo que agora já tivesse uma forte suspeita de que na ocasião algo havia falhado nas etapas da investigação e fora causada uma grande injustiça. Mas reconheceu que por não ter acesso às provas e às fontes secretas não poderia descobrir como tinha ocorrido o erro. Enquanto isso, recomeçaram as chuvas de inverno e um dia, ao se levantar de manhã para recolher o jornal do caminho, viu que os gatos estavam brincando na varanda da cozinha com o cadáver duro de um passarinho que provavelmente havia morrido de frio.

33

Um dia no meio de dezembro, às três da tarde, Nakdimon Lublin chegou vestindo uma jaqueta de inverno militar com o rosto vermelho e rude do açoite dos ventos frios. Trouxe de presente uma lata de óleo de oliva que tinha prensado sozinho em sua prensa improvisada no extremo Norte de Metula. Trouxe também quatro ou cinco plantas espinhosas do fim do verão numa embalagem preta quebrada e rota na qual houvera anteriormente um violino; não sabia que Neta já havia perdido o interesse em colecionar plantas espinhosas.

Ele passou pelo corredor, espiou com ar de suspeita cada um dos dormitórios, localizou a sala e entrou nela com passos firmes como se com suas solas pisasse torrões grossos de terra. Sem hesitar depositou as plantas com a caixa do violino e a lata de óleo envolvida em pano de saco no meio da mesa de café, deixou cair a jaqueta no chão junto à poltrona na qual se sentou esparramado, estendendo as pernas. Como de hábito, chamou as mulheres de "meninas" e Yoel de "Capitão". Interessou-se em saber de quanto era o aluguel mensal que Yoel pagava por esta "caixa de chocolate". E, como já estamos na questão de negócios, sacou do bolso de trás da calça um gordo maço de notas de cinquenta amassadas, presas por um elástico, e colocou cansado sobre a mesa. A parte semestral de Avigail e de Yoel nas rendas do pomar e da hospedaria em Metula, a herança de Shealtiel Lublin. Na nota que envolvia o maço estava registrada a conta em números grossos, como se feitos com lápis de carpinteiro que serve para fazer traços na madeira.

— E agora — disse fanhoso — *yallah*, despertem, meninas. O homem está morrendo de fome.

No mesmo instante as três se encheram de agitação, como formigas às quais foi bloqueada a entrada ao formigueiro. E começaram a correr, evitando só com dificuldade se chocarem, na pressa, uma com a outra, entre a cozinha e a sala. Na mesa de café, de onde Nakdimon houve por bem retirar os pés, foi estendida num piscar de olhos uma toalha e num instante foram dispostos pratos, frascos, copos e garrafas de bebida, guardanapos e temperos, pães sírios quentes, conservas e talheres. Embora o almoço tivesse sido concluído na cozinha menos de uma hora antes. Yoel olhou espantado, surpreendido pelo poder de domínio deste baixinho corpulento corado, grosseiro e violento sobre estas mulheres que em geral não eram submissas. Teve que engolir a pequena raiva ao dizer a si próprio: Idiota, você não sente inveja.

— Tragam o que tiverem — ordenou o visitante em sua voz lenta, anasalada —, só não comecem a me confundir com decisões: quando Maomé está morrendo de fome, come até o rabo de um escorpião. Você senta aqui, Capitão, deixa o trabalho de servir para as meninas. Eu e você precisamos conversar algumas coisas.

Yoel obedeceu e sentou no sofá em frente ao cunhado. "É assim", disse Nakdimon, e mudou de opinião e disse: "logo, um momento", e parou de falar e se concentrou por uns dez minutos em silêncio e com habilidade nas coxas de frango assado que estavam à sua frente e nas batatas preparadas com casca e nas verduras frescas e cozidas, regando tudo a cerveja; entre uma cerveja e outra fez descer também duas laranjadas espumantes, o pão sírio que estava à sua esquerda serviu-lhe alternadamente de colher, garfo e mastigação de fundo; de vez em quando soltava um arroto de satisfação com pequenos suspiros de prazer de baixo-ventre.

Yoel o observou comer todo o tempo concentrado, como se procurasse na aparência do hóspede um detalhe oculto a partir do qual seria possível finalmente estabelecer uma confirmação ou desaprovação de uma suspeita antiga. Havia algo nas mandíbulas deste Lublin ou em seu pescoço e ombros, e talvez nas mãos de agricultor sulcadas ou em todos estes, que agia sobre Yoel como uma lembrança de uma melodia evasiva que se parecia, aparentemente de forma vaga, com outra melodia, mais velha, que tivesse sido bloqueada. Não havia nenhuma semelhança entre o baixinho corado e a irmã morta, que era uma mulher branca e delgada, de faces delicadas e modos introvertidos, lentos. A ponto de Yoel quase se encher de raiva, mas logo se zangou consigo próprio por causa dessa raiva porque durante anos havia treinado para manter sempre a frieza. Ele aguardou que Nakdimon acabasse a refeição e, enquanto isso, as mulheres se sentaram em torno da mesa de jantar, como se num balcão de teatro, a certa distância dos dois homens que estavam sentados nas duas extremidades da mesa de café. Enquanto o visitante não acabasse de mastigar ruidosamente o último osso e limpasse o prato com o pão sírio e se voltasse para exterminar a compota de maçãs, não foi pronunciada quase nenhuma palavra na sala. Yoel estava sentado diante do cunhado com os joelhos retos sobre os quais pousavam, abertas, as palmas de suas mãos feias. Yoel parecia um combatente reformado de tropa de reconhecimento de elite, o rosto forte e bronzeado, o topete metálico encaracolado que se antecipara em se encher de cãs atiradas como um raio diante da testa sem cair sobre ela, as fendas dos olhos produzindo como que uma ligeira ironia, uma espécie de sombra de sorriso do qual os lábios não participavam.

Durante os anos moldou a capacidade de se sentar assim por muito tempo, num repouso trágico, com os joelhos retos, sendo que sobre cada um deles pousava uma das mãos estendida imóvel, as costas retas mas não tensas, os ombros relaxados, repousados, e o rosto em que nada se movia. Finalmente Lublin enxugou a boca com a manga e a manga com um guardanapo de papel, e depois assoou bem o nariz com o mesmo guardanapo, o amassou e o deixou afundar lentamente no meio copo de laranjada; estando saciado, soltou um arroto curto como a batida de uma porta e recomeçou usando quase as mesmas palavras com que tinha iniciado no princípio da refeição: "Bem. Veja. É assim".

Verificou-se que Avigail Lublin e Lisa Rabinovitch, sem que uma soubesse da outra, tinham enviado no início do mês cartas para Metula referentes à necessidade de erigir a pedra tumular sobre a tumba de Ivria em Jerusalém para o primeiro aniversário da morte dela, no dia 16 de fevereiro. Ele, Nakdimon, não faz nada por trás das costas de Yoel e em geral, se depende dele, ele prefere deixar para Yoel cuidar desse assunto, mesmo estando disposto a pagar a metade. Ou pagar tudo. Não faz diferença para ele. Também ela, a irmã, tendo partido, nada mais fazia diferença para ela. Se algo ainda importasse para ela, talvez ainda tivesse permanecido. Mas para que entrar agora na cabeça dela? De todo modo, com ela, mesmo quando ainda era viva, tudo estava cheio e não havia como penetrar. E como hoje ele tinha mesmo várias coisas para fazer em Tel Aviv, encerrar a participação dele numa sociedade de caminhões, arranjar colchões para a hospedaria, tirar uma licença para uma pequena pedreira, decidiu dar um pulo para comer e resolver os assuntos. É isso. Então, o que é que você diz, Capitão?

— Está bem. Pedra tumular, por que não? — respondeu Yoel tranquilamente.

— Você vai cuidar disso ou eu?

— Como você quiser.

— Veja, tenho no pátio uma pedra recém-desbastada de Kafr Adjar. Preta com uns brilhos. Deste tamanho aproximadamente.

— Está bem. Traga.

— Não é preciso escrever nela alguma coisa?

Avigail se imiscuiu:

— E é preciso decidir logo, até o fim da semana, o que escrever, porque de outro modo não ficará pronto até o aniversário da morte.

— É proibido! — exclamou Lisa repentinamente do seu canto numa voz amargurada e seca.

— O que é proibido?

— É proibido falar mal dela após a morte.

— Quem é que está falando mal?

— A verdade — retrucou Lisa desafiadora, enraivecida, como uma menina estrepitosa que decidiu embaraçar os adultos —, a verdade é que ela não amava tanto assim ninguém. Não é bonito de dizer, mas é mais feio ainda mentir. Era assim. Talvez tivesse amado apenas o pai. E ninguém aqui pensou nela um pouquinho; talvez fosse mais agradável para ela ficar numa tumba em Metula junto do pai dela e não em Jerusalém junto a toda espécie de gente simples. Mas cada um aqui só pensa em si.

— Meninas — Nakdimon arrastou as palavras meio sonolento —, talvez vocês nos permitam conversar dois minutos em paz. Depois vocês podem tagarelar quanto quiserem.

— Está bem — Yoel respondeu com atraso a uma das perguntas anteriores. — Neta, você é aqui o setor literário. Escreva algo adequado e eu encomendarei que entalhem isso na pedra que Lublin trará. E pronto. Amanhã é outro dia.

— Não toquem nisso, meninas — Nakdimon preveniu as mulheres que começaram a recolher os restos da refeição da mesa e, ao dizer isso, colocou a mão sobre um potinho de mel envolvido numa espécie de chapéu de lona —, está cheio de peçonha de cobra. No inverno, quando elas hibernam, eu as pego entre os sacos nos depósitos e extraio o veneno de uma e de outra e trago para cá para vender. Aliás, Capitão, para que, talvez você possa me explicar, para que vocês estão todos amontoados aqui juntos?

Yoel hesitou. Olhou para o relógio de pulso e enxergou bem o triângulo entre os dois ponteiros maiores e até acompanhou um pouco com os olhos os saltos minúsculos do ponteiro de segundos, mas não percebeu que horas eram. Depois respondeu que não tinha entendido a pergunta.

— O bando todo dentro do mesmo buraco. O que é isso? Um em cima do outro. Assim como entre os árabes. As avós e as crianças e as cabras e as galinhas e tudo. Qual é o sentido disso?

Lisa interrompeu de repente com voz estridente:

— Quem vai tomar café solúvel ou à moda turca? Levantem a mão.

E Avigail:

— O que é esta verruga que você tem agora na bochecha, Nakdi? Você sempre tinha ali uma pinta e agora ela se transformou numa verruga. É preciso que o médico veja isso. Justamente esta semana falaram no rádio sobre verrugas deste tipo, não se deve negligenciá-las. Vá ao Pochatshevsky, que ele examina você.

— Morreu — disse Nakdimon — faz tempo.

Yoel disse:

— Está bem, Lublin. Traga a sua pedra preta e nós encomendaremos o entalhamento, somente o nome e as datas. Isso é suficiente. Eu dispenso também a cerimônia no dia do primeiro aniversário. Ao menos não precisarei ver chantres e pedintes.

— Que vergonha! — explodiu Lisa num grasnido agudo.

— Você não quer passar a noite aqui, Nakdi? — perguntou Avigail —, fique para dormir. Veja, olhe você mesmo pela janela e veja que tempestade está se aproximando. Tivemos aqui um pequeno debate nos últimos tempos. A querida Lisa decidiu que Ivria era um pouco religiosa secretamente e todos nós a perseguimos como a Inquisição. Você, Nakdi, notou religiosidade nela alguma vez?

Yoel, que não percebeu a pergunta, mas pensou por algum motivo que ela fora dirigida a ele, respondeu introspectivo:

— Ela gostava de sossego. É disso que ela gostava.

— Vejam um texto que achei — exclamou Neta voltando do quarto em suas calças largas e blusa xadrez ampla como uma tenda, carregando na mão um álbum de nome *Poesia em pedra — Epitáfios da época das primeiras imigrações* —, ouçam que beleza de trecho:

> *Aqui jaz e para melancolia permanece*
> *Um rapaz humano, um modelo de bondade*
> *Seu nome é Yirmiya, filho de Aharon Zeev*
> *Morreu no princípio do mês de Yyar de 5661,*
> *aos vinte e oito anos.*
> *Como um infante ainda não provou o pecado*
> *Enlouqueceu antes de cumprir metade dos seus anseios*
> *Mesmo porque não é bom estar o homem só.*

Furiosa, com os olhos faiscando de raiva, Avigail se lançou sobre a neta:

— Não tem graça, Neta. Suas palhaçadas são abomináveis. O cinismo. A zombaria. O pouco-caso. Como se a vida fosse um quadro de teatro e a morte uma piada e o sofrimento uma anedota. Olhe bem para isso, Yoel, reflita um pouco, faça talvez uma vez um balanço, tudo isto ela recebe diretamente de você. Esta indiferença. Esta fria zombaria. Este dar de ombros. Esta ridicularização de anjo da morte. Tudo vem de você diretamente para Neta. Você não vê que ela é a sua cópia? Assim, com este seu cinismo gélido, você já causou uma catástrofe, e assim, Deus o livre, ocorrerá outra tragédia. É melhor que eu me cale para não atrair, Deus o livre, o diabo.

— O que é que você quer dele? — exclamou Lisa tristemente, com um tom elegíaco. — O que é que você quer dele, Avigail? Você não tem olhos? Você não vê que ele está sofrendo por todos nós?

Yoel respondeu a seu modo atrasado à pergunta formulada alguns momentos antes e disse:

— Veja você mesmo, Lublin. Assim vivemos todos juntos para ajudar um ao outro o dia todo. Quem sabe você vem também? Traga os seus filhos de Metula.

— *Maalesh*, não tem importância — o visitante murmurou em tom anasalado, hostil, empurrando à sua frente a mesa, enrolando-se no seu casaco e batendo no ombro de Yoel —, ao contrário, Capitão. É melhor que você deixe aqui todas as meninas, que divirtam uma à outra, e você venha até nós. De manhã levaremos você para trabalhar no campo, talvez na colmeia, vamos lavar um pouco o seu cérebro antes que todos vocês enlouqueçam um ao outro totalmente. Como é que isto não tomba? — perguntou quando seus olhos pousaram repentinamente na estátua do felino predador que parecia saltar e pronto a se libertar da sua base na beirada da prateleira.

— Ah — disse Yoel —, isso é o que eu pergunto.

Nakdimon Lublin pesou o animal em sua mão. Virou-o, a base para cima, arranhou um pouco com a unha, virando para cá e para lá aproximou os olhos cegos do seu nariz e cheirou. Naquele momento aprofundou-se em seu rosto o semblante camponês contraído, desconfiado, idiota, fazendo com que Yoel não se contivesse em refletir em seu íntimo: como um elefante numa loja de louças. Que apenas não o quebre.

Por fim o visitante disse:

— Besteira. Ouça, Capitão. Tem alguma coisa fodida aqui. — Mas com surpreendente delicadeza, que contrastava totalmente com essas palavras, como num gesto de profundo respeito, recolocou a estatueta no lugar e fez uma carícia suave e lenta no dorso arqueado com a ponta do dedo. Depois despediu-se: — Meninas, até a vista. Não chateiem uma à outra. — E, enquanto colocava o frasco com veneno de cobra no bolso interno do casaco, acrescentou: — Venha me acompanhar, Capitão.

Yoel saiu e o acompanhou até a porta do grande Chevrolet. Ao se despedir, o baixinho lançou num tom que Yoel não esperava:

— Também com você tem alguma coisa fodida, Capitão. Não me leve a mal. Não me importo de lhe dar do dinheiro de Metula. Não tem problema. E, mesmo se no testamento está escrito: para de receber se se casar de novo, por mim você pode se casar até amanhã e continuar a receber. Não tem problema. Quero lhe dizer mais uma coisa. Tem um arabezinho lá em Kafr Adjar, um bom amigo meu, doido, ladrão, e até dizem por lá que à noite ele trepa com as filhas, mas, quando a mãe dele tava pra morrer, ele foi pra Haifa, comprou e mandou entregar no quarto dela geladeira, máquina de lavar roupa americana e vídeo e tudo o mais, como ela queria a vida toda ter, o importante era que ela morresse satisfeita. Isso se chama pena, Capitão. Você é um cara inteligente, perspicaz até, um cara legal. Não tem dúvida. Direito como uma tábua. Um cara cem por cento. Mas o problema é que te faltam três coisas muito sérias: primeiro, desejo. Segundo: alegria. Terceiro: pena. Se você me perguntar, Capitão, estas três coisas vêm juntas, num só pacote. Digamos se falta o número dois, então também faltam o um e o três. E ao contrário também. A tua situação é trágica. Agora é melhor você entrar. Olhe esta chuva que está começando. Até. Quando eu vejo você quase começo a chorar.

34

E então chegaram os dias de sol, um fim de semana inundado de azul hibernal brilhante. Entre os jardins desnudos e sobre os relvados empalidecidos pela geada passeava de repente uma luz cor de mel, cálida, que por vezes tocava os montes de folhas mortas e acendia nelas aqui e ali uma resplandecência de cobre derretido. Sobre todos os telhados de telhas na ruazinha brilhavam os aquecedores solares com faíscas de cintilação ardentes. Carros estacionados, calhas, poças de água, cacos de vidro junto à beirada das calçadas, caixas de correspondência e vidros das janelas, tudo se incendiava com relâmpagos de labaredas. Uma faísca saltitante correu pelos arbustos e pela relva, pulou da parede para a cerca, acendeu a caixa do correio e como um raio atravessou a estrada, incendiou uma bolha ofuscante sobre o portão da casa em frente. Em Yoel subitamente despertou a suspeita de que esta faísca enlouquecida estava, de alguma forma, ligada a ele mesmo; petrificava-se no lugar e ficava parada quando ele próprio ficava parado no lugar, sem se mover. E realmente decifrou por fim a relação entre o brilho e a luz fragmentada sobre o relógio de pulso.

O ar foi se enchendo de zumbidos de insetos. Uma brisa marítima trouxe o gosto de sal com ruídos de jogos da direção das extremidades do bairro. Aqui e ali um vizinho saía para limpar um pouco os canteiros enlameados, abrir espaço para colocar brotos de flores hibernais. Acolá e adiante as vizinhas punham a roupa de cama para fora para arejá-la. E um rapazinho estava lavando o carro dos pais, certamente pago para tanto. Quando voltou o olhar, Yoel descobriu um pássaro que tinha se safado do frio e, como que enlouquecido pela força do esplendor repentino, ficou parado na ponta do galho nu e gritava com toda a força, repetidamente, sem alteração e sem interrupção, como se em êxtase, uma frase de três notas. Que foi engolida pelo denso fluxo de luz, lento, como se arrastado por mel. Em vão Yoel tentou chegar até ele e tocá-lo por meio da faísca de luz que se espargiu do seu relógio. E ao longe, no Extremo Oriente, além das copas do laranjal, as montanhas se envolveram em um tênue vapor, no qual se dissolveram e ficaram azuladas, como se as tivessem despido de sua massa e tivessem se tornado sombras de montanhas, leves manchas pastel sobre a cortina de esplendor.

Como Avigail e Lisa tivessem ambas viajado para o festival de inverno no monte Carmelo, Yoel decidiu fazer uma lavagem geral de roupas. Enérgico, eficiente, metódico, foi de um quarto ao outro e tirou todas as fronhas e capas de acolchoados. Retirou também as colchas das camas. Dos ganchos recolheu toalha após toalha, inclusive as toalhas de mão da cozinha, esvaziou o cesto de roupa suja do banheiro, passou novamente pelos quartos e vasculhou os armários de roupas e os encostos das cadeiras e coletou blusas, roupas de baixo, camisolas, combinações e saias e roupões, sutiãs e meias. Quando acabou, despiu-se todo e ficou parado nu no banheiro; usou as suas roupas para elevar o topo da montanha de roupa que começou a selecionar; gastou assim cerca de vinte minutos, nu, para classificar de modo meticuloso e preciso, perscrutando às vezes, a olhar pelos óculos de intelectual, as instruções de lavagem impressas nas etiquetas, erigindo cuidadosamente pilhas separadas para fervura, água morna, água fria e lavagem a mão, assinalando para si próprio o que podia ser torcido ou não, o que iria para a secadora e o que seria pendurado no varal giratório que montou com a ajuda de Krantz e do filho dele, Dubi, no canto posterior do jardim. Somente após as etapas de classificação e planejamento ficou livre para se vestir; voltou e ligou a máquina, lavagem após lavagem, do quente para o frio, de tecido resistente ao delicado. Passou-se metade da manhã e ele, entretido em seu trabalho, quase não percebeu a passagem das horas. Estava determinado a acabar tudo antes da volta de Neta da matinê do clube de teatro. Imaginou o rapaz Yirmiya do álbum de epitáfios, aquele que havia enlouquecido porque seu desejo não havia se realizado, ou algo semelhante, preso a uma cadeira de rodas. E se ele não experimentou o gosto do pecado foi porque sem mãos ou pés não há pecado e não há injustiça. Quanto ao Comitê de Investigação Agranat e à injustiça que talvez foi cometida ao general de divisão Elazar, Yoel levou em conta o que o Mestre costumava repetir todos os anos a seus subordinados: talvez a verdade absoluta exista e talvez não, essa é uma questão para os filósofos, mas, por outro lado, qualquer idiota ou qualquer filho da mãe sabe exatamente o que é uma mentira.

E o que é que ele iria fazer agora, quando a roupa já estava toda seca e cuidadosamente dobrada nas prateleiras dos armários, exceto o que ainda estava secando no varal do jardim? Passaria a ferro o que precisava ser passado. E depois? Já tinha feito uma boa arrumação no depósito de ferramentas no sábado anterior. Duas semanas antes já tinha ido de janela a janela e feito um tratamento antiferrugem. Sabia que tinha que se liberar finalmente da furadeira elétrica. A cozinha brilhava de limpeza e não havia sequer uma colherzinha no escorredor de louça: todas estavam no lugar na gaveta. Talvez despejasse uns nos outros os saquinhos começados de açúcar? Ou desse um pulo até o viveiro de Berdugo na entrada de Ramat Lotan e comprasse alguns bulbos de flores hibernais? Você vai adoecer, disse para si próprio, repetindo as palavras da mãe, você vai ficar doente se não começar a fazer algo. Examinou essa possibilidade por um momento em seus pensamentos e não achou erro algum. Lembrou que a mãe tinha algumas vezes aludido a uma grande soma de dinheiro que ela possuía para ajudá-lo a entrar no mundo dos negócios. E lembrou que um dos antigos companheiros de trabalho lhe tinha sugerido mais de uma vez mundos e fundos se acedesse em entrar como sócio numa firma particular de investigações. E os rogos de Le Patron. Também Ralph Vermont falou uma vez com ele sobre um canal discreto de investimentos, algo ligado a um gigantesco consórcio canadense mediante o qual Ralph prometia dobrar o investimento de Yoel em dezoito meses. E Arik Krantz não cessava de lhe solicitar que compartilhasse com ele de uma nova aventura: duas vezes por semana, de avental branco, atuava como auxiliar voluntário no turno da noite em um dos hospitais, totalmente deslumbrado pelos encantos de uma enfermeira voluntária chamada Greta. Arik Krantz havia feito promessa de que não sossegaria enquanto não a "fendesse de todas as formas, diagonalmente também". Para Yoel, ele disse, já tinha assinalado e reservado duas outras voluntárias, Cristina e Iris, dentre as quais Yoel teria a liberdade de escolha. Ou também a de escolher as duas.

Carregando a pilha de equipamento necessária para fundar a sua colônia, óculos de leitura, óculos de sol, uma garrafa de soda, um cálice de brandy, o livro sobre o chefe do Estado-Maior, um frasco de creme de bronzear, uma viseira e o rádio portátil, Yoel saiu para o jardim a fim de se deitar e se bronzear na rede até a volta de Neta da sessão matinal do clube de teatro, para comerem então um almoço tardio. Na verdade, por que não aceitar o convite do cunhado? Iria sozinho a Metula. Ficaria ali por alguns dias. Talvez também uma semana ou duas. E por que não alguns meses? Trabalharia meio nu da manhã até a tarde no campo, na produção de mel, no bosque, onde dentre os troncos se havia deitado pela primeira vez com Ivria que tinha saído para abrir ou fechar as torneiras de irrigação e ele, um soldado que tinha se perdido no caminho do exército de orientação do curso de treinamento de comando, esteve ali entre as torneiras para encher o cantil e, quando ela chegou a uma distância de cinco ou seis passos dele, ele a percebeu, ficou petrificado de medo e quase parou de respirar. Ela não o teria percebido se os pés dela não tivessem colidido com o corpo dele agachado e ficou claro para ele que ela ia dar um grito e ela não deu um grito, mas sussurrou: Não me mate. Ambos ficaram assustados, trocaram menos de dez palavras antes que seus corpos se agarrassem de repente, rudemente, tateando; ambos rolaram vestidos na terra, ofegaram e mordiscaram um ao outro como dois cãezinhos cegos e machucaram um ao outro; acabaram quase logo depois de terem começado e em seguida ambos fugiram, cada um em uma direção. Ali entre as árvores frutíferas ele deitou com ela também pela segunda vez, após alguns meses, quando voltou como que enfeitiçado a Metula e esperou duas noites por ela junto às mesmas torneiras; na terceira noite encontraram-se e mais uma vez se atiraram um ao outro como pessoas que estão morrendo de sede; depois pediu a mão dela e ela disse: Você ficou doido. Desde então começaram a se encontrar durante a noite e só após algum tempo é que se viram à luz do dia e garantiram um ao outro que o que tinham visto não havia decepcionado.

No decorrer do tempo talvez aprendesse com Nakdimon algumas coisas. Por exemplo, tentaria dominar a arte de extrair veneno das cobras. Investigaria e decifraria de uma vez por todas qual era o valor verdadeiro da herança do velho. Averiguaria, com grande atraso, o que na verdade havia acontecido em Metula naquele inverno distante quando Ivria e Neta desapareceram ali e Ivria disse insistentemente que o problema de Neta tinha desaparecido graças à proibição que ela lhe tinha imposto de vir visitá-las. Entre uma investigação e outra, poderia fortalecer e saciar o corpo ao sol, com o trabalho agrícola, entre passarinhos e brisas, como na juventude no período de treinamento no kibutz, antes de se casar com Ivria e antes de passar a servir no departamento jurídico do Exército, do qual ele foi enviado ao curso de tarefas especiais.

Mas os pensamentos a respeito da extensão dos bens em Metula e os dias de trabalho físico desprenderam-se dele sem acender o seu entusiasmo. Aqui em Ramat Lotan não tinha muitas despesas. Os valores que Nakdimon lhe transferia semestralmente, e o dinheiro do seguro social das velhas, a sua aposentadoria, e a diferença entre o aluguel dos dois apartamentos em Jerusalém e o aluguel que pagava aqui, tudo isso lhe conferia disponibilidade e sossego para reflexão para passar todo o seu tempo entre passarinhos e o gramado. E, apesar disso, ainda não havia se aproximado da invenção da eletricidade nem da escrita das poesias de Puchkin. Pois também ali, em Metula, ele poderia se dedicar à furadeira elétrica ou algo semelhante. E repentinamente quase irrompeu num riso porque se lembrou como Nakdimon Lublin pronunciou no cemitério erroneamente as palavras aramaicas. O coletivo ou a comuna que as ex-esposas de Ralph e os ex-maridos de Annemarie tinham estabelecido em Boston junto com os filhos lhe pareceu lógico e quase tocante, porque em seu íntimo concordava com a última linha do epitáfio que Neta tinha encontrado naquele álbum. Afinal, não se tratava de vergonha, nem de sótão, nem de doenças ligadas à lua e estrelas e também não de uma ilustração de crucificação bizantina que contradizia o senso comum. Tratava-se, mais ou menos, de uma questão um pouco parecida com a que foi objeto de desacordo entre Shamir e Peres, o perigo existente na concessão que pode trazer mais e mais concessões, em contraste com a obrigatoriedade de ser realista e chegar a um acordo. Veja este gato que já é mesmo um rapaz crescido, aparentemente é um dos que nasceram no depósito de ferramentas no verão. E, agora, ele já está de olhos postos no passarinho da árvore.

Yoel voltou-se para o jornal de fim de semana, deu uma espiada nele e adormeceu. Neta voltou entre três e quatro da tarde e entrou direto na cozinha, comeu alguma coisa de pé, da geladeira, tomou um chuveiro e lhe disse no meio do sono: Vou sair de novo para a cidade. Obrigada por ter lavado a roupa de cama e trocado as toalhas, mas você não precisava fazer isso. Para que é que a gente paga a empregada? Yoel murmurou e ouviu os passos dela afastando-se, levantou-se, moveu a rede branca em direção ao centro do gramado porque o sol tinha fugido um pouco. Deitou novamente e adormeceu. Krantz e a esposa Odélia se aproximaram na ponta dos pés e se sentaram junto à mesa branca do jardim e aguardaram, espiando entrementes o jornal e o livro de Yoel. Os anos de trabalho e as viagens o haviam acostumado a um despertar felino, uma espécie de salto interior de dentro do sono a um estado de alerta, sem traços de cochilo e sem sonolência transitória. Enquanto abria os olhos, já tinha abaixado os pés descalços; sentou-se na rede, olhou e chegou à conclusão de que Krantz e a esposa tinham novamente brigado, novamente vieram até ele lhe solicitar que intermediasse e fora novamente Krantz que tinha transgredido o acordo anterior que havia sido alcançado graças à intermediação de Yoel.

Odélia Krantz disse:

— Admita que você não almoçou hoje. Se você me permite invadir por um momento a sua cozinha, eu trago a louça e os talheres para cá: trouxemos para você fígado de galinha feito com cebola e mais alguns petiscos.

— Você está vendo — disse Krantz —, em primeiro lugar ela suborna você. Para que você fique do lado dela.

— É assim — disse Odélia — que a cabeça dele trabalha sempre. Não há nada a fazer.

Yoel pôs os óculos escuros porque a luz do sol que se punha a oeste cegava seus olhos avermelhados e doloridos. Enquanto devorava o fígado de galinha frito e o arroz no vapor, perguntou pelos dois filhos cuja diferença de idade, assim se lembrava, era no máximo de um ano e meio.

— Ambos estão contra mim — disse Krantz —, também são de esquerda e em casa ficam do lado da mãe. E isso depois que só nos dois últimos meses gastei para Dubi mil e trezentos dólares para um computador e com Guili foram mil e cem por uma bicicleta motorizada, e como agradecimento ambos me golpeiam a cabeça.

Yoel posicionou-se delicadamente em direção à zona contaminada. Tirou da boca de Arik as queixas de costume: Ela negligencia a casa, se negligencia, o fato de ter se esforçado hoje para preparar fígado de galinha, saiba que foi em sua homenagem e não por mim, esbanja quantias fantásticas mas é miserável na cama, e o sarcasmo dela, de manhã a primeira coisa que ela faz é me dar uma cutucada, a última coisa que ela faz à noite é zombar da minha barriga e de outras coisas, já disse a ela mil vezes, Odélia, vamos nos separar, ao menos por um período experimental, e ela sempre começa a me ameaçar que eu tenha cuidado com ela porque ela vai incendiar a casa. Ou se suicidar ou ser entrevistada no jornal. Não que eu tenha medo dela. Ao contrário. É bom que ela tenha cuidado comigo.

Odélia, quando chegou a vez dela, disse de olhos secos que não tinha nada a acrescentar. Pois do que disse vê-se que ele é uma besta. Mas ela só tem uma exigência da qual não desiste, que ao menos ele montasse as suas vacas em outro lugar. Não na casa dela no tapete da sala. Não sob o nariz dos filhos. Será que era uma exigência exagerada? Por favor, que o sr. Ravid, que Yoel julgasse ele próprio se ela estava insistindo em algo que não era lógico.

Yoel prestou atenção aos dois com um semblante concentrado, com profunda seriedade, como se ao longe estivessem lhe tocando um madrigal, e sua tarefa era identificar a voz desafinada. Não se meteu e não fez nenhuma observação, nem mesmo quando Krantz disse: Bem, se é assim, então deixe-me fazer a minha trouxa, uma mala e meia, ir embora e não voltar. Que fique tudo para você. Não me importa. E também não quando Odélia disse: É verdade que eu tenho uma garrafa de ácido, mas ele tem um revólver escondido no carro.

No final, quando o sol se pôs e o frio cresceu de uma vez, e aquele passarinho salvo do inverno ou talvez fosse outro pássaro começou repentinamente a piar doces melodias, Yoel disse:

— Bem. Ouvi. Agora vamos entrar porque está começando a esfriar.

O casal Krantz o ajudou a levar a louça para a cozinha, os copos, os óculos, os jornais, o livro, o creme de bronzear, a viseira e o rádio. Na cozinha, ainda descalço e nu até a cintura por causa do bronzeamento, e ainda de pé, determinou:

— Ouça, Arik. Se você já deu mil dólares para Dubi e mil para Guili, sugiro que você dê dois mil para Odélia. Faça isso logo amanhã cedo, logo que abrirem o banco. Se você não tem, pegue um empréstimo. Use o cheque especial. Ou eu empresto para você.

— Mas por quê?

— Para que eu viaje por três semanas numa excursão para a Europa — disse Odélia —, você não me verá por três semanas.

Arik Krantz sorriu, suspirou, murmurou algo, pensou novamente, pareceu corar um pouco, até que por fim disse:

— Está bem. Compro.

Depois tomaram café e os Krantz, ao se despedirem, embrulharam num saquinho plástico as louças nas quais tinham trazido para Yoel o almoço tardio; convidaram-no insistentemente a vir "com todo o seu harém" para o jantar de sábado na casa deles, agora que Odélia lhe mostrou que tremenda cozinheira ela é, e isso ainda não é nada. Ela é capaz de dez vezes mais, quando se inflama de verdade.

— Pare de exagerar, Arik. Vamos para casa — disse Odélia. Saíram ambos gratos e quase de bem.

À noite, quando Neta voltou da cidade e se sentaram e tomaram chá de ervas na cozinha, Yoel perguntou à filha se, na opinião dela, havia alguma lógica no que o avô policial costumava dizer, que os segredos de todos são na realidade os mesmos segredos. Neta perguntou por que ele estava fazendo tal pergunta. Yoel contou-lhe em resumo a respeito da tarefa de, de vez em quando, atuar como árbitro entre Odélia e Arik Krantz. Em vez de responder à pergunta dele, Neta disse numa voz em que Yoel quase pôde distinguir um tom de carinho:

— Confesse que é bem agradável para você fazer assim o papel de Deus. Veja como está queimado do sol. Quer que eu passe algo para você não começar a descascar?

Yoel disse:

— Da minha parte. — Depois de pensar um pouco, disse: — Na verdade, não precisa. Deixei para você fígado frito com cebola que eles me trouxeram, e tem arroz e verduras. Coma, Neta, depois vamos ver o noticiário.

35

No noticiário havia uma reportagem detalhada sobre hospitais em greve. Velhos e velhas e doentes crônicos eram mostrados largados em lençóis encharcados de urina, e a câmera destacava em torno sinais de abandono e imundície. Uma velha lamentava-se ininterruptamente em voz monótona e aguda, como o choro de um cachorrinho ferido. Um velho magro e inchado era visto como a ponto de explodir por dentro devido à pressão dos líquidos que o estufavam; jazia imóvel e olhava com um olhar vazio. Havia também um ancião encolhido, o crânio e o rosto não barbeado, com pelos espetados, a aparência imunda, e apesar disso ele não parava de sorrir ou de soltar risinhos, satisfeito: as mãos ofereciam à câmera um ursinho de brinquedo de cujo ventre descosturado se esparramava um recheio pobre de algodão sujo. Yoel disse:

— Neta, você não acha que este país está se esfacelando?

— Vejam quem está falando — disse, e serviu a ele um cálice de brandy. Voltou a dobrar guardanapos de papel um após o outro em triângulos exatos que arrumou dentro de um porta-guardanapos de madeira de oliveira.

— Diga — disse ele depois de engolir dois tragos do cálice —, se dependesse de você, preferiria ser dispensada ou gostaria de servir o Exército?

— Mas isso sim, depende de mim. Pode-se contar a eles a minha história e pode-se não dizer nada. Nos exames não verão nada.

— E o que é que você vai fazer? Vai contar para eles, ou não? E o que é que você vai dizer se eu contar para eles? Neta, espere um momento antes de dizer: "Da minha parte". Chegou a hora de sabermos de uma vez o que é bom para você. Em dois telefonemas é possível dar um jeito nisso, de um modo ou de outro. Então, quando soubermos o que é que você quer. Mesmo que eu não me comprometa a fazer de fato o que você quer.

— Você se lembra do que me disse quando Le Patron o pressionou para que viajasse por alguns dias para salvar a pátria?

— Eu disse alguma coisa. Sim. Parece-me que eu falei sobre a diminuição da minha capacidade de concentração. Algo assim. Mas o que é que isso tem a ver com o assunto?

— Diga, Yoel, qual é a sua? Por que é que você não vai direto ao assunto? Que tanta diferença faz para você se eu me alisto ou não?

— Só um momento — disse tranquilo. — Desculpe. Vamos ouvir só a previsão do tempo.

A locutora disse que naquela noite acabaria a pausa das chuvas de inverno. Uma nova depressão barométrica atingiria a planície costeira pela manhã. As chuvas e os ventos recomeçariam. Nos vales interiores e nas montanhas havia riscos de geada. E ainda mais duas informações para concluir. Um homem de negócios israelense havia perdido a vida num acidente em Taiwan. A família tinha sido informada. Em Barcelona um jovem sacerdote havia ateado fogo em si próprio e morrera como protesto pelo aumento da violência no mundo. Até aqui o noticiário desta noite.

Neta disse:
— Ouça. Mesmo sem o Exército eu posso sair de casa no verão. Ou até antes disso.
— Por quê? Aqui não há aposentos o bastante?
— Enquanto eu estiver em casa, pode ser que você tenha problemas para trazer para cá a vizinha. E o irmão dela?
— Por que é que eu deveria ter algum problema?
— E eu sei? As paredes são finas. Mesmo esta parede entre nós e eles, esta parede, aqui, parece um papel. Meu último exame de conclusão do colegial será em 20 de junho. Depois disso, se você quiser, vou alugar um quarto na cidade. E, se for urgente para você, posso apressar.
— Está fora de questão — disse Yoel num tom ligeiramente maldoso e frio, que usava às vezes no trabalho a fim de apagar no interlocutor, quando este era jovem, qualquer sinal de malícia.
— Está fora de questão. Ponto. — Mas ao dizer essas palavras teve que lutar para liberar em seu peito o aperto repentino das garras da raiva interior, o que não tinha experimentado desde que Ivria se fora.
— Por que não?
— Nada de quartos alugados. Esqueça. Chega.
— Você não me dará dinheiro?
— Neta. Sejamos racionais. Inicialmente, do ponto de vista de seu estado. Em segundo lugar, quando você começar a universidade, nós estamos a dois metros do campus de Ramat Aviv: por que é que você tem que começar a se arrastar do centro da cidade?
— Eu tenho como pagar por um quarto na cidade. Você não vai precisar me dar dinheiro.
— De que jeito?
— Seu Le Patron é gentil comigo. Está me oferecendo um emprego no escritório de vocês.

— Não vale a pena contar com isso.

— E, além disso, Nakdimon está guardando para mim uma grande quantia até os vinte e um anos, mas ele disse que não se importa em começar a me dar a partir de agora.

— Também nisso, Neta, eu, em seu lugar, não me fiaria. E quem autorizou você a falar com Lublin a respeito de dinheiro?

— Diga-me, por que é que você está olhando para mim deste jeito? Olhe para si próprio. Você está com a aparência de assassino. Eu só estou querendo limpar o terreno para você. Para que você possa começar a viver.

— Veja, Neta — disse Yoel esforçando-se em conferir à sua voz uma espécie de intimidade da qual não estava possuído naquele momento —, com relação à vizinha. A Annemarie. Vamos dizer...

— Não vamos dizer nada. A coisa mais idiota é trepar fora e logo correr para casa para explicar. Como o seu amigo Krantz.

— Está bem. O que há mesmo...

— O que há mesmo é que você só precisa me informar para quando você precisa do quarto com a cama de casal. Isso é tudo. Estes guardanapos de papel, quem foi que comprou?, Deve ter sido Lisa. Veja que mau gosto. Por que é que você não deita um pouco? Tire os sapatos, daqui a pouco vão passar um novo seriado inglês na televisão. Vai começar hoje. Algo sobre a origem do universo. Por que não dar uma oportunidade? Quando era em Jerusalém, ela foi morar no estúdio dela e tudo isso me pareceu ser por minha causa, mas eu era pequena e não podia me mudar. Uma garota da minha classe, Adva, no começo de julho, vai morar num apartamento de dois aposentos que herdou da avó, uma água-furtada na rua Karl Netter. Por cento e vinte dólares por mês ela concorda em me alugar lá um quarto do qual se avista o mar. Mas, se você está interessado em que eu me mande daqui ainda antes, não tem problema. É só dizer e eu vou.

Pronto, já liguei a televisão. Não se levante. Vai começar em dois minutos. Estou com vontade de comer um sanduíche de queijo quente com tomate e azeitona preta. Quer também? Uma fatia? Ou duas? Quer um leite quente também? Chá de ervas? Você se queimou muito hoje no sol, é bom tomar bastante líquido.

Depois do noticiário da meia-noite, quando Neta pegou uma garrafa de suco de laranja e um copo e foi para o quarto, Yoel decidiu equipar-se com uma grande lanterna e sair para examinar como é que estava o depósito de ferramentas no jardim. Por algum motivo, parecia-lhe que a gata e os filhotes tinham voltado para lá. Mas enquanto ainda estava a caminho, num segundo pensamento, concluiu que seria mais lógico pensar que ela teria tido mais uma ninhada. Fora, o ar estava muito frio e seco. Além da persiana, Neta estava se despindo e Yoel não conseguiu banir de sua mente o corpo angular dela, um corpo que parecia sempre encolhido, tenso, também negligenciado e não amado. Apesar de haver aí um contraste. Era quase certo que nenhum homem, nenhum rapaz ávido jamais tinha posto os olhos neste corpo deplorável. E talvez jamais pusesse. Mesmo que Yoel considerasse que daí a um ou dois meses, que daí a um ano, ocorreria subitamente o salto feminino de que um dos médicos falara a Ivria. Depois tudo se modificaria e viria um tronco amplo e peludo e braços musculosos e a dominaria e àquela água-furtada na rua Karl Netter, que Yoel naquele mesmo momento decidiu ir examinar de perto. Ele mesmo. Antes de decidir.

O ar noturno frio estava tão seco e cristalino, que parecia ser possível desmanchá-lo entre os dedos e, com isso, obter um som fraco, um som quebradiço e delicado. Que Yoel tanto ansiou por compreender até que repentinamente começou como que a ouvi-lo. Mas, excetuando baratas que fugiram por causa da luz da lanterna, não encontrou nenhum sinal de vida no depósito de ferramentas. Só uma sensação vaga de que tudo não estava desperto. Que ele anda, pensa, dorme e come, faz amor com Annemarie, assiste à televisão, trabalha no jardim e afixa prateleiras novas no quarto da sogra, tudo em seu sono. Que se lhe restasse ainda alguma esperança de decifrar algo, ou ao menos formular uma pergunta penetrante, devia acordar a qualquer preço. Mesmo ao preço de um desastre. Ferimento. Doença. Complicação. Algo que viesse e o sacudisse até que acordasse. Romper com um golpe de adaga a membrana macia, gordurosa, que se fechava sobre ele como um útero. Um pânico cego tomou conta dele e quase numa arremetida irrompeu do depósito de ferramentas para a escuridão. Porque a lanterna tinha ficado ali. Numa das prateleiras. Acesa. E Yoel não conseguiu de modo algum se forçar a entrar ali e a pegá-la.

Perambulou por cerca de quinze minutos, pelo jardim, à frente da casa e atrás dela, tocando as árvores frutíferas, chutou a terra dos canteiros, experimentou em vão os gonzos do portão na esperança de que rangessem e então poderia lubrificá-los. Não houve nenhum rangido e ele voltou à caminhada. Finalmente surgiu a decisão: amanhã ou depois de amanhã, talvez no fim de semana, daria um pulinho ao viveiro de Berdugo na entrada do bairro e compraria tubérculos de gladíolos e dálias e também sementes de ervilha-de-cheiro, bocas-de-leão e crisântemos, a fim de que na primavera tudo florescesse de novo. Talvez construísse sobre o estacionamento uma pérgula bonita de madeira, pintada com tinta protetora, e plantasse umas videiras que trepariam ali, no lugar do teto metálico feio sustentado em colunas de ferro que tinham enferrujado e novamente enferrujariam não importa o quanto se empenhasse em pintá-las e repintá-las. Talvez fosse até Kalkiliya ou a Kafr Kassem e comprasse meia dúzia de vasos de barro gigantescos que encheria de uma mistura de terra vermelha e composto e plantaria diversos tipos de gerânio que subiriam e cairiam pelas bordas dos potes e arderiam em miríades de cores brilhantes. A palavra *brilhante* novamente lhe causou uma espécie de prazer vago, como uma pessoa que já se cansou da longa duração de uma disputa exaustiva, e eis que de repente, após o desespero, brilha a justificação inapelável, proveniente de uma direção da qual nem sequer imaginava que viesse. Quando finalmente se apagou a luz por trás da persiana abaixada no quarto de Neta, deu partida no carro e foi para a praia; ficou sentado junto à direção, muito perto da borda da rocha, para aguardar a depressão barométrica que se arrastava do mar na escuridão e deveria atingir esta noite a planície costeira.

36

Permaneceu sentado junto à direção quase até as duas da madrugada, as portas do carro trancadas por dentro, as janelas bem fechadas, faróis apagados, a frente quase se projetando da borda da rocha para o abismo. Os olhos que tinham se acostumado à escuridão estavam presos à respiração da crosta do mar que se arqueava e afundava uma vez após a outra, numa gigantesca respiração larga ainda que intranquila. Como se o gigante estremecesse periodicamente no sono perfurado por pesadelos. Por alguns momentos, irrompia um ruído que lembrava um sopro zangado. Em outros momentos, parecia ofegante de febre. E novamente erguia-se o barulho da arrebentação na escuridão, mordendo a linha da costa e fugindo com seu butim para as profundidades. Aqui e ali brilhavam encrespamentos de espuma sobre a crosta preta. Às vezes, por cima, entre as estrelas, passava um raio leitoso pálido, talvez o tremor de um farol marítimo distante. Com o passar das horas, Yoel teve dificuldade em distinguir o murmúrio das ondas e a encrespadura das pulsações do seu sangue no espaço craniano. Tão tênue era a membrana que separa o interno do externo. Em momentos de profunda tensão, ele experimentava uma espécie de sensação de mar dentro do cérebro. Como naquele dia de dilúvio em Atenas, quando teve que sacar um revólver para assustar um idiota que tentara lhe apontar uma faca, no canto do terminal. E como então, em Copenhague, quando conseguiu finalmente fotografar com uma câmera minúscula, oculta num maço de cigarros, um terrorista irlandês famoso, junto ao balcão de uma farmácia. Na mesma noite, em seu quarto na Pensão dos Vikings, ouviu no sono alguns disparos próximos e desceu para deitar-se debaixo da cama e, mesmo quando reinou um silêncio profundo, preferiu não sair enquanto não tivesse surgido a primeira luz pelas frestas da persiana; somente então saiu para a varanda e vasculhou centímetro a centímetro até que descobriu dois furos pequenos no reboco externo, talvez atingido por balas; seu dever era esclarecer e encontrar uma resposta; mas, como já tinha concluído os seus assuntos em Copenhague, desistiu da resposta, arrumou a mala e saiu rapidamente do hotel e da cidade. Antes de partir, por algum impulso que ainda lhe era inexplicável, tapou cuidadosamente com a pasta de dentes os dois furos na parede externa do quarto, sem saber se eram mesmo furos de balas e se tinham alguma relação com os tiros que pareceu ouvir à noite e, se eram tiros, se realmente tinham alguma relação com ele. Depois de tê-los tapado, era quase impossível distinguir algo. O que é que está acontecendo aqui?, ele se perguntou, e olhou na direção do mar e não viu nada. O que o empurrou durante vinte e três anos de uma praça a outra, de um hotel a outro, de um terminal a outro nos uivos de trens noturnos que passam em florestas e túneis, riscam os campos escuros com os faróis amarelos da locomotiva? Por que corri? E por que tapei os furinhos daquela parede e jamais coloquei sequer uma palavra nos relatórios? Uma vez, quando entrei às cinco da manhã no banheiro, quando estava em meio ao barbear, ela me perguntou: "Para onde você está correndo, Yoel?". Por que respondi a ela em três palavras, é a função, Ivria, e logo acrescentei que não havia água quente outra vez? E ela, em sua roupa branca, mas ainda descalça, o cabelo claro caindo especialmente no ombro direito, moveu a cabeça, pensativa, quatro ou cinco vezes de cima para baixo, me chamou de coitado e em seguida saiu.

Se alguém no seio da floresta deseja esclarecer de uma vez por todas o que há e o que houve e o que poderia ter havido e o que é apenas um engano, deve ficar parado e prestar atenção. O que, por exemplo, faz com que o violão de um morto faça soar pela parede sons baixos de violoncelo? Qual é o limite entre a saudade e a doença lunar-astral? Por que a alma se congelou no momento em que Le Patron pronunciou a palavra *Bangcoc*? O que foi que Ivria lhe disse quando ela falou várias vezes, sempre no escuro, sempre em sua voz mais tranquila e interior, "eu compreendo você"? O que houve realmente há muitos anos junto às torneiras em Metula? E qual o sentido da morte dela nos braços daquele vizinho na poça rasa no pátio? Existe ou não um problema de Neta? E, se há, quem de nós dois legou isso a ela? E como e quando realmente começou a minha traição, será que essa palavra tem mesmo um sentido no meu caso particular? Pois tudo isso é desprovido de sentido a não ser que se aceite a suposição de que sempre há um mal preciso e profundo, uma crueldade não egoísta que não possui motivo ou propósito, exceto uma fria excitação da morte e que vai gradualmente desmontando tudo com seus dedos de relojoeiro e já desmontou e matou um de nós e é impossível saber quem será a nossa próxima vítima. E se há um modo de se proteger, sem falar nas possibilidades de pena ou justiça? E talvez não se proteger, mas erguer-se e fugir. Mas também, se ocorrer um milagre e o predador supliciado se libertar dos pregos invisíveis, ainda resta a ser formulada a questão, como e para onde um animal sem olhos vai pular? Acima da linha da água, um pequeno avião de reconhecimento tremeluziu, com um motor a pistão rouco, passando lentamente, zunindo, bem baixo, do Sul para o Norte; nas pontas de suas asas brilhavam alternadamente luzes vermelhas e verdes. Já havia passado e só restara o silêncio da água soprando sobre o vidro da janela do carro. Que já tinha ficado embaçado por dentro ou por fora. Não se enxergava nada. E o frio ia aumentando. Logo chegaria a chuva que tinham prometido. Agora vamos enxugar os vidros por fora, ligar um pouco o aquecimento, descongelar por dentro, dar a volta e viajar daqui a Jerusalém. O carro, para maior segurança, estacionaremos na rua próxima. Com a proteção da neblina e da escuridão iremos até o segundo andar. Sem acender a luz da escada. Com a ajuda deste arame dobrado e desta pequena chave de fenda forçaremos a fechadura da porta sem fazer o menor ruído. E assim, descalço e silencioso, entrar sorrateiramente no apartamento de solteiro dele e surgir diante deles silencioso, repentino e controlado, uma chave de fenda em uma mão e um fio dobrado na outra, perdão, não se sintam incomodados, não vim fazer uma cena, minhas guerras já se acabaram, só pedir a você que me devolva o cachecol tricotado que desapareceu e *Mrs. Dalloway*. E eu vou seguir o meu caminho. Já comecei a melhorar um pouco. Quanto ao sr. Eviatar, como vai, sr. Eviatar, se não se incomodar, o senhor poderá tocar para nós, por favor, uma antiga melodia russa de que gostávamos quando éramos assim pequenininhos, "perdemos tudo o que nos era caro/ e isso não voltará nunca mais". Obrigado. Isso é suficiente. E desculpe por ter invadido, já estou indo embora. *Adieu. Proshchai.*

Um pouco depois das duas, ele voltou e estacionou o carro, de ré, como era sempre o seu hábito, exatamente no centro da cobertura: a frente para a rua, pronto para partir sem perder um momento sequer. Depois fez mais uma última volta de patrulhamento no jardim da frente e de trás e examinou o varal de roupa para se certificar que não havia nada ali. Por um momento foi tomado pelo medo porque pareceu ver sob a porta do depósito de ferramentas no jardim um brilho de luz fraca e tremeluzente. Mas logo lembrou que antes da saída havia deixado ali a lanterna acesa e pelo visto a pilha ainda continuava a estrebuchar. Ao invés de introduzir a chave da casa no buraco da fechadura, como pretendia fazer, meteu-a por engano na fechadura da porta dos vizinhos. Por uns minutos insistiu em tentar abrir alternando suavidade, esperteza e força. Até que percebeu o seu engano e começou a recuar, mas no mesmo instante a porta se abriu e Ralph rugiu três vezes em voz ursina, adormecida: Come in please, come in, come in, olhe para você, primeira coisa, um drinque, você parece totalmente enregelado e está pálido como a morte.

37

Depois que lhe serviu na cozinha um drinque e mais outro drinque, uísque sem soda e sem gelo, desta vez, e não Dubonet, o homem rosado e corpulento, que lembrava um fazendeiro holandês de propaganda de charutos selecionados, insistiu, sem dar a Yoel a oportunidade de se explicar ou de pedir desculpas. Nevermind. Não importa o que traz você a nós assim no meio da noite. Cada pessoa tem os seus inimigos e os seus problemas. Nunca perguntamos o que é que você faz, e, aliás, você também não me perguntou. Mas você e eu talvez ainda façamos algum dia algum trabalho interessante juntos. Tenho algo a sugerir. Não no meio da noite, naturalmente. Falaremos disso quando você estiver pronto. Você me encontrará capacitado ao menos para tudo o que você está capacitado, dear friend. O que é possível sugerir a você? Jantar? Ou um chuveiro quente? Não? Bem, agora está na hora da cama, mesmo para meninos crescidos.

Com uma espécie de fraqueza dormente que tomou conta dele repentinamente, de cansaço ou distração, deixou Ralph conduzi-lo ao dormitório. Onde, sob a luz subaquática esverdeada e vaga, viu Annemarie dormindo de costas como um bebê, os braços estendidos para os lados e o cabelo espalhado no travesseiro. Ao lado do rosto dela havia uma bonequinha de pano com longos cílios de fios de linho. Fascinado e exausto, Yoel ficou parado junto à cômoda olhando para a mulher, que não lhe parecia sexual mas simples e tocante. E, enquanto olhava para ela, sentiu-se muito cansado para se opor a Ralph, que começou a despi-lo com movimentos paternais firmes e suaves, abrindo o cinto da calça, puxando a camisa, desabotoando rapidamente botão após botão, liberando o tronco de Yoel da camiseta; inclinou-se e desatou os cordões dos sapatos, tirou uma meia após a outra dos pés que Yoel lhe estendeu obedientemente; abriu o zíper da calça, tirou as cuecas deixando-as cair ao chão e depois, com o braço em torno do ombro de Yoel como uma espécie de professor de natação que aproxima um aluno hesitante da água, conduziu-o à cama, ergueu a coberta e, quando Yoel estava deitado, também de costas, junto a Annemarie que não despertou, Vermont cobriu a ambos carinhosamente, sussurrou good night e desapareceu.

Yoel se ergueu sobre os cotovelos e examinou à luz da água suave e esverdeada o belo bebê. Beijou-a suavemente com amor, quase sem que seus lábios tocassem a pele, nos dois cantos dos olhos fechados. Ela o envolveu com os braços, como se dentro de um sono, concentrou os dedos na nuca dele até que os cabelos dele se arrepiaram um pouco. Quando cerrou os olhos captou por um momento o som de um aviso de algum lugar dentro de si próprio, cuidado, meu caro, examine os caminhos para escapar, e logo respondeu a esse som com as palavras: o mar não foge. E com isso começou a se devotar ao bem dela e a conceder a ela prazeres, como se mima uma menina abandonada, ignorando quase a sua própria carne. E justamente por isso teve prazer. Até que os seus olhos também se encheram repentinamente. Talvez também porque, quando estava adentrando na sonolência, sentiu ou adivinhou que o irmão estava ajeitando a coberta sobre eles.

38

Acordou antes das cinco e se vestiu, silencioso, refletindo, por algum motivo, na questão que tinha ouvido do vizinho Itamar ou Eviatar a respeito das palavras bíblicas *shebeshiflenu* e *namogu*, que a primeira soa como polonesa enquanto a segunda exige ser pronunciada de forma indubitavelmente russa. Não pôde aguentar a tentação, e murmurou para si, em voz baixa, *namogu, indubitavelmente, sbebesbiflenu*. Mas Annemarie e o irmão continuaram a dormir, esta na cama ampla e este na poltrona da televisão, e Yoel saiu pé ante pé, sem acordá-los. Viu que a chuva prometida tinha chegado mesmo ainda que fosse apenas um gotejar cinzento na escuridão da viela. Poças de neblina amarelada formaram-se em torno da iluminação da rua. E o cão Ironside se aproximou, farejou a sua mão, implorando uma carícia. Que Yoel fez enquanto cantarolava em seus pensamentos:

Namorados.
Crises.
O mar.
Seus desejos ultrapassam o que ele pode alcançar.

O vento soprou e ele desapareceu.
Tornaram-se uma só carne.

E bem quando abriu o portão do jardim ocorreu repentinamente um aclaramento vago na subida da viela, as perfurações das agulhas da chuva na escuridão foram iluminadas por uma espécie de brancura turva: por um momento pareceu que a chuva não caía, mas subia da terra. Yoel saltou do seu lugar e agarrou a janela da Sussita no momento em que o entregador de jornais abriu uma fresta estreita e pretendeu atirar o jornal. Quando o homem insistiu — um homem idoso, talvez um aposentado, com um sotaque búlgaro acentuado — que não lhe pagavam para sair do carro e se ocupar com caixas de correspondência, e, de qualquer modo, a fim de introduzir o jornal na caixa ele teria que desligar o motor e deixar o carro engrenado para que não disparasse ladeira abaixo, o freio de mão não valia nada, Yoel cortou sua fala, tirou a carteira e meteu em sua mão trinta shekels e disse: Na Páscoa você receberá mais, e com isso pôs um fim à questão.

Mas quando se sentou na cozinha, esquentando as mãos na xícara de café que pegou para si, inclinado sobre o jornal, se lhe elucidou como resultado das conexões que fez entre uma pequena notícia na página 2 e os comunicados de óbito, que o locutor havia errado na noite anterior no final do noticiário: o acidente misterioso não tinha ocorrido em Taiwan mas em Bangcoc. O homem que tinha sido morto ali, sobre o qual a família tinha recebido o comunicado, não era um homem de negócios, mas Yokneam Ostashinsky, que era chamado de Cockney pelos companheiros e entre outros era conhecido pelo apelido de Acrobata. Yoel fechou o jornal. Depois dobrou-o em dois; e em seguida, novamente, com cuidado, em quatro.

Deixou-o no canto da mesa da cozinha, levou a xícara de café até a pia, despejou o conteúdo, enxaguou, ensaboou, novamente enxaguou e também lavou as mãos porque talvez tivessem enegrecido devido à tinta de impressão do jornal. Depois enxugou a xícara e a colherzinha e colocou cada uma delas no lugar. Saiu da cozinha e foi para a sala e não sabia o que fazer ali; passou no corredor pelas portas fechadas dos quartos de crianças nos quais dormiam a mãe e a sogra, e pela porta do quarto de casal, e ficou parado diante da porta do estúdio e teve medo de atrapalhar. Não tendo para onde ir, entrou no banheiro, barbeou-se e, para sua alegria, verificou que, desta vez, havia água quente em abundância. Por isso, se despiu e entrou no boxe do chuveiro, tomou banho, lavou a cabeça, novamente se ensaboou bem, desde as orelhas até as plantas dos pés, até meteu o dedo ensaboado e esfregou dentro do ânus e depois empenhou-se em lavar algumas vezes o dedo. Saiu e enxugou-se, e, antes de se vestir, mergulhou o dedo na loção de barbear para maior segurança. Às seis e dez saiu do chuveiro e até as seis e meia ocupou-se em preparar o café para as três mulheres, tirou a geleia e o mel, cortou fatias de pão fresco e até preparou uma salada de verduras cortadas fininho, temperada com óleo, hortelã-pimenta e pimenta-negra e espalhou cubinhos de cebola e alho. Pôs café de primeira na cafeteira, colocou pratos, talheres e guardanapos na mesa. Assim passou o tempo até que o relógio lhe indicou quinze para as sete, e então telefonou para Krantz e perguntou se poderia receber também hoje o segundo carro deles, porque era possível que Avigail necessitasse do carro e ele precisava ir hoje à cidade e talvez também sair dela. Krantz disse logo: Não há problema, e prometeu que Odélia e ele viriam nos dois carros dentro de meia hora e lhe deixariam não o pequeno Fiat mas o Audi azul que tinha voltado da oficina havia apenas dois dias e estava uma joia, Yoel agradeceu a Krantz e mandou lembranças para Odélia e no momento em que repôs o fone no gancho lembrou repentinamente que nem Lisa nem Avigail estavam em casa; ambas tinham viajado ainda dois dias antes para o festival de inverno das colinas do Carmelo e só voltariam no dia seguinte: em vão tinha posto a mesa para quatro e em vão tinha incomodado Krantz e a esposa para virem. Mas, de acordo com alguma lógica de teimosos, Yoel decidiu: O que é que tem? Ontem fiz a eles um grande favor e não vai fazer mal a eles fazer hoje um pequeno favor. Do telefone voltou para a cozinha e tirou da mesa os pratos e os talheres, exceto um jogo para si e um para Neta. Que acordou sozinha às sete e tomou banho e apareceu na cozinha não de calças largas e não de blusa-tenda mas de uniforme escolar, saia azul-marinho e blusa azul-claro, e neste momento ela pareceu bonita a Yoel e atraente e até quase feminina. Quando ela saiu, perguntou o que havia acontecido; ele retardou a resposta, porque odiava mentiras, e por fim disse: Não agora. Oportunamente vou lhe explicar. Talvez na mesma oportunidade precisarei explicar também por que Krantz e Odélia, eles já estão aí em frente de casa, estão me trazendo o Audi deles, apesar de o nosso carro estar em ordem. Este é o problema, Neta, quando a gente começa a explicar significa que alguma coisa está fodida. Agora vá, para não se atrasar, desculpe-me por não levá-la hoje. Mesmo que daqui a pouco terei aqui dois carros à minha disposição.

No momento em que a porta se fechou atrás da filha, a qual os Krantz se ofereceram para levar à escola no pequeno Fiat a caminho da cidade, Yoel pulou para o telefone, e bateu o joelho no banquinho que estava no corredor. Quando, em sua fúria, chutou o banquinho, derrubou o telefone, que caiu ao chão; em sua queda o aparelho tocou. Yoel agarrou o fone, mas não ouviu nada. Nem mesmo o ruído de discar. Pareceu que a pancada tinha estragado o aparelho. Tentou consertá-lo com tapas que deu em diversos lados do telefone, mas nada conseguiu. Por isso, correu, arquejando, à casa dos Vermont; no meio da corrida lembrou que ele próprio tinha instalado um aparelho adicional no quarto de Avigail a fim de que as velhas pudessem telefonar dali. Para o espanto de Ralph murmurou por isso: "Desculpe, vou explicar mais tarde", e bem diante da porta deles voltou-se, correu para casa e finalmente ligou para o escritório; verificou que tinha se apressado em vão: Tsipi, a secretária de Le Patron, havia chegado ao serviço "justamente naquele segundo". Se Yoel tivesse telefonado dois minutos antes não a teria encontrado. Ela sempre soube que entre ambos havia uma espécie de telepatia. E, de todo modo, desde que ele se afastara... mas Yoel cortou as palavras dela. Ele precisava ver o irmão tão logo fosse possível. Hoje. Agora de manhã. Tsipi disse: Aguarde um momento, e ele aguardou ao menos quatro minutos antes de ouvir a voz dela novamente. Ele teve que ordenar a ela que pulasse as desculpas e informasse o que lhe tinham dito. Verificou que o Mestre ditou a Tsipi a resposta, palavra a palavra, e ordenou a ela que repetisse a Yoel o que estava escrito, sem alterar e sem acrescentar palavra alguma: Não há pressa. Não podemos marcar um encontro com você no futuro próximo.

Yoel ouviu e se conteve. Perguntou a Tsipi se já sabiam quando seria o enterro. Tsipi pediu novamente que aguardasse e desta vez fizeram-no esperar na linha mais ainda do que na pergunta anterior. Quando ele estava para desligar, disseram-lhe: Ainda não foi decidido. Ao perguntar quando poderia ligar novamente, já sabia que ela não lhe responderia antes que mantivesse conversações; finalmente veio a resposta: Você deve acompanhar os anúncios fúnebres do jornal. Assim você saberá.

Quando ela perguntou em outro tom: Quando veremos você novamente, Yoel respondeu baixinho: Vocês logo me verão. Mancando no joelho ferido, logo deu partida no Audi de Krantz e foi direto para o escritório. Até a louça do café, a sua e a de Neta, não lavou nem enxugou desta vez. Deixou tudo, inclusive as migalhas, na mesa da cozinha. Talvez para espanto de uns passarinhos hibernais que já tinham se acostumado a catá-las após o café da manhã, quando Yoel saía para sacudir a toalha sobre o gramado.

39

— Zangado — disse Tsipi —, essa não é a palavra. Ele, digamos, está enlutado.

— Entendo.

— Não, você não entende: ele não está lamentando pelo Acrobata. Está lamentando por vocês dois. Se eu estivesse no seu lugar, Yoel, não viria aqui hoje.

— Diga. O que houve lá em Bangcoc? Como foi que aconteceu? Diga.

— Não sei.

— Tsipi.

— Não sei.

— Ele lhe disse para não me contar nada.

— Não sei, Yoel. Não pressione. Não é só você que acha difícil conviver com isto.

— A quem ele acusa? A mim? A si próprio? Os desgraçados?

— Se eu estivesse no seu lugar, Yoel, não estaria aqui agora. Vá para casa. Ouça-me. Vá.

— Ele está com alguém lá dentro?

— Ele não quer ver você. E eu estou dizendo isso delicadamente.

— Só diga a ele que eu estou aqui. Ou na verdade — Yoel colocou repentinamente seus dedos duros no ombro macio dela —, na verdade, espere. Não diga a ele. — E com quatro passos chegou à porta interior e entrou sem bater e enquanto fechava a porta perguntou como é que tinha ocorrido.

O Mestre, obeso, bem-cuidado, o rosto de exigente apreciador de cultura, o cabelo grisalho aparado com exatidão e bom gosto, as unhas manicuradas, o perfume feminino da loção de barbear emanando das faces rosadas e rechonchudas, voltou os olhos para Yoel. Que tomou cuidado em não abaixar os olhos. No mesmo instante percebeu que nas pequenas pupilas brilhava uma espécie de crueldade amarela de gato carnívoro.

— Perguntei como foi que aconteceu.

— Não importa — o homem respondeu com um acento francês musical que preferiu exagerar desta vez, como se sentisse prazer em sua malícia.

Yoel disse:

— Tenho o direito de saber.

E o homem, sem um ponto de interrogação e também sem ênfase irônica:

— É mesmo.

— Veja — disse Yoel —, tenho uma sugestão.

— É verdade — repetiu o homem. E acrescentou: — Isto não vai ajudar mais, companheiro. Você jamais saberá como foi que isso aconteceu. Eu mesmo cuidarei de que você jamais saiba. Você terá que conviver com isso.

— Precisarei conviver com isso — disse Yoel —, mas por que eu? Você não precisava tê-lo enviado para lá. Você o enviou.

— No seu lugar.

— Eu — disse Yoel lutando para sufocar a mescla de tristeza e raiva que começou a despontar nele —, eu não teria entrado nessa armadilha. Eu não comprei toda a história. Toda essa reprise. Não acreditei. Desde o momento em que vocês me contaram que a moça pedia que eu fosse para lá, e despejou sobre vocês toda espécie de indícios pessoais ligados a mim, desde aquele momento tive uma sensação ruim. Cheirava mal. Mas você o mandou para lá.

— Em seu lugar — repetiu Le Patron, e desta vez numa lentidão especial, separando as sílabas como se tivesse uma chave de fenda —, mas agora... — E, como se houvesse uma combinação, o velho telefone quadrado de baquelita sobre a mesa lançou uma espécie de som rouco e o homem apanhou com cuidado o fone rachado e disse: — Sim. — E depois disso, por cerca de dez minutos, ficou sentado encostado para trás e ouviu sem movimento e sem som exceto por duas vezes em que repetiu: — Sim.

Yoel virou-se e foi para a única janela. Pela qual se via o mar cinzento esverdeado, grosso, quase uma papa, fechado entre dois prédios altos. Lembrou que menos de um ano antes ainda o excitara a perspectiva de herdar este aposento no dia em que o Mestre se aposentasse e fosse para a sua aldeia de filósofos-naturalistas na Galileia Superior. Em seu íntimo delineava às vezes uma pequena cena agradável; convidaria Ivria a vir aqui com o pretexto de aconselhá-lo a respeito da renovação da decoração da sala. Troca de mobília. Revivificar o escritório melancólico, cheio de sinais de início de desgaste. Aqui, na sua frente, pretendeu fazê-la sentar. Na cadeira em que ele próprio esteve sentado um momento antes. Como um menino que surpreende a mãe após muitos anos de mediocridade cinzenta. Veja, deste aposento monástico, seu marido controla o serviço que alguns consideram o mais eficiente do mundo. E agora chegou a hora de substituir a escrivaninha pré-histórica existente entre dois arquivos de correspondência, tirar daqui a mesinha do café com estas poltronas de vime ridículas.

Qual é a sua opinião, querida? Talvez no lugar deste trambolho vamos colocar um telefone de teclas com memória automática. Vamos jogar fora as cortinas em trapos. Vamos deixar ou não nas paredes uma lembrança dos dias passados, os muros de Jerusalém do desenho de Litvinowsky e a ruazinha de Safed de Rubin. Você vê, por acaso, algum sentido em manter aqui a caixa de donativos do Keren Kayemet, com o lema, "Redimam a Terra", com o mapa da Palestina de Dan a Beer Sheba, manchado aqui e ali, parecendo sujeira de mosca, nas lascas de terras que os judeus adquiriram até o ano de 1947? O que deixaremos aqui, Ivria, e do que nos desfaremos para sempre? E repentinamente, como se num leve espasmo de quadris anunciando o início da renovação do desejo, ocorreu a Yoel que ainda não era tarde. Que, na verdade, a morte do Acrobata o aproximava de seu alvo. Que se desejasse e se calculasse cuidadosamente, se a partir deste momento avaliasse os seus passos para que não houvesse erro algum, poderia dentro de um ano ou dois convidar para cá Neta com o pretexto de obter sugestões sobre a renovação da decoração, fazê-la sentar justamente aqui, diante dele, do lado oposto da escrivaninha, e explicar-lhe modestamente: é possível, na realidade, definir o seu pai como uma espécie de guarda-noturno.

 E quando se lembrou de Neta foi tomado no mesmo instante pela consciência aguda, cegante, de que sua vida fora salva graças a ela. Que fora ela que não lhe permitira viajar aquela vez para Bangcoc mesmo que no fundo de sua alma desejasse viajar. Que se não fosse a teimosia indefinida, a intuição do capricho dela, não fosse o alarme do sentido misterioso que lhe viera pela doença lunar-astral, ele próprio estaria agora no lugar de Yokneam Ostashinsky no caixão hermético de metal, talvez no bagageiro do Jumbo da Lufthansa que estava voando agora do Extremo Oriente pelos céus do Paquistão ou do Cazaquistão, na escuridão, em direção a Frankfurt e dali para o aeroporto Ben Gurion e dali para aquele cemitério de pedras em Jerusalém, para a voz anasalada de Nakdimon Lublin, que pronunciaria a oração fúnebre errando as palavras aramaicas. Somente graças a Neta é que se salvara desta viagem. Das teias da tentação que aquela mulher tinha estendido. E do destino que o homem rechonchudo, cruel, que às vezes, por necessidade de contatos de emergência, se fazia chamar de seu irmão, havia reservado para ele. E ele está dizendo: "Bem, obrigado", pousou o fone, voltou-se para Yoel e continuou exatamente no ponto em que tinha interrompido havia dez minutos quando o telefone grasnara.

— Mas agora isto está encerrado. E eu peço que você vá embora agora.

— Só um momento — disse Yoel passando como de hábito um dedo entre o pescoço e o colarinho da camisa —, eu disse que tenho uma sugestão.

— Obrigado — disse Le Patron —, é muito tarde.

— Eu — Yoel preferiu ignorar a ofensa — me ofereço voluntariamente para ir a Bangcoc e averiguar o que ocorreu ali. Até mesmo amanhã. Até mesmo esta noite.

— Obrigado — disse o homem —, nós já nos arranjamos.

Em sua entonação, mais marcada, Yoel pareceu decifrar uma ligeira zombaria. Ou uma raiva contida. Talvez só impaciência. Pronunciou a palavra nós com tom coquete, como se parodiasse um imigrante francês recém-chegado. Ergueu-se de seu lugar e concluiu:

— Não se esqueça de solicitar à minha amada Neta que me telefone em casa sobre a questão que conversei com ela.

— Espere — disse Yoel —, eu queria ainda que soubesse que estou disposto agora a considerar um retorno parcial ao trabalho. Talvez em meio período. Suponhamos, no setor de análises de operações. Ou na orientação de assistentes...

— Já lhe disse, companheiro, já nos arranjamos.

— Ou mesmo no arquivo. Não me importa. Acho que ainda posso dar a minha contribuição.

Mas antes que se passassem dois minutos, depois que Yoel saiu do gabinete de Le Patron e passou pelo corredor cujas paredes manchadas foram finalmente revestidas de material de isolamento acústico, sobre as quais colocaram placas baratas de plástico imitando madeira, lembrou-se repentinamente da voz zombeteira do Acrobata que lhe dissera ali, havia não muito tempo, que a curiosidade havia matado o gato. Ele entrou na sala de Tsipi e disse apenas:

— Dê-me um momento, depois disso eu explicarei. — E agarrou o fone do aparelho de comunicação interna da mesa dela e perguntou, quase num sussurro, ao homem do outro lado da parede: — Diga-me, Yirmiyahu, o que foi que eu fiz?

Com lentidão paciente, didática, o homem declarou:

— Você pergunta o que foi que fez. — E continuou como se ditasse um modelo para o escrivão de um registro: — Por favor. Você receberá uma resposta. Uma resposta que você já conhece. Você e eu, companheiro, pois nós dois somos meninos refugiados. Do Holocausto. Eles arriscaram as suas vidas para nos salvar dos nazistas. E eles nos fizeram chegar clandestinamente aqui. E ainda lutaram, foram feridos e mortos para preparar um Estado para nós. Tudo. Eles nos tiraram diretamente do lixo. E depois disso ainda nos proporcionaram uma tremenda honra, nos colocaram para trabalhar bem lá dentro. No coração dos corações. Isso nos obriga um pouco a algo, não? Mas você, companheiro, quando precisaram de você, quando o chamaram, você fez cálculos. Que mandassem algum outro em seu lugar. Que fosse algum outro. Então mandaram. Então agora vá, por favor, para casa e conviva com isso. E não nos telefone três vezes por dia para perguntar quando será o enterro. Estará escrito nos jornais.

Yoel saiu para o estacionamento mancando, por culpa da

pancada que tinha sofrido de manhã quando o joelho bateu no banquinho. Por algum motivo, como um menino castigado, teve a tentação de exagerar o mancar como se tivesse sofrido um ferimento grave. Mancou durante vinte ou vinte e cinco minutos indo e vindo no estacionamento, passou duas ou três vezes por todos os carros, procurando em vão o seu. Voltou ao menos quatro vezes ao ponto onde havia estacionado o carro. E não percebeu o que havia ocorrido. Até que teve finalmente um pequeno aclaramento e compreendeu que não tinha em absoluto vindo com seu carro mas com o Audi azul de Krantz que estava diante dele, bem no ponto em que ele o havia estacionado. Um agradável sol hibernal rompia-se em inúmeras radiâncias ofuscantes no vidro da janela de trás. Concordou, mais ou menos, com a ideia de que este assunto estava concluído. Que nunca mais entraria neste prédio, antigo, modesto, rodeado por um muro de pedra alto e oculto detrás de ciprestes densos e preso entre muitos edifícios novos de concreto e vidro, todos muito mais altos do que ele. Naquele momento, arrependeu-se em seu íntimo por uma pequena negligência que não poderia mais corrigir: muitas vezes nos seus vinte e três anos aqui, desejou estender o braço para examinar de perto de uma vez por todas se realmente alguém ainda colocava às vezes alguma moeda na fenda da caixinha azul de contribuições do Keren Kayemet no escritório de Le Patron. Essa pergunta também ficaria em aberto. Enquanto viajava, Yoel refletiu a respeito do Acrobata, de Yokneam Ostashinsky, que em nada se parecia com um acrobata. Talvez se parecesse com um veterano membro do Partido Trabalhista, um operário de pedreira que no decorrer dos anos se torna uma espécie de patrão regional da cooperativa de construção. Um homem de cerca de sessenta anos, com um ventre apertado lembrando um tambor. Uma vez, havia sete ou oito anos, o Acrobata tinha cometido um erro feio. Yoel havia se empenhado em liberá-lo de suas consequências e conseguiu fazê-lo sem recorrer à mentira. Mas depois ficou claro que, como é hábito das pessoas a quem se fez um favor, que jamais poderiam retribuir a quem os fez, Ostashinsky começou a cultivar contra Yoel um ressentimento acre, mesquinho, e a difamar Yoel qualificando-o de refinado, pretensioso, espécie de ilustre príncipe aos seus próprios olhos. Ainda assim, Yoel pensou, enquanto se arrastava pelo congestionamento, se no meu caso fosse possível utilizar a palavra amigo, ele era meu amigo. Quando Ivria morreu e Yoel foi chamado de volta de Helsinque e chegou a Jerusalém poucas horas antes do enterro, tudo havia sido arranjado, mesmo que Nakdimon Lublin houvesse resmungado que não tinha tratado disso. Após dois dias, Yoel havia ido averiguar o que devia e a quem; foi incansável, examinou as cópias dos recibos, na sociedade funerária e no setor de anúncios fúnebres do jornal, e, quando encontrou em toda a parte o nome de Sacha Schein, telefonou para o Acrobata para perguntar o valor das despesas e Ostashinsky, ofendido, respondeu-lhe grosseiro: Vá tomar no cu, Yoel. Algumas vezes, após uma briga, tarde da noite, Ivria dizia baixinho: Eu compreendo você. O que ela queria dizer com isso? O que é que ela compreendia? Qual era a medida da semelhança ou da diferença entre os segredos de pessoas diversas? Yoel sabia que não havia nenhuma maneira de saber. Apesar de a pergunta: o que é que as pessoas realmente sabem umas das outras?, especialmente pessoas que são próximas umas às outras, ter-lhe sido sempre importante, agora ela havia se tornado também urgente. Todo dia ela usava blusa e calça branca. No inverno, também um pulôver branco. Uma marinheira de uma esquadra que, pelo visto, partira sem ela. Não usava nenhuma joia exceto a aliança de casamento que, por algum motivo, tinha resolvido meter justamente no dedo mínimo direito. Era impossível tirá-la. Os dedos finos e infantis estavam sempre frios. Yoel tinha saudade do seu toque frio nas costas nuas. Às vezes gostava de juntá-los e de se esforçar por aquecê-los em suas mãos feias, amplas, como se aquecesse uma avezinha congelada. Só uma única vez, no outono anterior, ela lhe disse na varanda da cozinha em Jerusalém: Ouça. Não estou bem. E, quando ele perguntou o que é que estava doendo, ela explicou que ele estava enganado, que não se tratava de algo físico. Assim: Ela não estava bem. E Yoel, que aguardava uma ligação da El-Al, lhe respondeu, a fim de se esquivar, de se livrar, para encurtar o que poderia se desenvolver numa longa história: Vai passar, Ivria. Você vai ver que vai ficar bem. Se tivesse atendido ao chamado e viajado a Bangcoc, Le Patron e Ostashinsky teriam que assumir a tarefa de se preocupar daqui em diante com a mãe, com a filha e com a sogra. Todas as traições que havia cometido em sua vida estariam perdoadas se tivesse viajado e não voltado. Um deficiente que nasceu sem membros quase não poderia fazer algum mal. E quem poderia fazer mal a ele? Aquele que perdeu mãos e pés não pode ser crucificado. Realmente não iria saber nunca o que tinha acontecido em Bangcoc? Talvez apenas um acidente banal numa faixa de travessia de pedestres? Ou num elevador? E se um dia ou mesmo com o passar dos anos os músicos da filarmônica israelense viessem a saber que o homem que jazia neste momento no caixão hermético de metal no bagageiro do Jumbo da Lufthansa sobre o Paquistão, na escuridão, foi o que, com sua esperteza, coragem e revólver, salvou-os do massacre que estavam para sofrer há alguns anos no meio do seu concerto em Melbourne? Naquele momento Yoel sentiu uma onda de raiva interior pela alegria secreta que fluía desde cedo em seu peito: O que é que tem? Livrei-me deles. Eles queriam a minha morte e agora eles mesmos morreram. Morreu? Sinal de que fracassou. Ela morreu? Ela perdeu. Lamentável. Estou vivo — sinal de que eu tinha razão.

Talvez não. Talvez este seja apenas o preço da traição, disse para si próprio na saída da cidade, e ultrapassou, repentinamente, numa arrancada selvagem, pela direita, uma fila de quatro ou cinco carros, pulou ao longo da faixa da direita, livre, e cortou a cerca de dez centímetros a frente do primeiro carro da fila, bem no segundo em que a luz do sinal mudou. Ao invés de continuar para casa, voltou-se na direção de Ramat Gan, estacionou junto ao shopping center e entrou numa loja imensa de roupas femininas. Após uma hora e meia de reflexão, comparações, exames e pensamentos sutis, saiu dali carregando num pacote elegante um vestido brejeiro, quase ousado, que escolheu como presente para a filha, que lhe salvara a vida. Sempre tivera um olho extraordinário e um gosto original e imaginativo para roupas femininas. Jamais se enganava nas medidas, na moda, na qualidade do tecido, nas cores ou no corte. Na outra mão carregava uma grande sacola de papel e, numa embalagem separada, um lenço para a mãe, um cinto para a sogra e uma echarpe bonita para Odélia Krantz, uma camisola para Annemarie e seis lenços de seda para Ralph. Tinha também uma embalagem enfeitada com fita contendo uma malha comportada e bonita que comprou como presente de despedida para Tsipi; pois era impossível desaparecer sem sinal depois de todos estes anos. Mesmo que, por outro lado, o que é que tem, por que não desaparecer sem deixar nenhum sinal?

40

Neta disse:

— Você não regula. Isto eu nunca vou vestir em minha vida. Talvez você tente dar isto para a empregada, ela usa o mesmo tamanho que eu. Ou eu mesma posso dar para ela.

Yoel disse:

— Está bem. Como você quiser. Só experimente antes.

Neta saiu e voltou vestida no vestido novo, que eliminou, como que com varinha de condão, a magreza dela e a fez parecer ereta e flexível.

— Diga — disse ela —, é isto mesmo que você quer que eu vista mas não ousou pedir?

— Por que não ousei? — Yoel sorriu. — Pois fui eu mesmo que escolhi isto para você.

— O que é que você tem no joelho?

— Nada. Levei uma pancada.

— Deixe ver.

— Para quê?

— Talvez eu lhe faça um curativo.

— Não é nada. Deixe. Vai passar.
Ela desapareceu e voltou à sala após cinco minutos vestida nas roupas velhas. Nas semanas seguintes, não voltou a vestir o vestido sexy. Mas também não o deu para a empregada como disse que faria. Na ausência dela, Yoel entrava furtivamente por vezes no quarto de casal para constatar se o vestido ainda estava pendurado no armário aguardando. Viu nisto um relativo sucesso. Numa das noites Neta lhe deu um livro de Yair Hurvitz, *Relações e ansiedade*. Na página 47 encontrou a poesia "Responsabilidade" e disse para a filha:

— É bonito. Mas como posso saber se o que acho que entendo é o mesmo que o poeta queria dizer?

Não foi novamente a Tel Aviv. Mais nenhuma vez até o final daquele inverno. Algumas vezes, à noite, na descida da ruazinha, diante da cerca do pomar, o cheiro da terra molhada e as árvores carregadas de folhas, ficava parado olhando longamente o clarão das luzes que pairava de longe sobre a cidade. Um clarão cuja cor era por vezes azul brilhante e por vezes alaranjada ou amarelo-limão e até vermelho púrpura e algumas vezes lhe parecia a cor doentia, envenenada, de uma chama de produtos químicos.

Nesse meio tempo, abandonou também as viagens noturnas às colinas do Carmelo, ao mosteiro trapista em Latrun, ao limite da planície costeira e às colinas junto a Rosh-Haayn. Não passou mais as primeiras horas da madrugada em conversas com os árabes do período noturno dos postos de gasolina, não passou mais dirigindo devagar pelas prostitutas de estradas. Não patrulhou mais o depósito do jardim na escuridão mais profunda. Mas a cada três ou quatro noites se encontrou parado diante da porta da casa dos vizinhos e, mais recentemente, levava consigo uma garrafa de uísque ou de licor de qualidade. Sempre procurava voltar para casa antes que começasse a clarear. Mais de uma vez teve a oportunidade de facilitar o trabalho do velho búlgaro distribuidor de jornais, apanhando o jornal da mão dele pela janela do antigo Sussita, economizando-lhe o transtorno de parar, desligar o motor e deixar o carro engatado, sair dele e enfiar o jornal na caixa de correspondência. Algumas vezes Ralph disse: "Não estamos apressando você. Leve o tempo que quiser, Yoel". E ele deu de ombros e ficou em silêncio.

Uma vez, Annemarie perguntou repentinamente:
— Diga, o que é que a sua filha tem?
Yoel refletiu nisso quase um minuto antes de responder:
— Não tenho certeza se compreendi a pergunta.
Annemarie disse:
— É isto. Sempre vejo vocês juntos, mas nunca vi vocês tocarem um no outro.
Yoel disse:
— Sim. Talvez.
— Você nunca vai me contar nada? O que é que eu sou para você? Um gatinho?
— Vai estar tudo bem — disse distraído, e foi apanhar uma bebida. E o que é que poderia contar para ela? Matei minha mulher porque ela tentou matar nossa filha que tentou eliminar os pais? Mesmo que houvesse entre nós mais amor do que é permitido que haja? Como no versículo, "De ti para ti fugirei"? Assim, ele disse: — Conversaremos oportunamente. — Bebeu e fechou os olhos.

Entre ele e Annemarie aprofundou-se uma familiaridade carnal delicada e precisa. Como uma dupla antiga e bem treinada de tenistas. Ultimamente, Yoel renunciou ao hábito de fazer amor como se estivesse conferindo favores a ela e como se negasse a sua própria carne. Lentamente começou a confiar nela e a revelar-lhe quais eram as suas fraquezas. Pediu a ela prazeres físicos secretos, os quais, durante todos os anos, teve muito embaraço em revelar à esposa, e muita delicadeza para impô-los a mulheres passageiras. Annemarie, de olhos fechados, se concentrava. Captava cada som e cada nota. Submetia-se e tocava para ele melodias pelas quais ele próprio não sabia o quanto ansiava que ela tocasse. Às vezes, ela parecia não estar fazendo amor com ele mas concebendo-o e dando-o à luz. E, um momento depois que acabavam, Ralph se inclinava, como um urso, emanando alegria e bondade, como um treinador cuja seleção acabou de obter uma vitória; servia para a irmã e para Yoel copos de ponche quente com canela-cheirosa, trazia uma toalha, trocando o Brahms por um disco de música country tranquila, obscurecendo ainda mais o som e a luz da água esverdeada; sussurrava good night e desaparecia.

No viveiro de Berdugo Yoel comprou cormos de gladíolos, de dálias e de gérberas e os plantou para a primavera. E quatro ramos de videira dormentes. Também seis vasos altos de barro e três sacos de composto de terra enriquecida. Não foi longe até Kalkiliya. Colocou esses vasos nos cantos do jardim e plantou gerânios de várias cores, que no verão ultrapassariam as bordas dos vasos e deles se derramariam. No início de fevereiro foi com Arik Krantz e o filho Dubi ao shopping center local e comprou vigas trabalhadas, longos parafusos, prendedores e ferragens de ângulo na loja de materiais de construção. Em dez dias, com a ajuda entusiasta de Arik e de Dubi Krantz, mas, para sua surpresa, também com a ajuda de Neta, trocou a cobertura com tubos de metal do estacionamento do carro e em seu lugar construiu uma linda pérgula de madeira. Passou nela duas camadas de verniz marrom, resistente às mudanças de clima. Plantou aos seus pés os quatro ramos de videira, para criar uma cabana de vinhas. Quando achou no jornal um comunicado sobre a data do enterro do companheiro no cemitério de Pardes Hanna, decidiu não ir. Ficou em casa. E para a cerimônia em memória, realizada em Jerusalém, em 16 de fevereiro, no aniversário da morte de Ivria, foi com a mãe e a sogra, e novamente foi decisão de Neta não ir. Ficar para cuidar da casa.

Quando Nakdimon recitou em sua voz anasalada a oração dos mortos de forma atrapalhada, Yoel inclinou a cabeça para a mãe e sussurrou: A coisa mais bonita é como os óculos lhe dão uma aparência de cavalo educado, um cavalo religioso. Lisa respondeu num sussurro raivoso: Que vergonha! Diante do túmulo! Vocês todos a esqueceram! Avigail, ereta, no seu porte aristocrático, em sua mantilha de renda preta espanhola que lhe envolvia a cabeça e os ombros, lhes fez um sinal: Parem. E Yoel e a mãe no mesmo instante pararam os seus sussurros e se calaram.

Ao anoitecer, todos voltaram, inclusive Nakdimon Lublin e dois de seus quatro filhos, para a casa em Ramat Lotan. Então verificaram que Neta, com a ajuda de Ralph e Annemarie, pela primeira vez desde que tinham mudado, havia aberto e aumentado a mesa de jantar espanhola e durante o dia tinha conseguido preparar uma refeição para dez pessoas. Com toalha vermelha e velas acesas e bifes temperados de peru, verduras cozidas, arroz no vapor, champignon e sopa fria de tomate, picante, servida em copos altos com fatias de limão metidas na borda de cada copo. Era a sopa com que a mãe costumava surpreender as visitas. Nos raros casos em que vinham visitas. Também o lugar de cada um Neta estabeleceu com imaginação e gosto; Annemarie ao lado de Krantz, os filhos de Nakdimon entre Lisa e Ralph, Avigail junto a Dubi Krantz, e nas duas cabeceiras da mesa colocou Yoel e Nakdimon.

41

O dia seguinte, 17 de fevereiro, foi um dia cinzento e o ar parecia congelado. Mas não choveu e o vento não soprou. Depois de ter levado Neta para a escola e a mãe à biblioteca circulante de língua estrangeira, seguiu para o posto de gasolina, encheu o tanque até a borda e insistiu para colocar ainda quanto coubesse; depois que a bomba automática parou de puxar, examinou o óleo e a água, a água na bateria e a pressão dos pneus. Na volta saiu para o jardim e podou, como planejado, todas as roseiras. Espalhou adubo orgânico pelo gramado que tinha embranquecido devido ao excesso de chuva do inverno e do frio. Adubou também as árvores frutíferas para a primavera que se aproximava, misturou bem o adubo com as folhas apodrecidas que se desfaziam e tinham enegrecido aos pés das árvores e então espalhou a mistura com a ajuda de um forcado e de um ancinho. Endireitou as bacias de irrigação e sachou um pouco, com os dedos, inclinado como se estivesse se prosternando, os canteiros de flores. Dos quais arrancou os primeiros brotos de grama de ponta, azedinha e trepadeira. De sua posição curvada, viu o roupão de flanela azul-claro que ela usava ao sair à porta da cozinha; não pôde ver o rosto dela, e se encolheu em seu lugar como se tivesse absorvido um soco bem dirigido no plexo solar ou como se tivesse começado uma espécie de colapso interior na cavidade do ventre. Seus dedos se enrijeceram imediatamente. Depois retomou o controle, sufocou a ira e disse: "O que foi que aconteceu, Avigail?". Ela irrompeu numa gargalhada e respondeu: "O que foi? Assustei você? Veja com que cara você está. Como se fosse matar alguém. Não aconteceu nada, só vim perguntar se você quer o seu café aqui fora ou se vai entrar logo". Ele disse: "Não, eu já vou entrar", e mudou de opinião e disse: "Ou talvez seja melhor que você o traga para fora para não esfriar", e novamente mudou de opinião e disse em outro tom: "Nunca, você está me ouvindo?, nunca mais vista as roupas dela". E o que Avigail ouviu na voz dele fez com que suas feições de camponesa eslava, amplas, claras e tranquilas, se inundassem de um forte rubor: "Isso não é roupa dela. Ela me deu este roupão há cinco anos porque você mesmo comprou para ela um roupão novo em Londres".

Yoel sabia que devia pedir desculpas. Pois ainda no dia anterior ele próprio tinha implorado a Neta que usasse a bonita capa de chuva que tinha comprado para Ivria em Estocolmo. Mas a raiva, ou talvez a ira porque esta raiva fora despertada, fez com que, ao invés de pedir desculpas, sibilasse com amargura, quase com ameaça:

— Não faz diferença. Aqui na minha casa eu não vou suportar isso.

— Aqui na sua casa? — perguntou Avigail num tom didático, como uma diretora tolerante de uma escola primária liberal.

— Aqui na minha casa — Yoel repetiu baixo e enxugou na parte de trás das calças jeans o pó úmido que tinha se grudado aos dedos —, aqui na minha casa você não vai andar com as roupas dela.

— Yoel — ela disse após um momento numa tristeza misturada com afeto —, você pode ouvir algo? Estou começando a pensar que o seu estado talvez não seja menos difícil que o de sua mãe. Ou de Neta. Só que você, naturalmente, consegue esconder seus problemas, e isso torna a sua situação mais grave. Na minha opinião, o que você realmente precisa...

— Bem — cortou Yoel. — Isso basta por hoje. Tem café ou não tem? Eu devia entrar e preparar sozinho o café ao invés de pedir favores. Logo precisarão trazer aqui pessoal da tropa antiterror.

— A sua mãe — disse Avigail —, você sabe que entre nós duas existem relações muito significativas. Mas quando eu vejo...

— Avigail — ele disse —, o café.

— Entendi — ela disse, e entrou e voltou trazendo uma xícara de café e um prato com um grapefruit descascado e separado em gomos com precisão como um crisântemo aberto. — Eu entendo. Falar faz mal para você, Yoel. Eu deveria ter sentido isso sozinha. Pelo visto, cada um deve suportar a sua agonia a seu modo. Peço desculpas se por acaso o feri.

— Está bem. Chega — disse Yoel enchendo-se repentinamente de ódio forte pelo modo como ela pronunciou "pelo visto", que saiu de sua boca não como "pelo visto", mas "peluvistu".

Ele quis pensar em algo diferente, mas de repente passou por seus pensamentos o policial Shealtiel Lublin em seu bigode de morsa, em sua bondade grosseira, em sua generosidade canhestra com as piadas sobre sexo e funções do organismo, seus sermões queimados pelo fumo, que pronunciava sempre a respeito da tirania do sexo ou comunhão geral dos segredos. Percebeu então que a abominação que brotava nele era dirigida não contra Lublin ou Avigail mas contra a memória da esposa, a frieza do silêncio dela e as suas roupas brancas. Com dificuldade se obrigou a engolir dois goles de café, como se se inclinasse sobre esgoto, e logo devolveu a Avigail a xícara e a flor de gomos de grapefruit e, sem dizer mais nenhuma palavra, inclinou-se para o canteiro que já estava limpo e novamente começou a procurar com olhos de ave predadora sinais de plantas daninhas brotando. Decidiu até pôr os óculos de armação preta para isso. Entretanto, após vinte minutos, entrou na cozinha e a viu congelada, sentada numa posição rígida, os ombros envoltos na sua mantilha de viúva espanhola, como o perfil do selo da mãe enlutada anônima, olhando, sem se mover, pela janela, para o ponto no jardim onde ele tinha estado trabalhando até um minuto antes. Sem perceber, os olhos dele acompanharam o olhar dela para aquela direção. Mas o lugar estava vazio. E ele disse:

— Está bem. Vim me desculpar. Não quis ofender você.

Depois ligou o carro e foi novamente ao viveiro de Berdugo.

E para onde mais poderia ir naqueles dias, final de fevereiro, quando Neta já tinha ido duas vezes, com intervalo de uma semana, ao posto de recrutamento e agora aguardavam os resultados dos exames? Levava-a toda manhã para a escola, e sempre no último minuto. Ou depois dele. Mas, para se apresentar no posto de recrutamento, Dubi veio buscá-la, um dos dois filhos de Krantz, um rapaz de cabelo cacheado e magro que, por algum motivo, lembrou a Yoel um menino iemenita vendedor de jornais da época dos primeiros anos do Estado. Descobriu que o pai o tinha enviado e também lhe dissera para esperá-la no posto de recrutamento nas duas vezes, até que ela acabasse tudo, e depois levá-la para casa no Fiat.

— Diga, você também coleciona plantas espinhosas e partituras? — Yoel perguntou a este Dubi Krantz.

E o rapaz, ignorando totalmente a zombaria ou não estando acostumado a percebê-la, respondeu tranquilamente:

— Ainda não.

Além de levar Neta para a escola, Yoel levou a mãe para exames de controle rotineiros no consultório particular do dr. Litvin, num bairro próximo a Ramat Lotan. Numa dessas viagens, ela lhe perguntou de supetão, sem qualquer aviso ou conexão, se o caso com a irmã do vizinho era para valer. E ele, sem pensar duas vezes, lhe respondeu nas mesmas palavras com as quais o filho de Krantz tinha lhe respondido antes. Frequentemente passava uma hora ou uma hora e meia de manhã no viveiro de Berdugo. Comprou diversas floreiras, comprou vasos grandes e pequenos, de barro e de material sintético, dois tipos de terra enriquecida para vasos, uma ferramenta para afofar o solo, um pulverizador para regar e outro para pesticida. A casa toda foi se enchendo de plantas. Principalmente samambaias que pendiam do teto e dos batentes das portas. Para pendurá-las, precisou usar novamente a furadeira elétrica ligada a um fio de extensão. Uma vez, ao voltar às onze e meia da manhã do viveiro, com o carro quase parecendo uma floresta tropical sobre rodas, viu a empregada filipina dos vizinhos na ladeira da ruazinha empurrando o carrinho de compras entulhado na subida da colina a uma distância de um quarto de hora da rua deles. Yoel parou e fê-la aceitar uma carona. Não conseguiu entabular com ela nenhuma conversa, só trocou palavras de polidez indispensáveis. Desde então, esperou por ela algumas vezes na esquina do estacionamento junto ao supermercado, alerta atrás da direção e oculto atrás dos seus novos óculos escuros, e, quando ela saía com o carrinho de compras, ele lançava o carro e conseguia, com essa tocaia, fazê-la entrar. Verificou que ela sabia um pouco de hebraico e um pouco de inglês e se satisfazia na maioria das vezes com respostas de três ou quatro palavras. Sem que ela pedisse, Yoel se ofereceu para aperfeiçoar o carrinho de compras: prometeu adaptar rodas de borracha ao invés das de metal barulhentas. E foi mesmo à loja de materiais de construção no centro e, entre outras coisas, comprou rodas com bordas de borracha. Mas não conseguiu de modo algum se conduzir até a porta dos estranhos onde a mulher trabalhava e, nas vezes em que conseguia pegá-la com o carrinho na saída do supermercado e levá-la para casa de carro, não podia parar de repente no meio do caminho, no centro do bairro, começar a esvaziar os produtos do carrinho lotado, virá--lo e trocar as rodas. Assim foi que Yoel não cumpriu a promessa e até fingiu que jamais tinha prometido algo. Escondeu de si próprio as rodas novas num canto escuro do depósito de ferramentas no jardim. Mesmo que em todos os seus anos de serviço ele sempre tivesse tratado de cumprir a palavra. Exceto, talvez, no último dia de trabalho, em que foi chamado urgentemente de volta de Helsinque e não teve tempo de cumprir a promessa e se comunicar com o engenheiro tunisino. Quando lhe veio à mente essa comparação, percebeu, para sua surpresa, que, mesmo o mês de fevereiro tendo acabado no dia anterior, e, com isso, tendo se passado mais de um ano desde que vira o inválido em Helsinque, ainda estava bem guardado em sua memória o número de telefone que o engenheiro lhe dera, o número que tinha decorado na hora e não mais esquecido.

À noite, depois que as mulheres o deixaram sozinho na sala vendo o noticiário da meia-noite e a neve que encheu a tela, a seguir, teve que lutar de repente com a tentação de discar o número. Mas como é que alguém sem membros haveria de levantar o fone? E o que é que ele tinha para dizer? Ou perguntar? Ao se levantar para desligar a televisão que tremeluzia em vão, ficou--lhe claro que o mês de fevereiro realmente tinha terminado no dia anterior e, portanto que hoje era o dia do aniversário de seu casamento. Por isso, apanhou a lanterna grande e saiu para o escuro do jardim; examinou à luz da lanterna como é que estava cada haste.

Uma noite, depois do amor, com um copo de ponche que soltava vapor, Ralph perguntou se podia lhe oferecer um empréstimo. Por algum motivo, Yoel entendeu que Ralph lhe pedia um empréstimo e perguntou de que valor se tratava, ao que Raph respondeu: "Até vinte ou trinta mil", antes que Yoel percebesse que não estavam pedindo a ele, mas, ao contrário, oferecendo-lhe. E ficou surpreso. Ralph disse: "Quando você quiser. Esteja à vontade. Não o estamos apressando". Então Annemarie interveio, apertando ao corpo pequeno o quimono vermelho, e disse:

— Eu me oponho a isso. Não haverá nenhum negócio até que nos encontremos.

— Nos encontremos?

— Quer dizer: cada um pôr um pouco de ordem em sua vida.

Yoel olhou para ela e aguardou, também Ralph não falou. Um sentido de sobrevivência profundo e adormecido despertou de repente em Yoel e advertiu-o de que era melhor cortar as palavras dela no mesmo momento. Mudar o tema da conversa. Olhar o relógio e se despedir. Ou, ao menos, brincar com Ralph a respeito do que ela havia dito e o que pretendia dizer.

— O jogo da cadeira, por exemplo — ela disse e irrompeu num riso —, quem se lembra dessa brincadeira?

— Será suficiente — Ralph sugeriu como se sentisse a preocupação de Yoel e visse um motivo para participar dela.

— Por exemplo — ela disse —, lá em frente, do outro lado da rua, mora um homem idoso. Da Romênia. Fala romeno com sua mãe por meia hora junto à cerca. E ele também vive sozinho. Por que é que ela não vai morar com ele?

— Mas o que é que vai sair disto?

— Sai que depois Ralphie pode mudar para a segunda mãe que há na sua casa e viver com ela. Ao menos por um período de experiência. E você mudará para cá. Hein?

Ralph disse:

— Como na arca de Noé. Ela junta todos aos pares. O que aconteceu? Está chegando o dilúvio?

E Yoel, esforçando-se para não soar zangado mas divertido e de boa paz, disse:

— Você esqueceu a garota. Onde é que vamos pôr a garota em sua arca de Noé? Pode me passar mais um pouco de ponche?

— Neta — disse Annemarie tão baixinho que a voz estava quase inaudível e Yoel quase perdeu as palavras e também a visão das lágrimas que instantaneamente encheram os seus olhos. — Neta é uma jovem mulher, não é uma garota. Até quando você vai chamá-la de garota? Eu penso, Yoel, que você nunca conheceu ou soube o que é uma mulher. Nem mesmo a palavra você não entende tanto. Não me interrompa, Ralph. Você também nunca soube. Como é *role* em hebraico? Papel? Não é uma palavra boa para mim, eu quis dizer que vocês, todo o tempo, nos dão o papel de bebê, ou vocês pegam para vocês o papel de bebês. Às vezes eu penso, baby, baby, é muito bonito, sweet, but we must kill the baby. Eu também quero mais um pouco de ponche.

42

Nos dias que se seguiram, Yoel pensou no oferecimento de Ralph. Particularmente quando lhe ficou claro que as novas linhas de frente o colocavam, assim como à sua mãe, opostos, contra a sogra e a filha, favoráveis ao aluguel da água-furtada na rua Karl Netter. E ainda antes dos exames finais que se aproximavam. Em 10 de março, Neta recebeu um comunicado emitido pelo computador do Exército, no qual estava dito que o recrutamento dela se daria dentro de sete meses, em 20 de outubro. A partir disso Yoel chegou à conclusão de que ela não tinha contado aos médicos do posto de recrutamento a respeito do seu problema, e talvez tivesse contado mas não tivessem descoberto nada nos exames. Por alguns momentos ele se perguntou se o silêncio dele não era desprovido de responsabilidade. Não era seu dever óbvio, como único progenitor, comunicar-se com eles por iniciativa própria e levar os fatos ao conhecimento deles? As descobertas dos médicos de Jerusalém? Por outro lado, pensou, conclusões de quais médicos, cujas opiniões divergiam, ele deveria apresentar lá? E não era um ato mau e irresponsável tomar a iniciativa de tal medida nas costas dela? Marcá-la para o resto da vida com o carimbo da doença que era alvo de toda espécie de superstições? Era fato que o problema de Neta nunca tinha ocorrido fora de casa. Nunca. E desde a morte de Ivria mesmo dentro de casa tinha ocorrido um único caso, já havia tempo, no final de agosto, e desde então não houve nenhum sinal. Na verdade, também o que ocorreu em agosto tinha tido algum duplo sentido leve. Por que não ir, portanto, à rua Karl Netter em Tel Aviv, examinar bem o aposento com a suposta vista do mar, investigar os vizinhos, averiguar de forma discreta quem era a companheira de moradia, a colega de classe, Adva, e, se percebesse que o terreno estava limpo, dar a ela cento e vinte dólares por mês, ou mais, e à tarde poderia passar por lá para tomar um café com ela e assim se certificar diariamente que tudo estava em ordem ali? E o que ocorrerá se Le Patron pretende realmente oferecer a ela algum pequeno trabalho no escritório? Uma espécie de auxiliar de secretária? Sempre poderá opor o seu veto a isso e frustrar os artifícios do Mestre. Apesar de, num segundo pensamento, por que proibi-la de trabalhar um pouco no escritório? Com isso, será justamente poupado da necessidade de puxar os cordões, de reativar antigas relações, liberá-la do recrutamento para o Exército sem utilizar justificativas de problemas de saúde e sem marcá-la com o estigma de não ter feito o serviço militar. Sem dificuldade, Le Patron poderia arranjar que o serviço dela no escritório fosse reconhecido como substitutivo do serviço militar. Além disso, seria agradável se ele, Yoel, com alguns movimentos calculados, livrasse Neta tanto do Exército como do estigma que às vezes Ivria insanamente o acusava de usar para marcá-la. E, além do mais, a mudança de ponto de vista na discussão sobre o aluguel do quarto na rua Karl Netter talvez trouxesse uma alteração nas relações de forças em casa. Mesmo que, por outro lado, fosse claro para Yoel que, no momento em que novamente Neta estivesse ao seu lado, logo se renovaria o pacto entre as duas velhas. E o oposto. Se conseguisse recrutar Avigail para o seu lado, a mãe e a filha se uniriam do outro lado da barricada. Se era assim, qual o sentido de brigar? E, com isso, deixou por enquanto o assunto de lado e nada fez nem com relação ao recrutamento nem quanto à rua Karl Netter. Decidiu mais uma vez que não havia pressa, amanhã é outro dia e o mar não vai fugir. Nesse meio-tempo, consertou o aspirador de pó quebrado do dono da casa, o sr. Kramer, e durante um dia e meio ajudou a empregada a acabar com o pó da casa até o último grãozinho, como costumava fazer todos os anos no apartamento de Jerusalém quando se aproximava a festa da Páscoa. Estava tão imerso nessa tarefa que, quando o telefone tocou e Dubi Krantz quis saber quando é que Neta iria voltar, Yoel informou a ele secamente que estavam realizando uma faxina total e que telefonasse numa outra hora. Quanto ao oferecimento de Ralph, de investir dinheiro em algum fundo de investimentos discreto vinculado a um consórcio no Canadá — onde o investimento seria duplicado em dezoito meses —, Yoel examinou a ideia confrontando-a com outras propostas que lhe foram sugeridas antes. Por exemplo, com a alusão feita algumas vezes pela mãe a respeito de uma grande quantia de dinheiro que ela possuía a fim de ajudá-lo a entrar no mundo dos negócios. Com os mundos e fundos que um antigo companheiro de serviço lhe tinha garantido se acedesse apenas em entrar como seu sócio numa firma particular de investigações. Com a proposta de Arik Krantz, que não cessava de lhe pedir que compartilhasse de sua aventura: duas vezes por semana, de avental branco, Arik trabalhava como auxiliar voluntário no turno da noite de um dos hospitais e ali gozava da dedicação de uma voluntária chamada Greta e tinha assinalado e reservado para Yoel duas outras voluntárias, Cristina e Iris, dentre as quais Yoel tinha a liberdade de escolher uma ou mesmo as duas. As palavras *mundos e fundos* não despertaram nada em Yoel. Nem mesmo as tentações das aplicações ou das voluntárias de Krantz. Nada o movia, exceto uma sensação vaga mas estável e constante de que ele não estava realmente desperto: que ele estava andando, pensando, cuidando da casa, do jardim e do carro, fazendo amor com Annemarie, viajando ida e volta entre o viveiro, a casa e o shopping center, limpando as janelas para a Páscoa, chegando ao fim da leitura da biografia do chefe do Estado-Maior Elazar, e tudo dormindo. Se ainda tinha a expectativa de decifrar algo, compreender, ou ao menos formular a pergunta com nitidez, devia sair dessa névoa profunda. Despertar a qualquer preço de seu sono. E até com um desastre. Que viesse algo e explodisse com um golpe de adaga a película frágil e gordurosa que se fechava sobre ele de todos os lados e o sufocava como um útero.

Às vezes se lembrava dos momentos de vigilância cruciante dos anos de serviço, dos momentos em que passava pelas ruas de uma cidade estranha como se escorregasse numa fenda entre duas lâminas, o corpo e os pensamentos afiados, como quando caçando ou fazendo amor, e mesmo as coisas simples, triviais, banais, lhe davam indícios dos segredos que elas continham. O reflexo da luz noturna numa poça. Os punhos da manga de algum transeunte. O traço da roupa íntima de corte ousado através de um vestido de verão de uma mulher na rua. Ao ponto de poder às vezes adivinhar algo três ou quatro segundos antes que acontecesse. Como o despertar de uma brisa, ou a direção do pulo de um gato encolhido na cerca, ou a certeza de que o homem andando à sua frente iria parar, bater com a mão na testa, girar e voltar sobre seus passos. Tão aguçada tinha sido a sua vida de percepção naqueles anos e agora tudo havia ficado embotado, mais lento. Como se o vidro tivesse ficado enevoado e não houvesse meio de averiguar se tinha ficado embaçado por fora ou por dentro, ou, pior do que isso, nem por fora nem por dentro, mas o próprio vidro repentinamente dissolvia em si mesmo a essência leitosa turva. E, se não acordasse e o rebentasse agora, a névoa aumentaria, o sono se tornaria mais profundo, a lembrança dos momentos de alerta feneceria, e ele morreria, sem saber, como um caminhante adormecido na neve.

Comprou uma lente de aumento forte na ótica do shopping center. Estando sozinho certa manhã em casa, examinou através dela finalmente o ponto estranho junto a um portão dos mosteiros românicos na foto que tinha pertencido a Ivria. Por um longo tempo aprofundou-se na análise, auxiliado por um raio de luz focalizado e com seus óculos e com os óculos de médico rural e com a lente de aumento que tinha comprado, uma vez por um ângulo, outra, por outro. Até que começou a se sentir inclinado a aceitar a hipótese de que não havia ali um objeto abandonado nem um pássaro errante, mas uma espécie de pequeno defeito no próprio filme. Talvez um minúsculo arranhão ocorrido no processo de revelação. As palavras que o comandante de regimento, sem orelha, Jimmy Gal, tinha usado a respeito de dois pontos e a linha que os liga lhe pareceram corretas, acima de qualquer erro, mas também banais e evidenciadoras, finalmente, da dimensão da pobreza espiritual da qual ele, Yoel, não se via isento mesmo que ainda esperasse conseguir se liberar disso.

43

De repente a primavera irrompeu com o zumbido de milhares de mosquitinhos e abelhas e num turbilhão de perfumes de florescência e cores que quase pareceram exagerados a Yoel. De uma só vez o jardim começou a transpor as suas bordas e a se derramar num florescer e em inflorescências voluptuosas e num brotar alvoroçado. As árvores frutíferas no jardim atrás da casa começaram a brotar e após três dias já estavam flamejando. Mesmo os cactos nos vasos da varanda explodiram num vermelho extremo e em amarelo-laranja flamejante, como se tentassem falar com o sol na linguagem dele. Houve uma espécie de inchaço do qual Yoel quase imaginou ouvir o fervilhar, se prestasse muita atenção. Como se as raízes das plantas tivessem se transformado em garras afiadas que dilaceravam a terra na escuridão e muitas seivas escuras estavam sendo extraídas e espargidas para cima nos vasos dos troncos e hastes e no brotar da folhagem da florescência eram apresentadas à luz ofuscante. Que novamente cansou os seus olhos, apesar dos óculos escuros que tinha comprado no início do inverno.

Parado junto à cerca viva, chegou à conclusão de que as pereiras e macieiras não eram suficientes. A ligústica, a espirradeira e a primavera, assim como os hibiscos, lhe pareceram repentinamente enfadonhas e vulgares. Assim decidiu eliminar a parte do gramado ao lado da casa, sob as janelas dos dois quartos de crianças nos quais as velhas dormiam, e plantar ali uma figueira e uma oliveira e até uma romãzeira. No tempo adequado, as videiras que tinha plantado aos pés da pérgula nova se arrastariam até ali, e, assim, em dez ou vinte anos haveria uma perfeita réplica em miniatura mas completa de um bosque israelense escuro e grosso que sempre invejara nos pátios dos árabes. Yoel planejou tudo até o último detalhe: fechou-se em seu quarto e estudou os capítulos necessários do guia agrícola, preparou numa folha de papel uma tabela comparativa das vantagens das diversas espécies em contraste com suas desvantagens, depois saiu para o terreno, mediu com uma fita dobrável as distâncias que haveria entre os rebentos, assinalou os pontos desejáveis fincando pequenas cavilhas, telefonou diariamente a Berdugo para perguntar se já tinha chegado a sua encomenda, e aguardou.

Na manhã seguinte antes da noite da Páscoa, quando as três mulheres viajaram para Metula e o deixaram sozinho, saiu de casa e cavou no lugar das cavilhas cinco covas quadradas e bonitas para plantar. Forrou o fundo dos buracos com uma camada de areia fina misturada com esterco de aves. Depois foi de carro buscar as suas mudas que tinham chegado ao viveiro de Berdugo: uma figueira, uma tamareira, uma romãzeira e duas oliveiras. Na volta, em segunda marcha, para não perturbar as plantas, encontrou Dubi Krantz, magro, cabelo encaracolado e sonhador, sentado nos degraus de entrada. Yoel sabia que os dois filhos de Krantz já tinham concluído o serviço militar e, apesar disso, lhe parecia que o rapaz diante dele tinha no máximo dezesseis anos.

— Seu pai mandou você aqui para me trazer o irrigador?

— Bem — disse Dubi arrastando as sílabas como se tivesse dificuldade em se separar delas —, se o senhor está precisando do irrigador, eu posso ir buscá-lo. Não há problema. Estou aqui com o carro dos meus pais. Eles não estão. Mamãe foi para o exterior e papai foi passar o feriado em Eilat e o meu irmão foi para a casa da namorada em Haifa.

— E você? Ficou trancado fora?

— Não. É outra coisa.

— Por exemplo?

— A verdade é que eu vim ver Neta. Pensei, talvez à noite...

— É uma pena que você tenha pensado, meu caro — Yoel irrompeu repentinamente em uma espécie de riso que surpreendeu a ele próprio e ao rapaz —, enquanto você estava sentado pensando, ela foi com as avós para o outro extremo do país. Você tem cinco minutos? Venha me ajudar um pouco a descarregar do carro estas latas com plantas.

Ambos trabalharam durante três quartos de hora sem falar, exceto as palavras essenciais como "segure", "endireite", "aperte firme mas com cuidado". Cortaram as latas e conseguiram soltar as plantas de dentro delas sem que os torrões de terra presos às raízes se esboroassem. Depois cumpriram em silêncio e com exatidão a cerimônia do enterro, inclusive a cobertura dos poços, a compressão e a saliência dos espaços de irrigação. O trabalho do jovem agradou a Yoel, e também começou quase a apreciar o seu acanhamento ou o seu fechamento. Uma vez, à tarde, no final de uma tarde outonal em Jerusalém, uma noite de sábado, quando a tristeza das montanhas enchia o ar, Ivria e ele saíram para um pequeno passeio a pé e entraram no jardim das rosas para apreciar o pôr do sol. Ivria disse: Você lembra quando você me violentou entre as árvores em Metula? Pensei que você fosse mudo. E Yoel, que sabia que em geral a esposa não costumava brincar, logo corrigiu e disse: Isso não está certo, Ivria, não foi violentação; se é para dizer, ao contrário, foi uma sedução. Isso, em primeiro lugar. Mas, deste "em primeiro lugar", esqueceu de dizer o que vinha em seguida. Ivria disse: Você sempre classifica cada detalhe nesta sua terrível memória, não perde nenhuma migalha, mas só depois que você processa os dados. Pois esta é a sua profissão. Para mim foi amor.

Quando acabaram, Yoel disse: Então, como é fazer a festa do Dia da Árvore na Noite de Páscoa? Convidou o rapaz para lhe fazer companhia na cozinha numa laranjada gelada, já que ambos estavam molhados de suor. Depois preparou café também. Interrogou-o um pouco a respeito do serviço militar no Líbano, sobre as suas concepções que, de acordo com o pai, eram totalmente de esquerda e sobre o que é que estava fazendo agora. Ficou sabendo que o rapaz tinha servido no batalhão de engenharia de combate, que em sua opinião Shimon Peres fazia um belo trabalho, que no momento ele estava estudando mecânica de precisão. Mecânica de precisão era, por acaso, o passatempo dele, e agora ele tinha decidido transformá-la em profissão. Em sua opinião, mesmo não tendo muita experiência, a melhor coisa que podia ocorrer a alguém era que o passatempo preenchesse a vida.

Aqui Yoel interveio, como que de brincadeira:

— Existe justamente a opinião de que a melhor coisa da vida é o amor. Você concorda?

E Dubi, numa seriedade concentrada, com uma emoção que conseguiu dominar até que só restou dela um brilho nos olhos, disse:

— Ainda não ouso entender tanto. Amor e et cetera. Quando a gente olha para os meus pais, como o senhor os conhece, poderia pensar que a melhor coisa é manter os sentimentos e et cetera em banho-maria. Ao invés disso, é preferível fazer algo que vá bem para a gente. Algo que alguém necessite. Estas são as duas coisas que dão mais satisfação. De todo modo, mais me satisfazem: ser necessário e fazer um bom serviço.

E, como Yoel não se apressou em responder, o rapaz se encorajou e acrescentou:

— Perdão, posso lhe perguntar algo? É verdade que o senhor é um negociante internacional de armas ou algo do gênero?

Yoel deu de ombros, sorriu e disse:

— Por que não? — E, de repente, parou de sorrir e disse: — É brincadeira. Sou só funcionário público. No momento estou numa espécie de licença prolongada. Diga-me: o que é que você está procurando em Neta? Aperfeiçoamento em poesia moderna? Um curso rápido sobre as plantas espinhosas do país?

Conseguiu com isso deixar o rapaz embaraçado e quase com medo. Ele se apressou em colocar a xícara de café que tinha na mão sobre a toalha na mesa e logo a levantou, colocando-a delicadamente no pires, roeu por um momento a unha do polegar, considerou melhor, parou e disse:

— Nada em especial. Nós só conversamos um pouco.

— Nada em especial — disse Yoel e espalhou sobre o rosto por um momento a crueldade do gato petrificado, de pupilas congeladas, que costumava utilizar quando havia necessidade de amedrontar vagabundos, pequenos vilões, patifes, insetos de lama —, nada em especial não é aqui, meu caro. Se é nada, é conveniente tentar em outro lugar.

— Só quis dizer que...

— De todo modo, é melhor que você se afaste dela. Talvez você tenha ouvido, por acaso. Ela não é cem por cento em ordem. Ela tem um pequeno problema de saúde. Mas não ouse falar a respeito.

— Ouvi alguma coisa assim — disse Dubi.

— O quê?!

— Ouvi algo. E daí?

— Só um momento. Quero que você repita. Palavra por palavra. O que foi que você ouviu a respeito de Neta?

— Esqueça — Dubi esticou —, toda espécie de mexericos. Besteiras. Não se impressione com isso. Também a meu respeito falaram um pouco. Ramificação de nervos e tudo o mais. Da minha parte, que fofoquem.

— Você tem um problema de nervos?

— Eu, hein!

— Ouça bem. Posso averiguar isso com facilidade, você sabe. Tem ou não tem?

— Tive. Agora estou bem.

— É o que você diz.

— Senhor Ravid?

— Sim.

— Posso lhe perguntar o que deseja de mim?

— Nada. Só que você não comece a meter na cabeça de Neta toda espécie de bobagens. Ela tem bastante. Na realidade, pelo visto, você também tem. Acabou de beber? E não tem ninguém na sua casa? Quer que eu lhe prepare algo ligeiro para comer?

Depois o rapaz se despediu e foi embora no Audi azul dos pais. Yoel foi para o chuveiro e se banhou por um longo tempo em água muito quente, ensaboou-se duas vezes, enxaguou-se com água fria, saiu e murmurou: Da minha parte.

Às quatro e meia Ralph veio e disse que ele e a irmã entendiam que Yoel não costumava celebrar a Páscoa, mas, como ele tinha ficado sozinho, talvez quisesse se juntar a eles para o jantar e assistir a uma comédia no vídeo. Annemarie está preparando uma salada Waldorf e ele, Ralph, está fazendo uma experiência com um assado de vitela ao vinho. Yoel prometeu ir, mas às sete da noite, quando Ralph entrou para chamá-lo, encontrou-o dormindo de roupa no sofá da sala, rodeado pelas folhas do suplemento de feriado do jornal. Decidiu deixá-lo dormir. Yoel dormiu um sono profundo na casa vazia e escura. Só uma vez, após a meia-noite, levantou-se e tateou em direção ao banheiro sem abrir os olhos e sem acender a luz. Os sons da televisão ou do vídeo dos vizinhos do outro lado da parede se alternaram em seu sono com os sons da balalaica do motorista de caminhão que talvez tivesse sido uma espécie de amante da mulher. Em vez da porta do banheiro achou a porta da cozinha, tateou e saiu para o jardim, urinou de olhos fechados e, sem acordar, voltou para o sofá da sala, cobriu-se com a coberta quadriculada, e mergulhou no sono como uma pedra antiga até as nove da manhã do dia seguinte. Assim perdeu naquela noite uma visão misteriosa que ocorreu bem acima da sua cabeça, muitos bandos de cegonhas, numa corrente ampla, uma após a outra, sem interrupção, voaram para o Norte sob a lua cheia da metade do mês primaveril de Nissan, no firmamento desprovido de nuvens; milhares e talvez dezenas de milhares de silhuetas flexíveis pairavam acima da terra num ruído surdo de asas. Foi um movimento prolongado, insistente, incessante, ao mesmo tempo delicado, como o fluir de multidões de lenços pequenos de seda branca sobre um grande tecido de seda preta inundado por rios de luz prateada da lua e das estrelas.

44

Ao se levantar às nove da manhã no feriado cambaleou até o banheiro em suas roupas amarrotadas, barbeou-se e novamente tomou um banho longo de chuveiro, vestiu trajes esportivos brancos limpos e saiu para ver como se sentiam as suas novas plantas, a romãzeira, as duas oliveiras e a tamareira. Regou-as levemente. Arrancou aqui e ali pequenos brotos de ervas daninhas que aparentemente tinham surgido durante a noite, desde a busca cuidadosa realizada no dia anterior. E, quando o café estava fervendo, discou para a casa de Krantz para pedir desculpas a Dubi por talvez tê-lo tratado rudemente no dia anterior. Logo percebeu que devia se desculpar duplamente, uma vez a mais porque agora tinha acordado o rapaz do sono tardio do feriado. Mas Dubi disse que não era nada, é natural que o senhor se preocupe com ela, não tem importância, se bem que é conveniente que o senhor saiba que ela na realidade sabe cuidar de si própria. Aliás, se precisar de mim novamente para o jardim, ou outra coisa, não tenho nada de especial para fazer hoje. Que bom que o senhor ligou para mim, sr. Ravid. Lógico que eu não estou zangado.

Yoel perguntou quando é que os pais de Dubi deveriam voltar e, quando ouviu que Odélia voltaria no dia seguinte da Europa e que Krantz voltaria ainda hoje à noite de sua saída para Eilat a fim de estar em casa na hora da abertura de uma nova página, Yoel disse para si próprio que a expressão "uma nova página" era insatisfatória, porque soava fragilmente como papel. Pediu a Dubi que dissesse ao pai para telefonar quando voltasse, talvez tivesse algo pequeno para ele.

Depois saiu para o jardim e olhou longamente os canteiros de cravos e bocas-de-leão, mas não viu o que fazer ali e disse para si próprio: Pare com isso. Do outro lado da cerca o cão Ironside se empenhava numa pose formal, sentado na calçada com as patas juntas, a acompanhar com um olhar interessado o voo de um pássaro cujo nome Yoel não sabia mas que o fascinou pela cor azul brilhante. A verdade é que não existe uma página nova. Talvez apenas um nascimento prolongado. E nascimento é separação e separação é difícil, e quem é que pode em absoluto se separar até o fim? Por outro lado, pode-se continuar a nascer e a nascer para os pais durante anos e anos, mas sob outro aspecto a gente já começa a gerar ainda sem ter acabado de nascer, e assim a gente é apanhada em batalhas de corte de contato na frente e atrás. De repente lhe ocorreu que talvez houvesse algo para invejar no pai, o pai romeno melancólico, de terno de listas marrom ou o pai coberto de tufos do navio imundo, cada um deles desaparecido sem deixar sinal. E quem é que lhe tinha obstado, durante todos estes anos, a desaparecer sem deixar sinal, em Brisbane, na Austrália, assumindo a identidade de instrutor de autoescola, ou em alguma floresta ao norte de Vancouver, no Canadá, para viver como caçador e pescador numa cabana que construiria para si próprio e para a concubina esquimó cujas histórias divertiam Ivria? E o que obstava agora o seu desaparecimento? "Idiota", disse carinhosamente ao cão que decidiu repentinamente deixar de parecer um cão de louça e se transformar em caçador; postou-se sobre duas patas, apoiou as patas dianteiras na cerca e talvez esperasse com isso conseguir capturar o pássaro. Até que o vizinho idoso de frente assobiou para ele e naquela oportunidade trocou com Yoel votos de boas festas.

De repente Yoel foi atacado por uma fome violenta. Lembrou que desde o almoço do dia anterior não tinha comido nada porque adormecera vestido no sofá; também esta manhã só tinha tomado café. Foi até a casa dos vizinhos e perguntou a Ralph se havia sobrado um pouco do assado de vitela da noite anterior, e se poderia receber as sobras para o café da manhã. "Sobrou salada Waldorf também", disse Annemarie alegremente, "e há sopa, mas é uma sopa muito temperada, talvez não seja bom comer algo tão temperado como primeira refeição da manhã." Yoel sorriu porque se lembrou repentinamente de um dos ditados de Nakdimon Lublin, quando Maomé está morto de fome, come até rabo de escorpião, e não se preocupou em responder às palavras dela e simplesmente fez um gesto, tragam tudo o que tiverem.

Sua capacidade de comer parecia não ter limites naquela manhã de festa. Depois que devorou a sopa e as sobras do assado e da salada, não hesitou em pedir também café da manhã: torrada, queijos e iogurte. E, quando Ralph abriu por um momento a geladeira a fim de tirar leite, os olhos treinados de Yoel captaram suco de tomate numa jarra de vidro e ele não se envergonhou e perguntou se poderia acabar também com ele.

— Diga-me uma coisa — Ralph Vermont começou —, Deus me livre estar tentando apressá-lo, mas eu só queria perguntar.

— Pergunte — disse Yoel com a boca cheia de torrada com queijo.

— Eu queria formular, se é possível, uma pergunta: você ama a minha irmã?

— Agora? — disse Yoel um pouco espantado.

— Agora também — Ralph especificou tranquilamente, mas com uma clareza de pessoa que conhece o seu dever.

— Por que é que você pergunta? — Yoel hesitou esperando dar um tempo —, quero dizer, por que é que você pergunta no lugar de Annemarie? Por que é que ela não pergunta? O que é essa intermediação?

— Vejam quem é que está falando — disse Ralph não com sarcasmo mas brincando, como se estivesse se divertindo à vista da cegueira do interlocutor.

E Annemarie, numa espécie de devoção tranquila, de olhos quase fechados, parecendo orar, disse baixinho:

— Sim. Estou perguntando.

Yoel passou um dedo lento entre o pescoço e o colarinho da camisa. Encheu os pulmões de ar e o soltou lentamente num sopro. Vergonha, pensou, é uma vergonha para mim, por não ter recolhido nenhuma informação, nem mesmo os detalhes mais básicos, sobre estes dois. Não tenho ideia de quem sejam. De onde surgiram e para que, e o que é que eles estão procurando por aqui. Apesar disso, preferiu evitar dizer uma mentira. Não sabia ainda a resposta verdadeira para a pergunta deles.

— Preciso de um pouco mais de tempo — disse. — Não posso lhes dar uma resposta neste momento. É preciso um pouco mais de tempo.

— Quem é que o está apressando? — perguntou Ralph, e por um momento Yoel pareceu perceber um brilho claro de ironia paterna no rosto de estudante do colegial de meia-idade, um rosto que não carregava nenhum sinal de sofrimento da vida. Como se o rosto de um menino plácido que começou a envelhecer fosse apenas uma máscara e por um instante se revelassem uma expressão amarga e uma expressão marota.

Enquanto ainda sorria afetuosamente e quase de forma idiota, o fazendeiro enorme tomou em suas mãos rosadas, abundantemente pintalgadas, as mãos de Yoel, amplas e feias, de cor marrom como pão, e com lama de jardim sob as unhas, colocou lentamente e com suavidade cada uma das mãos de Yoel sobre cada um dos seios da irmã, tão acuradamente que Yoel sentiu a dureza dos bicos dos seios exatamente bem no centro macio das palmas de suas mãos. Annemarie sorriu baixinho. Ralph se sentou, canhestramente e quase admoestado, sobre um banquinho no canto da cozinha, e perguntou timidamente:

— Se você se decidir a tomá-la, você pensa que eu, que haverá um lugarzinho também para mim? Nas redondezas?

Depois Annemarie se soltou e foi preparar café porque a água estava fervendo. Na hora de tomar o café, o irmão e a irmã sugeriram a Yoel assistir no vídeo à comédia que ambos tinham visto na noite anterior e que havia perdido porque adormecera. Yoel se ergueu e disse: Quem sabe daqui a algumas horas. Preciso sair agora para resolver algumas coisas. Agradeceu a ambos e saiu sem explicações, ligou o carro e partiu do bairro e da cidade. Estava bem consigo próprio, com o corpo, com a sequência dos pensamentos, como não ficava havia muitos dias. Talvez porque tivesse rompido sua fome terrível e tivesse comido muitos pratos saborosos, e talvez porque soubesse exatamente o que lhe cabia fazer.

45

No caminho ao longo da estrada costeira, ele recapitulou os detalhes que tinha ouvido aqui e ali no decorrer dos anos a respeito da vida particular do homem. Estava tão imerso em seus pensamentos que se espantou ao ver o entroncamento de Natanya, repentinamente, quase junto à saída norte de Tel Aviv. Ele sabia que as três filhas dele estavam casadas havia já alguns anos, uma em Orlando, na Flórida, uma em Zurique e uma se encontra, ou ao menos se encontrava, há alguns meses no corpo diplomático da embaixada no Cairo. Assim seus netos estavam agora dispersos em três continentes. A irmã morava em Londres, enquanto a ex-esposa, mãe das filhas, casada havia vinte anos com um músico mundialmente famoso, também morava na Suíça, não longe da filha do meio e respectiva família, talvez em Lausanne.

Em Pardes Hanna, se não o tinham enganado, tinha restado dos Ostashinsky apenas o velho pai, cuja idade, assim Yoel calculou, devia ser no mínimo oitenta ou próxima aos noventa anos. Uma vez, enquanto ambos aguardavam a noite toda na sala de operações por uma informação que deveria chegar de Chipre, o

Acrobata contou que o pai era um criador de galinhas fanático, totalmente louco. Mais do que isso ele não contou e Yoel não perguntou. Cada pessoa tem a sua vergonha do sótão. Viajando para o Norte de Natanya pela estrada costeira, admirou-se ao perceber quantas casas novas são construídas agora tendo no telhado um espaço para depósito. Pois até pouco tempo antes quase não havia porões e sótãos no país. Logo depois de ouvir o noticiário da uma da tarde no rádio do carro, Yoel chegou a Pardes Hanna. Decidiu não se deter no cemitério, pois já começara a hora do descanso vespertino de feriado e ele não queria incomodar. Depois de perguntar duas vezes, descobriu onde ficava a casa. Que era um pouco isolada, perto do limite do laranjal, na ponta de um caminho de terra lamacento e sufocado por espinheiros que chegavam até a janela do carro. Depois de estacionar, teve que forçar o caminho através de uma cerca viva espessa que crescia selvagemente e quase se unia de ambos os lados da senda de blocos de concreto afundados e quebrados. Por isso, se preparou para encontrar um velho descuidado numa casa descuidada. Levou até em consideração a possibilidade de que as informações que possuía não estivessem atualizadas e o velho já tivesse talvez morrido ou sido transferido daqui para alguma instituição. Para sua surpresa, encontrou-se, quando saiu da vegetação fechada, diante de uma porta pintada psicodelicamente de azul-celeste; em torno dela estavam colocados, pendurados ou pairando, pequenos vasos com petúnias e narcisos brancos que se fundiam agradavelmente à primavera que se arrastava ao longo da frente da casa. Entre os vasos havia muitos sininhos de louça pendurados em cordões tecidos, a ponto de Yoel imaginar que havia ali mão feminina, e ainda, justamente, de uma mulher jovem. Cinco ou seis vezes, com intervalos, bateu à porta e foi aumentando a força das pancadas porque levou em conta que o velho poderia ter dificuldades de audição. Todo o tempo sentiu vergonha do barulho impertinente que estava fazendo no meio do silêncio da vegetação fina que rodeava o lugar todo. Também sentiu, como uma mordida de saudade, que já tinha estado alguma vez num lugar como este, e que naquela vez tinha sido bom e agradável. A lembrança foi-lhe acalentadora e cara ainda que na verdade não houvesse lembrança alguma porque não conseguiu de forma nenhuma localizar essa sensação e o lugar semelhante.

Não tendo recebido resposta, começou a andar em torno da casa térrea, bateu à janela em cujos lados havia uma cortina branca drapeada como duas abas redondas, como as cortinas desenhadas nas janelas das casas simétricas dos livros infantis. Pelo espaço das abas da cortina, viu uma sala muito pequena mas agradável, limpa e excepcionalmente arrumada, um tapete de Bukhara, uma mesinha de café feita de toras de oliveira trabalhada, uma poltrona funda e ainda uma cadeira de balanço diante de um aparelho de televisão sobre o qual havia um frasco de vidro do tipo que havia trinta ou quarenta anos era usado para iogurte, com crisântemos. Na parede viu uma pintura do monte Hermon nevado com o mar da Galileia aos seus pés, envolto na neblina matinal azulada. Devido ao hábito profissional, Yoel identificou o ponto de onde o pintor tinha visto a paisagem: aparentemente do declive do monte Arbel. Mas qual era o significado da sensação, dolorosamente crescente, de que já tinha estado uma vez neste aposento, e não só tinha estado como tinha ao mesmo tempo vivido ali uma vida cheia de uma imensa alegria esquecida?

Voltou-se para a parte posterior da casa e bateu à porta da cozinha, que também era pintada com o mesmo azul ofuscante e também acima dela e ao redor floresciam inúmeras petúnias em vasos entre sinos de louça. Mas também daí não veio resposta. Ao pressionar a maçaneta verificou que a porta não estava trancada. Atrás dela achou uma cozinha minúscula, espantosa em sua limpeza e ordem, toda azul e branca, mesmo que todos os móveis e utensílios fossem antigos. Yoel viu também aqui sobre a mesa o antigo frasco de iogurte, mas este continha malmequeres e não crisântemos. De outro frasco de iogurte que estava em cima da geladeira antiga, subia pela parede um ramo forte e bonito de batata-doce. Só com dificuldade Yoel conseguiu dominar o desejo repentino de se sentar no banquinho trançado e permanecer nesta cozinha.

Por fim e após uma ligeira hesitação, saiu dali e decidiu examinar os toldos do pátio, antes de voltar a penetrar mais na casa. Havia ali três galinheiros paralelos cuidados, rodeados de altos ciprestes e pequenos quadrados relvados decorados nos cantos com cactos em jardins de pedra. Yoel percebeu que eram galinheiros com ar condicionado. E na entrada de um deles viu um homem esquelético, pequeno, como que preso dentro de si próprio, examinando diante da luz, de cabeça inclinada e com um olho fechado, um tubo de ensaio de vidro, cheio até a metade de um líquido leitoso turvo. Yoel se desculpou pela visita repentina sem aviso e inesperada. Apresentou-se como um antigo amigo, companheiro de trabalho, do falecido filho. Ou seja, de Yokneam.

O velho olhou para ele admirado, como se jamais tivesse ouvido o nome Yokneam, de modo que Yoel perdeu a segurança por um momento, talvez tivesse chegado no fim das contas ao velho errado, e perguntou ao homem se ele era o sr. Ostashinsky e se a visita lhe causava transtorno. O velho, de roupa cáqui, passada, com bolsos militares amplos, talvez uma farda improvisada na época da Guerra da Independência, a pele do rosto parecendo áspera como carne viva, com as costas ligeiramente curvas e encolhidas, lembrava vagamente uma espécie de predador noturno, um texugo ou marta, e apenas os seus olhos pequenos lançavam duas faíscas azuis aguçadas e tenazes como a cor das portas da casa. Sem aceitar a mão estendida de Yoel, disse numa voz pura de tenor e com sotaque dos antigos habitantes do país:

— Sim, a visita atrapáia. E di novu sim, ieu sou Zerach Ostashinsky. — Após um momento, com esperteza, com um piscar de olhos, perspicaz, ele acrescentou: — Não vimus você nu interro.

Yoel teve que se justificar novamente. Quase lhe escapou a desculpa de que não estava no país. Mas distanciou-se também esta vez da mentira e disse:

— O senhor tem razão. Não fui. — E acrescentou um elogio à extraordinária capacidade de memória do velho, um elogio que o velho ignorou.

— E por que é que você compareceu aqui hoje? — perguntou. Ao fazê-lo olhou longa e pensativamente não para Yoel mas, transversalmente e cerrando os olhos, diante da luz do céu, para o líquido assemelhado a esperma na proveta.

— Vim lhe contar algo. E também esclarecer se há algum modo pelo qual eu possa ajudar aqui. Mas, se é possível, podemos conversar sentados?

O velho meteu a proveta tapada com o líquido turvo, como uma caneta-tinteiro, no bolso da camisa cáqui. E disse:

— Sinto muito, não há tempo. — E também: — Você também é agente secreto? Espião? Assassino licenciado?

— Não mais — disse Yoel —, talvez o senhor possa me dispensar dez minutos?

— Está bem, cinco — o homem transigiu —, por favor, começa. Sou todo ouvidos. — Mas com essas palavras ele se virou rapidamente e entrou no galinheiro escuro, e com isso obrigou Yoel a segui-lo, quase a correr atrás dele, enquanto pulava de uma bateria à outra e ajustava as torneiras de água fixas nos cochos metálicos que se estendiam ao longo das gaiolas de aves. Um cacarejar surdo e constante, como uma conversa de mexerico alvoroçado, encheu o ar que estava repleto de cheiro de esterco, penas e mistura de comida.

— Fala — disse o homem —, mas em resumo.

— É assim, meu senhor. Vim dizer que seu filho foi na realidade para Bangcoc no meu lugar. Eu é que tinha inicialmente recebido a incumbência de viajar para lá, e recusei. E seu filho foi no meu lugar.

— E daí? — o homem disse sem surpresa. E também sem interromper os seus movimentos eficientes e rápidos de uma bateria à outra.

— É possível talvez dizer que eu sou um pouco responsável pelo acidente. Responsável. Mas naturalmente não culpado.

— Então, é bunito da sua parte dizer isso — disse o velho e não parou de saltitar pelas passagens do galinheiro. Às vezes desaparecia por um instante e reaparecia além da bateria até que Yoel quase suspeitou que ele possuía um caminho secreto para passar por baixo das gaiolas.

— É verdade que me recusei a ir — disse Yoel como que argumentando —, mas, se dependesse de mim, também o seu filho teria ficado em casa. Eu não o teria enviado. Não teria enviado ninguém. Havia lá algo que desde o princípio não me agradava. Não importa. A verdade é que até hoje não ficou claro para mim o que aconteceu ali.

— O que aconteceu. O que aconteceu. Mataram ele. Foi o que aconteceu. Com um rivolver mataram ele. Com cinco tiros. Você pode segurar isto, por favor?

Yoel segurou um cano de borracha com as duas mãos, nos dois pontos que o velho lhe mostrou, e este repentinamente e com a rapidez de um raio sacou uma faca de mola do cinto e fez um furinho no cano e imediatamente meteu nele uma torneira metálica brilhante de enroscar, apertou e foi adiante, com Yoel no seu encalço.

— O senhor sabe quem o matou? — Yoel perguntou.

— Quem matou. Os inhimigos do Israel mataram. Quem podia ser? Os amantes do filosofia grega?

— Veja — disse Yoel, e no mesmo instante o velho desapareceu. Como se não existisse. Como se a terra coberta de uma camada de esterco cujo cheiro era acre e penetrante o houvesse engolido. Ele começou a procurar o velho entre as carreiras de baterias, espiando por baixo das gaiolas, sentindo os passos, olhando nas passagens à direita e à esquerda, confundindo-se, como que errando, retornando, subindo até a porta e descendo pela passagem paralela, até que se cansou, ergueu a voz e chamou: — Senhor Ostashinsky?

— Acho que seus cinco minutos já passaram — respondeu o velho brotando de repente de trás de um pequeno balcão de aço inoxidável bem à direita de Yoel; tinha nas mãos desta vez um rolo de arames finos.

— Só queria que o senhor soubesse que eles ordenaram que eu fosse, e seu filho foi enviado para lá somente devido à minha recusa.

— Mas ieu já ouviu isso de seu boca.

— E eu não teria enviado o seu filho para lá. Não teria enviado ninguém.

— Também isso ieu ouviu. Tem mais alguma coisa?

— Será que o senhor sabia que o seu filho salvou uma vez a vida dos músicos da orquestra filarmônica, que os terroristas queriam massacrar? É possível lhe contar que seu filho era uma boa pessoa? Correta? E corajosa?

— E daí? E nóis pricisamos do orquestra? Que proveito nóis temos do orquestra?

Doido, decidiu Yoel, doido tranquilo mas absolutamente doido. Também sou doido por ter vindo aqui.

— De todo modo, compartilho da sua dor.

— Ele também era um terrorista à sua moda. E se alguém procura o seu morte, o seu morte particular, que combina com ele, então ele vai mesmo incontrar ela um dia. E que que tem isso de especial?

— Ele era meu amigo. Um amigo muito próximo. E eu queria dizer, estando o senhor aqui, se eu entendi bem, sozinho... Talvez o senhor quisesse ficar conosco? Ou seja, se hospedar? Morar? Até mesmo por um longo período? Nós, eu diria, somos uma família extensa... uma espécie de kibutz de cidade. Quase. E sem dificuldade poderemos, como dizer, poderemos absorver o senhor. Ou talvez haja algo que eu possa fazer? Algo que o senhor necessite?

— Nhecessite. O que eu nhecessita? "E purifica os nossos corações nhecessita." Mas nhisso não tem quem ajuda e nem quem é ajudado. Cada um por si.

— E apesar disso eu lhe pediria que não recusasse simplesmente assim. Que pensasse se há algo que seja possível fazer pelo senhor, senhor Ostashinsky.

Novamente a malícia de texugo ou de marta saltitou no rosto áspero do velho, que quase piscou para Yoel, como tinha piscado antes para o líquido turvo na proveta quando o examinou à luz do céu.

— Você teve algum coisa com o morte do meu filho? Veio buscar perdon?

No caminho para o quadro de luz na entrada do galinheiro, andando depressa e balançando-se um pouco, como um lagarto cortando com rapidez um trecho de terreno aberto entre uma sombra e outra, voltou de repente a cabeça enrugada e com o olhar transfixou Yoel, que corria atrás dele.

— Enton? Quem foi?

Yoel não compreendeu.

— Você disse que num foi você que mandou ele. E priguntou que é que ieu nhecessita. Enton. Ieu nhecessita saber quem mandou.

— Às ordens — disse Yoel com a voz repleta de boa vontade, como se estivesse pisoteando com seus pés o nome divino, num júbilo de vingança ou com ardor de cumprimento da justiça —, às ordens. Para seu conhecimento, Yirmiyahu Cordovero é que o enviou. O nosso Le Patron. O chefe do nosso escritório. Nosso Mestre. Este homem misterioso e famoso. O pai de todos nós. Meu irmão. Ele o enviou.

Sob o balcão o velho surgiu lentamente, como um cadáver afogado subindo das profundidades. Em vez da gratidão que Yoel esperava receber, em vez da expiação que imaginou neste momento receber por justiça, em vez do convite para um copo de chá na casa envolta de encantos da infância que ele jamais teve, na cozinha estreita pela qual o coração ansiava como por uma terra prometida, em vez da abertura, veio um golpe. Que de algum modo, secretamente, estava aguardando. E esperando. O pai fervilhou repentinamente, inflado, eriçado como marta predadora. E Yoel recuou da cuspida. Que não veio. O ancião apenas sibilou para ele:

— Traidor!

E quando Yoel se voltou para sair, com passos medidos mas numa corrida de fuga interior, novamente gritou atrás dele, como se o apedrejasse com uma pedra afiada:

— Caim!

Era-lhe importante evitar a casa e seus encantos e ir direto para o carro. Por isso, entrou por entre os arbustos que tinham sido outrora uma cerca viva e agora cresciam selvagemente. Logo uma escuridão peluda se fechou sobre ele, uma pele de samambaia emaranhada e úmida, e ele foi tomado por claustrofobia, começou a esmagar os galhos, a quebrar, a chutar a folhagem densa que em sua maciez absorvia os seus chutes, a dobrar hastes e varas; arranhou-se todo, arfou selvagemente, as roupas se encheram de farpas, espinhos e folhas secas, parecia-lhe que afundava em fendas de plumagem verde acinzentada, contorcida, macia e espessa, lutando em batidas estranhas de pânico e sedução.

Depois se limpou com o melhor de sua habilidade, deu partida e saiu rapidamente, em marcha a ré, do caminho de terra. E só se recompôs ao ouvir o som do farol traseiro sendo estraçalhado quando o carro bateu no tronco transversal de um eucalipto, que estava pronto a jurar que não estava ali quando chegara. Mas esse acidente lhe devolveu o autodomínio e ele guiou com muito cuidado todo o caminho de volta.

Quando chegou ao entroncamento de Natanya até ligou o rádio e conseguiu ouvir a última parte de uma obra antiga para cravo, apesar de não ter conseguido captar o nome da música nem do compositor. Depois entrevistaram uma mulher devota da Bíblia que descreveu seus sentimentos com relação ao rei Davi, uma pessoa a quem muitas vezes em sua longa vida trouxeram notícias de morte e ele rasgou os trajes e proferiu lamentações dilacerantes, apesar de, na prática, toda notícia de morte ter sido para ele uma boa notícia porque cada morte lhe trouxe alívio e por vezes até salvação. Assim foi na morte de Saul e Jônatas no Guilboa e na morte de Avner ben-Ner e na morte de Uria, o Hitita, e até na morte do filho Absalão. Yoel desligou o rádio do carro e o estacionou com habilidade, de ré, com a frente voltada para a ruazinha, bem no centro da nova pérgula que tinha construído. Entrou em casa para tomar um banho e trocar de roupa.

Quando saiu do chuveiro, o telefone tocou e ele levantou o fone e perguntou a Krantz o que desejava.

— Nada — disse o corretor —, pensei que você tivesse deixado com Dubi um recado para mim, para ligar no momento em que eu voltasse de Eilat. Então voltamos, eu e aquela belezinha, e agora eu preciso limpar o terreno porque amanhã Odélia volta no voo de Roma e eu não quero ter problemas com ela logo de cara.

— Sim — disse Yoel —, me lembrei. Ouça. Tenho um negócio para conversar com você. Poderia dar um pulinho aqui amanhã de manhã? A que horas chega a sua mulher? Espere um momento. Na verdade, de manhã não é bom. Preciso levar o carro para o conserto. Bati a lanterna traseira. E à tarde também não, porque as minhas mulheres devem voltar de Metula. Talvez depois de amanhã? Você trabalha nos dias intermediários antes do fim da Páscoa?

— Por Deus, Yoel — disse Krantz —, qual é o problema? Vou agora. Daqui a dez minutos estarei à sua porta. Ponha o café no fogo e fique a postos para rechaçar hóspedes.

Yoel preparou um café. Também ao seguro, pensou, devia ir no dia seguinte. E dar adubo químico para o gramado, a primavera já chegou.

46

Arik Krantz, bronzeado, animado, vestido numa camisa com lantejoulas que refletiam a luz, regalou Yoel, enquanto tomavam café, com descrições detalhadas do que Greta tinha para dar e do que há para ver em Eilat quando o sol aparece. Novamente implorou a Yoel para sair do mosteiro antes que fosse tarde, e obedecer aos impulsos. E por que não começar, digamos, com uma noite por semana? Venha comigo como voluntário lá no hospital, das dez às duas da madrugada, quase não há serviço, os doentes dormem e as enfermeiras estão despertas e as voluntárias ainda mais. E continuou com os louvores a Cristina e a Iris, as quais ele guarda para Yoel, mas não poderá guardá-las eternamente, e, se for tarde, perderá. Ainda não tinha esquecido que Yoel o ensinara a dizer em birmanês "Eu te amo".

Depois, como os dois estavam sozinhos aquela noite, Yoel deixou Krantz examinar a geladeira e preparar para ambos uma refeição de solteiros composta de pão, queijos, iogurtes e omelete de salame, enquanto Yoel anotava uma lista de compras para o dia seguinte de manhã a fim de que a mãe, a sogra e a filha, quando voltassem de Metula no dia seguinte à tarde, encontrassem a geladeira cheia. Ficou pensando que o conserto das lanternas custaria algumas centenas de shekels, e neste mês já tinha investido algumas centenas no jardim e na nova pérgula, e ainda tinha que considerar o aquecedor solar e uma nova caixa de correspondência e uma ou duas cadeiras de balanço que colocaria na sala e depois também a iluminação de jardim. Krantz disse:

— Dubi me disse que trabalhou um pouco com você nas plantas. Que bom. Quem sabe se você pode me revelar a palavra mágica que o faz trabalhar, para que também faça algo em nosso jardim?

— Ouça — disse Yoel após um momento, como era seu hábito ao passar de um assunto ao outro sem perceber —, como é que andam agora os imóveis? Está bom para venda ou para compra?

— Depende de onde.

— Em Jerusalém, por exemplo.

— Por quê?

— Quero que você vá a Jerusalém e averigue quanto é que eu posso receber por um apartamento de sala, dois quartos, na verdade existe lá também um pequeno estúdio, no bairro de Talbiye. No momento ele está alugado, mas logo vai acabar o contrato. Você vai receber os detalhes e os documentos. Espere. Não acabei. Temos mais um apartamento em Jerusalém, dois aposentos, no meio do bairro de Rehavia. Verifique também quanto é que esta casa vale hoje no mercado. Eu reembolsarei a você todas as despesas, naturalmente, pois talvez você tenha que ficar alguns dias em Jerusalém.

— Pelo amor de Deus, Yoel. Você não tem vergonha? Não vou cobrar um centavo de você. Somos amigos; mas me diga uma coisa, o que é? Você decidiu mesmo acabar com suas propriedades em Jerusalém?

— Espere. Não acabei. Quero que você averigue com esse Kramer, o seu amigo, se ele está disposto a me vender esta casa.
— Diga, Yoel, aconteceu alguma coisa?
— Espere. Não acabei. Quero que você dê um pulo comigo esta semana para ver uma água-furtada em Tel Aviv. Na rua Karl Netter. A cidade está ao alcance da mão, como você diz.
— Um momento. Deixe-me respirar. Deixe-me tentar entender. Você quer dizer...
— Espere. Além disso, estou interessado em alugar aqui nas redondezas um apartamento de um dormitório com todas as comodidades e entrada separada. Algo com privacidade garantida.
— Moças?
— Só uma. No máximo.

O corretor, a cabeça inclinada, a boca um pouco aberta, com sua camisa de lantejoulas que refletiam a luz, ergueu-se de seu lugar. Voltou e sentou ainda antes que Yoel conseguisse dizer a ele: "Sente-se". De repente tirou do bolso de trás da calça uma latinha chata e meteu na boca uma pastilha, guardou de novo a latinha e explicou que eram pastilhas contra azia, a omelete com salame frito lhe causara um pouco de azia, você também precisa? Riu e disse, espantado, para si mesmo mais do que para Yoel:
— Uau, uma revolução.

Depois beberam mais café e discutiram os detalhes. Krantz telefonou para casa para dizer a Dubi que preparasse algumas coisas para a volta da mãe, porque ele tinha que ficar aqui até tarde e talvez seguisse da casa de Yoel direto para o hospital para o seu turno de voluntário, e, amanhã cedo, que Dubi o acordasse às seis da manhã porque queria levar o carro do sr. Ravid — Yoel — para a oficina de Gu'eta, ali Yoav Gu'eta consertaria a lanterna de imediato, sem fila, e cobraria metade do preço. Então não esqueça, Dubi... Só um momento, disse Yoel, e Krantz interrompeu e tapou o fone com a mão, diga ao Dubi que dê uma chegada aqui quando tiver um tempinho. Tenho alguma coisa para ele.

— Que venha agora?

— Sim. Não. Que venha dentro de meia hora. Quando você e eu acabarmos com o meu plano de rodízio de apartamentos.

Quando Dubi chegou meia hora mais tarde no Fiat pequeno da mãe, o pai já estava de saída para o turno de voluntário, o qual, assim disse, passaria na horizontal no cubículo atrás do posto de enfermagem.

Yoel fez Dubi sentar na poltrona funda da sala, e ele próprio sentou-se diante dele no sofá. Sugeriu alguma coisa gelada ou quente para tomar, ou uma bebida alcoólica, mas o rapaz, de cabelo crespo, magro e baixo, com os membros de palitos que parecia ter dezesseis anos e não alguém que serviu uma unidade de combate, recusou com polidez. Yoel voltou a se desculpar pela rudeza do dia anterior. E novamente agradeceu pela ajuda com as plantas. Entabulou com Dubi uma conversa ligeira sobre política e, em seguida, sobre automóveis. Até que Dubi, em seu jeito tranquilo, compreendeu que o homem tinha dificuldade em começar o assunto e encontrou um modo de ajudá-lo delicadamente:

— Neta diz que o senhor faz um trabalho tremendo para ser o pai perfeito. Que o senhor fez disso, assim, a sua ambição. Se o senhor está louco para saber o que está acontecendo, não tenho problema em lhe contar que eu e Neta temos conversado. Não estamos exatamente saindo juntos. Ainda não. Mas, se ela gostar de mim, não tem problema. Porque eu gosto dela. Muito. E é isso que existe nesta etapa.

Yoel examinou essas coisas em seus pensamentos por um minuto ou dois, e por mais que se empenhasse não conseguiu encontrar nenhum erro nelas.

— Está bem, obrigado — disse por fim, e um sorriso breve, que não era habitual, passou pelo seu rosto. — Só se lembre que ela...

— Senhor Ravid, não precisa. Eu me lembro. Eu sei. Deixe isso. O senhor não está fazendo um favor a ela.
— O que foi que você disse que era o seu passatempo? Mecânica de precisão, certo?
— É o passatempo e passará a ser a profissão. E o senhor, quando me disse que foi funcionário público, o senhor quis se referir a algo secreto?
— Mais ou menos. Eu costumava avaliar certas mercadorias, e negociantes, e às vezes também comprava. Mas isso já acabou e atualmente vivo um período de lazer. O que não evita que seu pai decida que é dever dele economizar tempo para mim e levar o meu carro para a oficina. Que seja. Eu queria lhe pedir um favor. Algo que é um pouco ligado a mecânica. Veja, observe, por favor, este objeto: você teria alguma explicação, como é que ele não tomba? E como é que a pata está presa à base?

Dubi ficou algum tempo de costas para Yoel e para a sala, com o rosto voltado para a prateleira acima da lareira, silencioso, e Yoel percebeu repentinamente que o rapaz era um pouco corcunda, ou os ombros não tinham a mesma altura, ou talvez fosse apenas uma ligeira curvatura no pescoço. Não é bem um James Dean que nós vamos receber aqui, mas, por outro lado, não estamos entregando nenhuma Brigitte Bardot. Ivria talvez até ficasse satisfeita com ele. Sempre dizia que toda espécie de lutadores peludos lhe causava asco. Entre Heathcliff e Linton, ela aparentemente preferia o segundo. Ou só queria preferir. Ou só fazia de conta. Ou apenas enganava a si própria. E a Neta e a mim. A menos que nem todos os nossos segredos sejam, no final das contas, semelhantes, como costumava dizer aquele pústula daquele Puchkin que inventa a eletricidade, da polícia do Norte da Galileia. Que talvez tivesse acreditado até o fim que eu apanhei a filha dele perto das torneiras na escuridão e a violentei duas vezes até que concordou em ser minha mulher. Depois disso ainda vem me sacudir na cara que me faltam três coisas sobre as quais o mundo se sustenta, desejo, alegria e pena, que segundo a teoria dele vêm num só pacote e, se dissermos que lhe falta o número dois, então também o número um e o três não existem, e vice-versa. E, quando se tenta dizer a eles: Vejam, existe também amor, eles põem um dedo grosso no saquinho de carne que lhes pende sob seus olhinhos, esticam a pele um pouquinho para baixo, e dizem para você, numa espécie de zombaria animalesca: Certamente. O que mais?

— Isto é de vocês? Ou estava aqui antes que vocês viessem?
— Estava — disse Yoel.

E Dubi, ainda de costas para o homem e para a sala, disse em voz baixa:

— É bonito. Tem talvez defeitos, mas é bonito. Trágico.
— É certo que o animal pesa mais do que a base?
— Sim, é mais pesado.
— E como é que não tomba?
— Não se ofenda, senhor Ravid. O senhor está formulando uma pergunta incorreta. Do ponto de vista da física. Ao invés de perguntar como é que isto não tomba, deve-se simplesmente estabelecer: se isto não tomba, é sinal que o centro da gravidade se encontra acima da base. É tudo.
— E o que é que o prende? Também para isso você teria uma resposta milagrosa?
— Não tanto. Posso pensar em dois sistemas, ou três. E pode ser que haja mais. Por que é importante para o senhor saber?

Yoel não se apressou em responder. Estava acostumado a retardar às vezes as suas respostas, e até para perguntas simples, como Como vai? ou O que disseram no noticiário? Como se as palavras fossem objetos pessoais dos quais não devia se separar. O rapaz aguardou. Enquanto isso, examinou com interesse também a foto de Ivria que ressurgira na prateleira. Assim como desaparecera, ela reaparecera. Yoel sabia que devia averiguar e descobrir quem tinha tirado a foto e quem a tinha colocado de volta e por que, e também sabia que não faria isso.

— A mãe de Neta? Sua esposa?

— Foi — Yoel especificou. E respondeu com atraso à pergunta anterior: — Não faz tanta diferença na verdade. Esqueça. Não convém quebrar só para esclarecer como é que estava preso.

— Por que foi que ela se suicidou?

— Quem foi que lhe disse isso? Onde você ouviu isso?

— É isso que se diz por aqui. Mesmo que ninguém saiba exatamente. Neta diz...

— Não importa o que Neta diz. Neta nem estava lá quando isso aconteceu. Quem teria pensado que aqui começariam boatos? Na verdade foi um acidente, Dubi. Caiu um cabo elétrico. Pois também a respeito de Neta espalham toda espécie de boatos. Diga-me, você tem ideia de quem seja Adva, esta que quer alugar para Neta um quarto que ela herdará pelo visto da avó, numa água-furtada em algum lugar na Tel Aviv antiga?

Dubi se virou e coçou um pouco o cabelo encaracolado. Então disse tranquilo:

— Senhor Ravid. Espero que não se zangue comigo pelo que eu vou lhe dizer. Pare de investigá-la. Pare de segui-la. Deixe-a. Deixe-a viver. Ela diz que o senhor todo o tempo se empenha para ser o pai perfeito. É melhor que o senhor pare de se esforçar. Desculpe-me que eu, assim, me permito falar. Mas o senhor, na minha opinião, não está fazendo um favor a ela. Agora eu já preciso ir, tenho várias coisas para preparar em casa porque a minha mãe vai voltar amanhã da Europa e meu pai quer que o espaço esteja limpo. É até bom que tenhamos conversado. Até a vista e boa noite.

E assim, após duas semanas, no dia que se seguiu ao primeiro exame final, quando Yoel viu a filha ajeitando diante do espelho o vestido que ele havia lhe comprado no dia em que ficou sabendo a respeito do acidente em Bangcoc, o vestido que anulava a forma angulosa dela e lhe proporcionava prumo e suavidade, decidiu se calar desta vez. Não disse nenhuma palavra. À meia-noite, quando ela voltou do encontro, ele a aguardava na cozinha e conversaram um pouco sobre a aproximação da onda de calor. Yoel decidiu em seu íntimo aceitar a modificação e não ser um obstáculo. Estava convencido de que era seu direito total decidir isso em seu nome e também em nome de Ivria. E ainda decidiu que, se a mãe e a sogra tentassem se imiscuir com uma palavra que fosse, reagiria desta vez com tal energia que tiraria de ambas a vontade de se meter nas questões de Neta. E daí em diante seria severo.

Após alguns dias, às duas da madrugada, concluiu a leitura das últimas páginas do livro sobre o chefe do Estado-Maior e, em vez de apagar a luz e dormir, foi para a cozinha tomar leite gelado; encontrou ali Neta, sentada, num roupão que lhe era desconhecido, lendo um livro. Quando perguntou, como de hábito: O que é que a senhorita está lendo?, ela lhe disse meio sorrindo que não estava exatamente lendo, mas se preparando para um exame, recordando a matéria de história referente ao período do Mandato. Yoel disse:

— Nisso, se você quiser, eu justamente posso até talvez ajudá-la um pouco.

E Neta disse:

— Sei que você pode. Quer que eu lhe prepare um sanduíche? — E, sem aguardar a resposta dele e sem ligação com a pergunta dela, acrescentou: — Dubi irrita você.

Yoel refletiu um pouco e disse:

— Você ficará surpresa. Parece-me que é possível suportá-lo.

Ao que Neta respondeu, para surpresa e espanto dele, numa voz em que quase se ouvia alegria:

— Você vai se admirar, papai. Mas foi justamente isso que Dubi me falou de você. Quase com as mesmas palavras.

No final do feriado do Dia da Independência, os Krantz convidaram a ele, a mãe e a sogra e a filha para um churrasco no jardim deles. E Yoel os surpreendeu e não se esquivou, e só perguntou se podia levar também o irmão e a irmã vizinhos. E Odélia disse: "Naturalmente". No final da noite Yoel ouviu da boca de Odélia, no canto da sala, que na viagem à Europa tinha saracoteado um pouco, duas vezes, com dois homens; não vira razão para ocultar isso de Ariê, e justamente depois disso o relacionamento entre ambos melhorou e é possível dizer que eles estão relativamente reconciliados, no momento. Não era pouco o que deviam a Yoel.

Yoel, por seu lado, observou modestamente:

— O que foi que eu fiz? Eu só quis chegar em casa em paz.

47

No final de maio, a mesma gata procriou sobre o mesmo saco velho no depósito de ferramentas no jardim. Entre Avigail e Lisa houve uma briga cáustica, não conversaram durante cinco dias, até que Avigail, em sua nobreza de alma, decidiu pedir desculpas, não porque admitisse estar errada, mas em consideração ao estado de Lisa. Lisa também concordou com a trégua, não sem antes sofrer um leve ataque e ficar internada dois dias no hospital Tel Hashomer. E, apesar de não tê-lo dito e mesmo se tivesse dito o contrário, era claro que o ataque fora causado, em sua opinião, pela crueldade de Avigail. O médico idoso disse a Yoel na conversa na sala dos médicos que concordava com a opinião do dr. Litvin, havia uma piora relativa, mesmo que não muito significativa. Mas Yoel já tinha se cansado de decifrar a linguagem deles. Após a trégua, ambas saíram novamente para o seu trabalho voluntário das manhãs, assim como para as tardes de ioga, e a estas acresceram-se as atividades no grupo Irmão para Irmão.

Depois, no início de junho, no meio dos exames finais, Neta e Dubi foram morar na água-furtada alugada na rua Karl Netter. Uma manhã esvaziou-se o armário de roupas no quarto de casal, as fotos dos poetas foram tiradas das paredes, a sombra do sorriso cético de Amir Guilboa cessou de causar a Yoel uma necessidade constante de retribuir à personagem da foto na mesma moeda, e também as coleções de plantas espinhosas e partituras desapareceram das prateleiras. Se tinha insônia à noite e seus pés o conduziam a procurar leite gelado na cozinha, ele tinha que beber de pé e voltar para a cama. Ou pegar a lanterna grande e sair para o jardim e observar o crescimento das suas plantas novas no escuro. Após alguns dias, quando Dubi e Neta arrumaram um pouco os seus pertences, Yoel, Lisa e Avigail foram convidados para ver a vista do mar pela janela deles. Também Krantz e Odélia foram, e, quando Yoel viu por acaso sob o vaso de flores o cheque que Arik tinha feito para Dubi, no valor de dois mil shekels, ele se fechou por um momento no banheiro e preencheu um cheque de três mil em nome de Neta e, sem que vissem, colocou-o sub-repticiamente sob o cheque de Krantz. Ao anoitecer, quando voltou para casa, transferiu as suas roupas, papéis e roupa de cama do estúdio estreito e sufocante para o quarto de casal que tinha ficado livre e no qual havia ar condicionado do aparelho subdividido que esfriava também os quartos das avós. Mas o cofre, destrancado, foi deixado no estúdio do sr. Kramer. Não foi transferido com ele para o novo quarto.

No meio de junho, ficou sabendo que Ralph precisava voltar no início do outono para Detroit e que Annemarie ainda não tinha decidido. Deem-me mais um ou dois meses, disse para o irmão e a irmã. Eu preciso de um pouco mais de tempo. Com dificuldade conseguiu ocultar a surpresa quando Annemarie respondeu friamente: "Certamente, você pode decidir o que quer e quando quiser, mas depois disso eu preciso me perguntar se estou interessada em você e, caso estiver, em que categoria. Ralph morre para nos casar e que depois disso nós o adotemos como filho. Mas eu não acho atualmente que isto seja o meu 'copo de chá', todo este arranjo. E você, Yoel, ao contrário de muitos homens, na cama você tem muita consideração, mas, fora da cama, você já é um pouco chato. Ou eu é que já sou um pouco chata para você. Você sabe o quanto Ralph me é caro. Então pensemos nós dois a respeito disso. E veremos".

Foi um erro, pensou Yoel, foi um erro vê-la como mulher-criança. Mesmo que ela, em sua pobreza, tenha obedecido e cumprido bem o papel que eu impus a ela. E agora ela é mulher-mulher. Por que a compreensão disso faz com que eu me retraia? Será mesmo difícil conciliar desejo e respeito? Será que há mesmo uma contradição entre ambos, e por causa dessa contradição não tive e não pude ter aquela amante esquimó? Talvez no final das contas tenha mentido para Annemarie sem mentir para ela. Ou ela para mim. Ou nós dois. Esperemos e veremos.

Às vezes lembrava como havia chegado até ele a notícia naquela noite hibernal nevada em Helsinque. Quando foi exatamente que a neve começou a cair. Como foi que rompeu a promessa feita ao engenheiro tunisino. Como se degradou porque falhou em perceber se o inválido se movia diante dele numa cadeira de rodas mecânica ou se havia alguém que empurrava a cadeira e ele, Yoel, cometeu um fracasso fatal e irreparável, por não ter decifrado quem ou o que, se é que havia algo, empurrava a cadeira de rodas. Só uma ou duas vezes na vida é concedido a alguém um único momento, um momento em que tudo depende dele, um momento para o qual a pessoa treinou e se preparou durante todos os anos de corrida e astúcia, um momento em que, se a pessoa se prendesse a ele, talvez soubesse algo a respeito da coisa e, sem sabê-la, sua vida é apenas uma sequência estéril de arranjos, organização, evasões e eliminação de problemas.

Às vezes refletia a respeito do cansaço dos olhos e atribuía a culpa à oportunidade perdida. Por que ele andou pesadamente, naquela noite na neve macia ao longo de dois quarteirões de prédios em vez de simplesmente telefonar do quarto do hotel. E como a neve estava ali azulada e rosada como uma doença de pele em todo lugar que era atingida pelas luzes da rua. E como foi capaz de perder o livro e o cachecol e que idiotice foi barbear-se no caminho para a subida do monte Castel no carro de Le Patron, somente a fim de chegar em casa sem vestígios de barba. Se ele se mantivesse firme, se realmente insistisse, se tivesse a coragem de chegar a uma briga e até um rompimento, é de se imaginar que Ivria tivesse desistido e concordasse em dar à menina o nome de Rakefet. Que era o nome que ele queria. Por outro lado, há ocasiões em que a gente deve desistir. Mesmo que não em tudo. Desistir quanto? Qual é o limite? Uma boa pergunta, disse de repente em voz alta, largou a podadeira e enxugou o suor que escorria da testa para os olhos. E a mãe disse:

— Você está falando sozinho de novo, Yoel. Como um solteirão. No fim você vai endoidecer se não fizer algo na vida. Ou você vai ficar doente, Deus o livre, ou você vai começar a rezar. A melhor coisa é você entrar no ramo dos negócios. Você tem um pouco de talento para isso e eu dou um pouco de dinheiro para começar. Quer uma soda gelada?

— Idiota — disse Yoel de repente, não para a mãe mas para o cão Ironside que tinha penetrado no seu jardim e começava uma desabalada corrida, como em êxtase, fazendo círculos rápidos pelo gramado, como se os humores de júbilo interiores produzidos nele estivessem além da sua capacidade. — Cachorro idiota. Sai!

— E para a mãe ele disse: — Sim. Se não for incômodo, traga-me, por favor, um copo grande de soda gelada. Não. Melhor me trazer a garrafa toda. Obrigado. — E continuou a podar.

No meio de junho Le Patron telefonou: Não, não para contar a Yoel a respeito do que tinha sido esclarecido sobre o desastre em Bangcoc, mas a fim de perguntar como ia Neta. Se tinha por acaso alguma dificuldade quanto ao alistamento militar. Se tinham ocorrido nos últimos tempos novos exames. Talvez no posto de alistamento? É possível que nós nos comuniquemos, ou seja, eu mesmo, com o setor de recursos humanos do Exército? Bem. Você concorda em transmitir a ela que se comunique comigo? Em casa, à noite, não para o escritório? Eu tenho também uma ideia de empregá-la aqui conosco. De todo modo, gostaria de vê-la. Você dará o recado?

Yoel quase disse sem erguer a voz: Vá para o inferno, Cordovero. Mas se controlou e se conteve. Preferiu recolocar o fone no gancho sem dizer nenhuma palavra. Serviu-se de um cálice de brandy, logo seguido por mais um, apesar de serem onze da manhã, talvez ele tenha razão, eu sou um filho de refugiados, idiota, e eles me salvaram e eles criaram um Estado e construíram isto e aquilo e até me introduziram no coração dos corações, mas ele e eles e os outros não se satisfarão com menos de toda a minha vida e toda a vida de todos, também de Neta, e isso eu não dou. Pronto. Se toda a vida é sagrada pela santificação da vida e tudo isso, então isto não é vida, é morte.

No fim do mês de junho Yoel encomendou iluminação para o jardim e um aquecedor solar e no início de agosto, embora as negociações com o sr. Kramer, o representante da El-Al em Nova York, ainda estivessem em andamento, já trouxe operários para quebrar e ampliar a janela pela qual se via o jardim. Comprou também uma nova caixa de correspondência. E uma cadeira de balanço para ficar em frente à televisão. E adquiriu também um segundo aparelho de televisão, de tela pequena, para que ficasse no quarto de Avigail, de modo que as velhas pudessem às vezes passar a noite ali enquanto Annemarie e ele preparavam para si um jantar para dois. Porque Ralph começou a frequentar à noite o vizinho romeno, o dono de Ironside, que Yoel investigou e descobriu ser também uma espécie de gênio no jogo de xadrez.

Ou o vizinho romeno ia até a casa de Ralph para jogar uma revanche. Yoel examinou tudo isso em seus pensamentos e não encontrou erro algum.

Já em meados de agosto sabia que o que poderia receber pela venda do apartamento em Talbiye seria quase suficiente para a compra da casa de Kramer aqui em Ramat Lotan, se ele apenas conseguisse convencer o homem a vender a casa. Já se comportava como uma pessoa que fosse proprietária. Quanto a Arik Krantz, cujo dever era tomar conta da casa em nome do sr. Kramer, achou finalmente coragem para olhar nos olhos de Yoel ao dizer: "Ouça, Yoel, em resumo, sou seu homem e não o dele". Quanto ao apartamento discreto de um dormitório que pensou comprar, com banheiro e entrada separada e com privacidade garantida para que tivesse um lugar para si e para Annemarie, decidiu então que talvez não houvesse necessidade disso porque Avigail tinha sido convidada a voltar a Jerusalém no ano seguinte e a atuar, voluntariamente, como secretária da Sociedade pela Promoção da Tolerância. Retardou a própria decisão até quase a véspera da viagem de Ralph para Detroit. Talvez porque numa das noites Annemarie lhe disse:

— Ao invés de tudo isto eu irei a Boston apresentar uma apelação judicial e travarei mais uma batalha pelas filhas que tive dos meus dois maravilhosos casamentos. Se você me ama, por que é que você não vai comigo para lá? Talvez você possa me ajudar.

Yoel não respondeu, mas passou, como de hábito, um dedo lento entre o pescoço e o colarinho da camisa e prendeu o ar durante algum tempo nos pulmões antes de libertá-lo com um sopro vagaroso por uma pequena fenda entre os lábios.

Depois disse para ela:

— É difícil. — E também: — Veremos. Não acho que irei.

Naquela noite, quando acordou e cambaleou em direção à cozinha, viu diante de seus olhos, com uma clareza cristalina, concreta, em todos os detalhes de tons, um cavalheiro rural inglês de um século antes, magro, pensativo, andando pesadamente de botas por uma senda curva enlameada, uma espingarda de dois canos na mão; andava lentamente como que imerso em pensamentos; à sua frente corria um cão de caça malhado que parou repentinamente e olhou para o amo de baixo para cima, com olhos caninos cheios de dedicação, espanto e amor, até que Yoel foi tomado de dor, saudade, com tristeza de perda eterna, porque compreendeu que também o homem pensativo e o seu cão estavam agora encerrados na terra e permaneceriam eternamente encerrados e somente aquela senda lamacenta continua se curvando até hoje sem ninguém, entre álamos cinzentos sob céu cinzento no vento frio e na chuva tão fina que é impossível ver mas só pode ser tocada por um instante. E num instante tudo desapareceu.

48

A mãe disse:
— Caiu um botão da camisa azul xadrez.
Yoel disse:
— Está bem. Vou costurá-lo à noite. Você não vê que estou ocupado agora?
— Você não vai costurá-lo à noite porque eu já o fiz por você. Sou sua mãe, Yoel. Mesmo que você tenha esquecido isso há muito tempo.
— Basta.
— Assim como esqueceu a ela. Como você esqueceu que um homem saudável e jovem precisa trabalhar diariamente.
— Está bem. Veja. Tenho que sair agora. Quer que eu traga o seu comprimido com um copo de água?
— Não, traga-me algum veneno, ao invés. Venha, sente-se perto de mim. Diga-me uma coisa: onde é que você vai me colocar? Fora no depósito de ferramentas do jardim? Ou num lar de velhos?
Colocou com delicadeza o alicate e a chave de fenda sobre

a mesa da varanda, enxugou as mãos no traseiro da calça jeans, e após um momento de excitação sentou-se na beirada da rede, junto aos pés dela.

— Não fique excitada — ele disse. — Não a ajuda a melhorar. O que foi que aconteceu? Teve outra briga com Avigail?

— Para que foi que você me trouxe para cá? Para que é que você precisa de mim?

Ele olhou para ela e viu as lágrimas silenciosas. Era um choro mudo, como de bebê, que ocorreu apenas entre os olhos abertos dela e as faces, sem que ela fizesse qualquer ruído, sem que ela cobrisse o rosto, sem que o contorcesse numa expressão chorosa.

— Basta — disse ele. — Pare com isso. Ninguém vai colocá-la em lugar algum. Ninguém a está abandonando. Quem é que colocou esta ideia ridícula na sua cabeça?

— De qualquer modo, você não pode ser tão cruel a ponto de fazê-lo.

— Fazer o quê?

— Abandonar a sua mãe. Você já a abandonou quando era deste tamanhinho. Quando você começou a fugir.

— Não sei do que é que você está falando. Nunca fugi de você.

— Todo o tempo, Yoel. Todo o tempo fugindo. Se esta manhã eu não tivesse logo agarrado a sua camisa azul xadrez, você não deixaria a sua pobre mãe sequer costurar um botão para você. Existe aquela história sobre o pequeno Ygor, que tinha uma corcunda crescendo nas costas. *Cocoshat.* Não me interrompa no meio. O pequeno e bobo Ygor começa a correr para escapar da corcunda que lhe está crescendo nas costas, e assim ele continua correndo sempre. Logo eu morrerei, Yoel, e depois você desejará me formular toda espécie de perguntas. Não seria melhor que você começasse a perguntar já? Coisas que eu sei a respeito de você, ninguém mais sabe.

Yoel, por um esforço concentrado de força de vontade, colocou a mão larga e feia no ombro ossudo, quase de passarinho. Assim como na infância, a repulsa estava fundida com a compaixão e outros sentimentos que ele não conhecia e que não queria conhecer, e após um momento, num pânico invisível, recolheu a mão e a enxugou no jeans. Então se levantou e disse:

— Perguntas? Que perguntas? Bem. Tudo bem. Vou fazer perguntas. Mas em outra ocasião, mamãe: Não tenho tempo agora.

Lisa disse, com a voz cansada e o rosto repentinamente velho e enrugado, como se ela fosse sua avó ou bisavó, mais do que sua mãe:

— Está bem então. Não tem importância. Vá.

Quando ele tinha caminhado um pouco na direção do jardim posterior, com uma espécie de torção interna de mãos, ela acrescentou, apenas com movimentos de lábios:

— Deus tenha pena dele.

Por volta do final de agosto ficou sabendo que poderia comprar imediatamente a casa de Kramer, mas teria que acrescentar nove mil dólares à soma que Krantz obteria para ele pelo apartamento em Talbiye, que os herdeiros do velho vizinho Itamar Vitkin estavam interessados em comprar. Ele, por isso, decidiu ir para Metula pedir esta soma a Nakdimon, fosse por adiantamento da parte dele ou de Neta da renda da propriedade que Lublin tinha deixado para eles ou por algum outro arranjo. Depois do café apanhou da última prateleira do armário a bolsa de viagem, que não tinha usado por um ano e meio. Colocou uma camisa, roupas de baixo e apetrechos de barbear, porque pensou que poderia ter de pernoitar na velha casa de pedra no extremo Norte da cidade se Nakdimon levantasse dificuldades ou colocasse obstáculos no caminho. De fato ele praticamente descobriu um desejo de passar uma ou duas noites ali. Ao abrir o fecho do bolso lateral da bolsa, achou um objeto oblongo; ficou admirado por um momento; seria uma antiga caixa de chocolate que ele teria deixado ali por distração para apodrecer? Cuidadosamente ele a tirou e verificou que estava embrulhada num jornal amarelecido. Quando ele a colocou suavemente na mesa, viu que era um jornal finlandês. Depois de um momento de hesitação, decidiu abrir o embrulho por um método especial que lhe tinham ensinado durante um curso. Mas aconteceu de ser nada mais que *Mrs. Dalloway*. Yoel o colocou na estante junto à duplicata que havia comprado no shopping center de Ramat Lotan exatamente no mês de agosto anterior, porque erroneamente supôs que esta cópia tinha ficado no quarto de hotel de Helsinque. Assim aconteceu que Yoel voltou atrás na intenção de viajar naquele mesmo dia para Metula e se satisfez com uma conversa telefônica com Nakdimon Lublin que, após um momento, captou de que soma se tratava e para que fim, e, no momento em que captou, cortou as palavras de Yoel dizendo: Não há problema, Capitão. Daqui a três dias vai estar na sua conta bancária. Pois eu já sei o número.

49

Desta vez, sem hesitação e sem quaisquer suspeitas, ele andou na confusão de ruazinhas seguindo o guia. Que era um homem delgado e suave, com um sorriso constante e movimentos circulares e que estava sempre se curvando em reverências com polidez. O calor úmido e pegajoso, como se em uma estufa, fez com que dos vapores do pântano surgisse uma nuvem de insetos voadores. Cruzaram e recruzaram em seu caminho canais fétidos, pisou em pontes de madeira deteriorada cujas tábuas estavam corroídas pela umidade. Quase sem movimento, a água grossa daqueles canais soltava vapores. E nas ruas repletas moviam-se sem pressa multidões de pessoas silenciosas em uma nuvem de cheiros de podridão e incenso que emanavam dos santuários domésticos. E a fumaça da queima de árvores úmidas mesclou-se a esses cheiros. Era admirável aos seus olhos como não perdia o guia nesta multidão densa em que quase todos os homens se pareciam muito com o seu homem e, na verdade, também as mulheres, e na realidade só com dificuldade era possível distinguir entre os sexos. Por causa da proibição religiosa de matar animais, cães leprosos trepavam nos pátios, nas calçadas e na terra das ruazinhas sem calçamento, ratazanas, enormes como gatos, cruzavam em caravana a rua sem demonstrar nenhum medo e nenhuma pressa, gatos sem pelo, afetados por tumores, e ratos cinzentos fixavam nele olhos vermelhos aguçados. Novamente e mais uma vez com um estalido seco seus sapatos estraçalhavam baratas, algumas das quais eram grandes como almôndegas. Elas eram preguiçosas ou indiferentes, quase não tentavam fugir ao seu destino, ou talvez tivessem sido afetadas por uma espécie de praga de baratas. Ao serem pisadas sob os pés, era expelido um jato de líquido gorduroso de cor marrom turvo. Da água erguia-se o fedor do esgoto aberto, o cheiro de peixes mortos e cheiro de fritura e frutos do mar apodrecendo, uma mistura feroz de odores de reprodução e morte. A efervescência impetuosa da podridão da cidade quente, úmida, sempre o atraía de longe, e quando ele chegava sempre fazia com que quisesse partir e nunca mais voltar. Mas prendeu-se ao seu guia. Ou talvez não fosse novamente o seu primeiro guia mas um outro, segundo, terceiro, uma figura ocasional dentro da multidão de homens graciosos, femininos, e até talvez uma moça vestida de rapaz, uma criatura delgada e ardilosa entre milhares de criaturas semelhantes movendo-se como peixes na chuva tropical que se despejava aqui, do alto, como se de uma vez, de todos os andares superiores, tivessem sido esvaziadas para a rua tinas cheias de água servida, água de lavagem de peixe e de cozimento de peixe. A cidade toda se localizava num delta de pântano de um lençol de água que frequentemente, com ou sem a maré do rio, inundava bairros inteiros cujos habitantes eram vistos parados com água até os joelhos, em seus barracos, curvando-se como se em prosternação profunda, com latas nas mãos, em seus quartos, caçando os peixes que subiam com as inundações. Na rua havia um estrépito permanente com o fedor de óleo diesel queimado porque muitos dos carros antigos não possuíam canos de escapamento. Entre táxis que estavam se desmontando, moviam-se os riquixás atrelados a jovens ou a anciãs, e triciclos que serviam de táxis a pedal. Pessoas meio desnudas, esqueléticas, passavam carregando em seus ombros dois baldes de água nas duas pontas de um balancim flexível, curvo. O rio, ardente e malcheiroso, cruzava a cidade e, em suas águas lamacentas, carregava um movimento lento, denso e complicado de barcos de transporte de carga, chatas, escaleres e balsas carregados de carne fresca e sangrenta, verduras, pilhas de peixes prateados. Entre as balsas e as chatas, pairavam ou eram arrastados pedaços de barris de madeira, cadáveres inchados de animais afogados, grandes e pequenos, búfalos, cachorros, macacos. Só na linha do céu, nos poucos lugares em que se abria uma porta entre os barracos que se desfaziam, erguiam-se os palácios, torres e pagodes que brilhavam com o ouro enganoso das torres acesas no sol. Nas esquinas das ruas havia monges de cabeça raspada, mantos em cor laranja, e nas mãos bacias de cobre vazias; parados em silêncio esperavam oferendas de arroz. Nos pátios e junto às portas dos barracos viam-se pequenas casas de espíritos como casas de brinquedo, mobiliadas com móveis em miniatura e ornamentadas em dourado, nas quais a alma do morto habita junto aos seus parentes vivos, observa todos os seus atos e recebe diariamente uma pequena porção de arroz com um dedal cheio de aguardente. Prostitutas pequenas e indiferentes, de doze anos de idade, cujo corpo é cotado em dez dólares, estão sentadas nas cercas e nas beiradas das calçadas brincando com uma espécie de bonecas de trapos. Mas em toda a cidade nunca viu nenhum casal abraçado ou andando de braços dados na rua. Já tinham saído da cidade e a chuva quente caía sem cessar sobre tudo e o guia, cujos passos flexíveis faziam-no parecer dançar sem dançar, como se levitasse, não mais com reverências polidas nem sorrisos, nem se incomodava em voltar a cabeça para trás para ver se tinha perdido o cliente; a chuva quente caía incessantemente sobre o búfalo que puxava a carroça feita de bambu, sobre o elefante carregado de caixotes de verdura, pelos quadrados dos campos de arroz inundados por água turva e sobre coqueiros que pareciam uma mulher monstruosa em cujo peito, costas e coxas cresciam dezenas de seios pesados e macios. Uma chuva quente caía sobre os telhados de palha das casas construídas sobre palafitas de madeira metidas dentro da água, bem separadas. Uma camponesa vestida com todos os seus vestidos se lavava quase até o pescoço no canal imundo, ou espalhava armadilhas de peixes. E o fluxo sufocante. E o silêncio no santuário miserável da aldeia e então, um pequeno milagre, a chuva quente não cessava, continuava a cair, também em meio aos aposentos do santuário que eram separados por espelhos para confundir os espíritos impuros que somente tinham o poder de se mover em linhas retas e por isso tudo o que é feito de círculos, curvas e arcos é bom e bonito e o oposto atrai a adversidade. O guia já tinha desaparecido e o monge bexiguento, talvez um eunuco, ergueu-se de seu lugar e declarou num hebraico estranho: Ainda não está pronto. Ainda não é suficiente. A chuva quente não cessou até que Yoel foi obrigado a se levantar, despir a roupa com a qual tinha adormecido e dormido no sofá da sala e foi, inundado de suor e nu, desligar a televisão que tremeluzia e ligar o ar-condicionado no dormitório; tomou um chuveiro frio, saiu, desligou os irrigadores do gramado, voltou e foi dormir.

50

No dia 23 de agosto, às nove e meia da noite, colocou com cuidado e exatidão o seu carro entre dois Subarus no estacionamento destinado a visitantes. Estacionou-o pronto para dar partida, a frente para a saída, examinou bem se as portas estavam trancadas, entrou na recepção iluminada a neon deprimente, vacilante, e perguntou como se chegava ao setor de ortopedia C. Antes de entrar no elevador, examinou, como era seu hábito havia anos, com um olhar rápido mas resoluto e preciso, os rostos dos que já se encontravam ali. E considerou que tudo estava em ordem.

Na ortopedia C, diante do balcão da enfermagem, uma enfermeira idosa o parou; ela possuía lábios grossos e olhos odientos e sibilou: O quê? A esta hora não há nem pode haver visita a doentes. Yoel, ferido e embaraçado, quase recuou, mas, apesar disso, balbuciou humildemente: Desculpe-me, enfermeira, acho que há um mal-entendido entre nós. Eu me chamo Sacha Schein e não vim visitar paciente nenhum, vim para ver o senhor Arik Krantz, que devia estar à minha espera agora, aqui, junto ao seu balcão.

No mesmo instante o rosto da enfermeira canibalesca se iluminou e seus lábios grossos se abriram num sorriso caloroso e de afeto e ela disse: Ah, Arik, naturalmente, que idiota eu sou, você é o amigo de Arik, você é o novo voluntário. Seja bem-vindo. Que seja em boa hora. Talvez, antes de mais nada, eu possa lhe oferecer um café? Não? Tudo bem. Sente-se. Arik pediu para avisar que logo estará livre para vê-lo. Agora ele desceu para ir buscar um balão de oxigênio. Arik é o nosso anjo. O voluntário mais dedicado, maravilhoso e humano que já tive aqui. Um dos trinta e seis justos. Por enquanto posso levar você para dar uma voltinha pelo nosso reinado. Aliás, o meu nome é Maxine. É o feminino de Max. Não me incomoda se você me chamar simplesmente de Max. Todos me chamam assim. E você? Sacha? Senhor Schein? Sacha Schein? O que é, uma piada? Que tipo de nome você sorteou? Você até tem aparência de ter nascido no país... veja, aqui é a unidade dos pacientes em estado grave sob cuidados especiais... como um comandante de batalhão ou diretor-geral. Um momento. Não me diga nada, deixe-me adivinhar sozinha. Vejamos: oficial da polícia? Sim? E você cometeu uma transgressão disciplinar? O seu tribunal interno, ou como quer que o chamem, lhe impôs a punição de cumprir um período de trabalho voluntário no serviço público? Não? Você não é obrigado a me responder. Que seja Sacha Schein. Por que não? Para mim, cada amigo de Arik é hóspede de honra aqui. Quem não o conhece, quem olha só para o estilo dele, pode assim ter a impressão de que Arik é, no fim das contas, só mais um pequeno chato. Mas quem tem olhos sabe que é tudo fachada. Que ele só faz representações para que não vejam logo o quanto ele é maravilhoso de verdade. Veja, aqui você lava as mãos. Use este sabão azul e, por favor, ensaboe muito bem. Aqui ficam as toalhas de papel. Assim. Agora pegue e vista o avental. Escolha dos que estão pendurados aqui. Ao menos concorde em me dizer se a minha adivinhação estava quente ou fria ou morna. Estas portas são dos banheiros destinados aos pacientes que descem da cama e para as visitas. Os banheiros do pessoal ficam na outra ponta do corredor. Aí está o Arik. Arik, mostre, por favor, ao seu amigo onde fica a lavanderia, para que comece a carregar o carrinho de lençóis e fronhas limpas. A iemenita do 3 pediu que esvaziassem a garrafa dela. Não corra, Arik, não está pegando fogo, a cada cinco minutos ela pede e na maioria das vezes não há nada ali. Sacha? Está bem. Por mim, que seja Sacha. Mesmo que, se o verdadeiro nome dele é Sacha, então eu sou a cantora Ofra Haza. Bem. Mais alguma coisa? Vou voar agora. Esqueci de lhe dizer, Arik, que Greta telefonou quando você esteve lá embaixo e disse que não virá hoje. Ela virá amanhã.

Assim Yoel começou a trabalhar duas metades de noite por semana como auxiliar voluntário. Como Krantz havia muito tinha pedido a ele que fizesse. E já na primeira noite ele descobriu com facilidade no que é que o corretor havia lhe mentido; é verdade que ele tinha lá uma amiga voluntária chamada Greta, e é verdade que às vezes ambos desapareciam à uma da madrugada por um quarto de hora aproximadamente. E realmente Yoel viu também duas enfermeiras aprendizes chamadas Cristina e Iris, mesmo que após dois meses ainda não soubesse distinguir entre ambas. E não se empenhou especialmente. Mas não era verdade que Krantz passava aí as noites fazendo amor. A verdade era que cumpria a sua função de auxiliar com muita seriedade. Com dedicação. E com um brilho agradável que fazia com que Yoel às vezes parasse por alguns segundos para observá-lo com afeição. Às vezes acontecia de Yoel sentir estranhas pontadas de vergonha e uma vontade de pedir desculpas. Mesmo que de forma alguma conseguisse esclarecer para si do que, na realidade, precisava se desculpar. E só se empenhava muito para não ficar atrás de Krantz.

Nos primeiros dias recebeu a incumbência de se ocupar principalmente com a lavagem de roupa. A lavanderia do hospital, pelo visto, funcionava também no turno da noite, e às duas da madrugada dois operários árabes vinham buscar a roupa suja do setor. A função de Yoel era separar o que deveria ser fervido e o que iria para lavagem delicada. Esvaziar os bolsos dos pijamas sujos. Anotar, num formulário específico, quantos lençóis, quantas fronhas, e assim por diante. As manchas de sangue e de sujeira, o cheiro ácido de urina, o mau cheiro do suor e outros fluidos do corpo, sinais de fezes nos lençóis e nas calças dos pijamas, coágulos de vômito que tinham secado, remédios derramados, o bafejo concentrado de cheiros de corpos atormentados, tudo isso despertava nele não repugnância, nem nojo ou aversão, mas uma forte alegria de vitória, ainda que secreta, uma alegria da qual Yoel não mais se envergonhava ou contra a qual não lutava, como hábito fixo, para desvendar. Mas dedicou-se a ela em silêncio e com exaltação interior: estou vivo. Por isso, participo. Diferente dos mortos.

Às vezes acontecia de ver como Krantz, empurrando uma cama de rodas com uma das mãos e com a outra erguendo no alto um frasco de soro, ajudava a equipe do setor de emergência a levar para a enfermaria um soldado ferido que fora trazido de helicóptero do Sul do Líbano e que fora operado no início da noite. Ou uma mulher cujas pernas foram amputadas num acidente de trânsito à noite. Às vezes Max ou Arik pediam a sua ajuda para transferir uma pessoa que tinha sofrido fraturas cranianas da padiola para o leito. Paulatinamente, após algumas semanas, começaram a confiar em sua habilidade. Ele voltou a encontrar em si as forças de concentração e precisão, as quais, não muito tempo antes, tinha tentado convencer Neta já tê-las perdido. Era capaz, se as enfermeiras de plantão estavam sobrecarregadas e se vinham de todas as direções pedidos de ajuda simultaneamente, de ajustar o gotejamento do soro, trocar uma bolsa de cateter e verificar o fluxo de uma sonda. Mas principalmente se lhe revelaram forças inesperadas em acalmar e sossegar. Era capaz de se aproximar da cama de um ferido que de repente começava a berrar, colocar a palma de uma das mãos na testa dele e a outra no ombro e calar o grito, não porque os seus dedos atraíssem a dor, mas porque identificava de longe que era particularmente um grito de medo e não de dor. Conseguia acalmar o medo com um toque e duas ou três palavras simples. Os médicos também reconheceram esse seu poder e às vezes o médico de plantão o chamava ou mandava chamá-lo da pilha de roupa suja, para que viesse acalmar alguém que até uma injeção de Petidin não conseguia sossegar. Ele dizia, por exemplo: "Senhora, desculpe, como é o seu nome? Sim. Está queimando. Eu sei. Queima muito. A senhora tem razão. Dores infernais. Mas é um bom sinal. Agora tem que queimar. É sinal que a operação deu certo. Amanhã vai queimar menos e depois de amanhã só vai coçar".

Ou: "Não tem nada, meu caro. Vomite. Não tenha vergonha. Assim é bom. Depois disso você vai se sentir melhor".

Ou: "Sim. Vou dizer para ela. Sim. Ela esteve aqui quando você adormeceu. Sim. Ela o ama muito. Está na cara".

De uma estranha forma que Yoel novamente não se esforçou em compreender ou antecipar, ele às vezes experimentava em seu corpo um pouco das dores dos doentes e feridos. Ou assim lhe pareceu. Essas dores o excitaram e também o colocaram em um estado de espírito que lembrava o prazer. Mais do que os médicos, mais do que Max e Arik e Greta e todos os demais, Yoel tinha facilidade em acalmar familiares desesperados que às vezes irrompiam em berros ou até ameaçavam violência. Ele sabia extrair de si próprio uma mescla exata de compaixão e firmeza, simpatia, pena e autoridade. No modo como frequentemente saíam de sua boca as palavras: "Lamentavelmente não sei", havia certo tom de conhecimento, ainda que vago e oculto em estratos de responsabilidade e reserva, até que os familiares desesperados se enchiam, após alguns momentos, de uma sensação misteriosa de que havia ali um aliado que lutava por eles e em seu nome contra o desastre, lutava com esperteza e força e não seria derrotado facilmente.

Uma noite um jovem médico desconhecido, quase um rapazinho, lhe ordenou que fosse a outro departamento buscar correndo o prontuário que o médico havia deixado ali na mesa do gabinete dos médicos. Quando Yoel voltou sem o prontuário após quatro ou cinco minutos e explicou que o gabinete estava trancado, o jovem lhe gritou: Corra e ache quem está com a chave, seu retardado. Mas essa humilhação não ofendeu Yoel, quase lhe agradou.

Se acontecia testemunhar uma morte, Yoel se empenhava em manobrar de modo que pudesse estar livre e observar a agonia; observava e absorvia cada detalhe com os sentidos de percepção aguçados que a vida profissional desenvolvera nele. Marcava tudo em sua memória e em seguida ia continuar a contagem de seringas ou a lavagem dos vasos sanitários ou a classificação da roupa suja, e, enquanto isso, voltava a repassar para si o processo da morte em câmera lenta, parando o quadro e examinando os menores detalhes, como se tivesse sido instruído para desvendar a trilha do tremeluzir estranho e enganoso que talvez tivesse ocorrido apenas em sua imaginação ou aos seus olhos cansados.

Mais de uma vez coube-lhe conduzir ao banheiro um velho judeu, senil, que babava, e ajudá-lo a se mover em muletas sobre o vaso e abaixar-lhe as calças e sentá-lo. Yoel se ajoelhava e segurava as pernas do velho enquanto este dolorosamente esvaziava as suas entranhas em fluxo; depois precisava limpar-lhe o traseiro, com delicadeza e muita paciência, para não causar dor, das fezes misturadas com sangue de hemorroidas. Por fim lavava longamente suas mãos em sabão líquido e com uma solução carbólica, recolocava o ancião no leito e apoiava cuidadosamente as muletas à cabeceira. Tudo num silêncio absoluto.

Uma vez, à uma da madrugada, perto do fim do turno de

voluntário, quando se sentaram para tomar um café forte no cubículo atrás do posto de enfermagem, Cristina ou Iris disse:
— Você deveria ser médico.
Depois de refletir, Yoel respondeu:
— Não. Eu odeio sangue.
E Max disse:
— Mentiroso. Eu já vi toda espécie de mentirosos, juro, mas um mentiroso como este Sacha ainda não vi em minha vida: um mentiroso confiável. Um mentiroso que não mente. Quem quer mais café?
Greta disse:
— Quando a gente olha para ele, pensa que ele paira sobre outros mundos. Não vê e não ouve. Veja, mesmo agora quando estou falando a respeito dele, ele parece não estar ouvindo. Depois a gente verifica que tudo está arquivado nele. Tenha cuidado com ele, Arik.
E Yoel, colocando com especial suavidade a xícara de café na mesa de fórmica manchada, como se temesse machucar a mesa ou a xícara, passou dois dedos entre o pescoço e o colarinho da camisa e disse:
— O menino do quarto 4, Guilead Danino, teve um pesadelo. Deixei-o ficar um pouco sentado no posto, desenhando, e prometi a ele uma história de suspense. Então eu vou lá. Obrigado pelo café, Greta. Arik, antes do fim do turno lembre-me de fazer uma contagem das xícaras rachadas.
Às duas e um quarto, quando ambos saíram muito cansados e silenciosos para o estacionamento, Yoel perguntou:
— Você esteve na Karl Netter?
— Odélia esteve. Contou que você também esteve. Que vocês quatro jogaram palavras cruzadas. Talvez amanhã eu também dê um pulinho lá. Esta Greta me tira toda a força. Talvez eu já esteja um pouco velho para isso.

— Amanhã já é hoje — disse Yoel. E de repente disse ainda:
— Você é uma pessoa cem por cento, Arik.
E o homem respondeu:
— Obrigado. Você também.
— Boa noite. Dirija com cuidado, meu caro.
Assim Yoel Ravid começou a capitular. Como era capaz de observar, gostou de observar em silêncio, com olhos cansados mas abertos. Na profundidade da escuridão. E, se havia necessidade, focalizar o olhar e permanecer observando durante horas e dias, e até durante anos. De qualquer modo, não há nada melhor do que isso para fazer. Com a esperança de recorrência do momento raro, inesperado, daqueles momentos em que a escuridão é momentaneamente iluminada, e vem o piscar, vem um tremeluzir rápido que não se deve perder nem por ele ser pego desprevenido. Porque talvez ele indique uma presença que nos faz perguntar a nós mesmos o que nos resta. Além da exaltação e humildade.

1987-8

1ª EDIÇÃO [1992] 2 reimpressões
2ª EDIÇÃO [2019]

ESTA OBRA FOI COMPOSTA EM ELECTRA PELA PÁGINA VIVA E IMPRESSA
EM OFSETE PELA GEOGRÁFICA SOBRE PAPEL PÓLEN SOFT DA SUZANO PAPEL
E CELULOSE PARA A EDITORA SCHWARCZ EM MARÇO DE 2019

A marca FSC® é a garantia de que a madeira utilizada na fabricação do papel deste livro provém de florestas que foram gerenciadas de maneira ambientalmente correta, socialmente justa e economicamente viável, além de outras fontes de origem controlada.